/ 教育部人文社会科学研究青年项目"雪莱的灵魂诗学"（项目编号：12YJC752021）的最终研究成果 /

灵魂如水

雪莱诗歌研究

The Soul is Like Water:
A Study of Shelley's Poetry

四川大学出版社

责任编辑：张　晶
责任校对：陈　蓉
封面设计：阿　林
责任印制：王　炜

图书在版编目(CIP)数据

灵魂如水：雪莱诗歌研究 / 刘晓春著. —成都：四川大学出版社，2017.8
ISBN 978-7-5690-1166-1

Ⅰ.①灵… Ⅱ.①刘… Ⅲ.①雪莱（Shelley，Percy Bysshe 1792—1822）-诗歌研究 Ⅳ.①I561.072

中国版本图书馆 CIP 数据核字（2017）第 223434 号

书名	灵魂如水：雪莱诗歌研究
	LINGHUN RUSHUI: XUELAI SHIGE YANJIU
著　者	刘晓春
出　版	四川大学出版社
地　址	成都市一环路南一段24号（610065）
发　行	四川大学出版社
书　号	ISBN 978-7-5690-1166-1
印　刷	郫县犀浦印刷厂
成品尺寸	170 mm×230 mm
印　张	13.5
字　数	202 千字
版　次	2017年12月第1版
印　次	2017年12月第1次印刷
定　价	42.00元

◆读者邮购本书，请与本社发行科联系。
电话:(028)85408408/(028)85401670/
(028)85408023　邮政编码:610065
◆本社图书如有印装质量问题，请
寄回出版社调换。
◆网址:http://www.scupress.net

■版权所有◆侵权必究■

谨以此书献给我的母亲

内容摘要

雪莱是英国文学史上发展全面却又颇具争议的诗人。自19世纪初期以来，对雪莱本人及其诗歌的评论毁誉参半、褒贬不一。雪莱其人如同他的诗歌充满复杂性和矛盾性，其短暂的一生共留存有273首抒情诗，14首长诗，5部诗剧，2部小说，26篇散文以及书信若干，最能代表雪莱成就的无疑是他的诗歌和诗歌理论。雪莱研究历经两百多年，其研究涉及大多数文学理论和批评流派，而且每一次雪莱研究的重大转向都与当时的社会政治环境、流行的文学理论和批评时尚密切相关。本书拟以灵魂为切入点，以古希腊、罗马文化和基督教文化为背景，以雪莱及其作品为研究对象，借助人类学、生物学、生态学、宇宙论、心理学等多学科知识来全方位展现雪莱诗歌的灵魂图景，并综合分析阐述雪莱的灵魂诗学，以探讨雪莱独特的思想、情感及其艺术的多样性和复杂性。本书借用歌德"灵魂如水"这一比喻，结合浪漫主义研究中自然、情感和想象三个重要因素，构建了从水滴到江河，最后再回归到大海的图示，即个体灵魂（自然）到尘世灵魂（情感），最后到宇宙灵魂（想象）；同时，从灵魂这一研究视角探索了雪莱之死，把灵魂作为一个重要坐标纳入文艺批评中。本书所指称的诗学是广义的，涵盖了主题范畴和哲学意义。

本书绪论部分说明了研究的缘起、价值和意义，做了简单的文献回顾，对核心概念灵魂重点做了梳理和界定,简述了雪莱的灵魂诗学。

本书的主体分为三个部分。

第一章主要从自然的角度探讨像水滴一样的个体灵魂。借用亚里士多德的灵魂三分法把作为本体的个体生命灵魂划分为植物灵魂、动物灵魂和人的灵魂。植物灵魂一节重点分析了雪莱《含羞草》中的多维度隐喻,动物灵魂一节详细分析了雪莱的素食主义思想,人类灵魂一节论述了雪莱诗歌中人类灵魂的高贵和不朽性。

第二章主要从情感的角度探讨像江河一样的尘世灵魂。本章从人类灵魂进入尘世之旅的挣扎、迷惘和美好等体验来挖掘雪莱诗歌中的道德、爱、政治、自由、宗教以及雪莱自我灵魂的主题,并探讨这些主题所体现的雪莱的道德情怀、自由精神、怀疑主义、理想主义和宇宙精神等。本章最后探讨了雪莱之死,认为雪莱之死是他较为隐蔽的自杀行为。

第三章主要从想象的角度探讨像大海一样的宇宙灵魂。本章探讨了宇宙灵魂与大自然、宇宙灵魂与世界精神、宇宙灵魂与雪莱的科学精神,以及宇宙灵魂与文学艺术创作的关系。宇宙灵魂,在雪莱看来就是必然性、上帝、"太一"、太阳和大海。整个宇宙是以宇宙灵魂为中心和发光体的闭合系统,包含真、善、美。

本书的结论部分总结道,雪莱的灵魂诗学具有主题、哲学以及文艺批评等多层面意义:一方面雪莱的作品充盈着灵魂的气息,这一主题是雪莱哲学思想在其创作上的具体化;另一方面雪莱的灵魂诗学修正和完善了艾布拉姆斯提出的文艺批评的四个坐标理论。

目 录

绪 论 ··· 1
    第一节　问题的缘起 ··· 3
    第二节　相关文献综述 ·· 8
    第三节　雪莱的灵魂诗学概论 ······································ 14

第一章　水滴：作为本体的个体生命灵魂 ····························· 23
    第一节　雪莱诗歌中的植物灵魂：《含羞草》隐喻之谜 ····· 28
    第二节　雪莱诗歌中的动物灵魂：雪莱的素食主义 ·········· 41
    第三节　雪莱诗歌中人的灵魂：万物之灵长 ···················· 54

第二章　江河：进入尘世的人的灵魂 ···································· 67
    第一节　宇宙支点：雪莱诗歌中人类灵魂的伦理道德世界 ··· 71
    第二节　乌托邦：雪莱诗歌中人类灵魂的政治阐释 ·········· 89
    第三节　上帝之爱：雪莱诗歌中人类灵魂的宗教阐释 ······· 98
    第四节　灿烂之死：雪莱的灵魂 ································· 106

第三章　大海：流溢于星空的宇宙灵魂 ······························· 125
    第一节　宇宙灵魂与泛灵的大自然 ······························ 132
    第二节　宇宙灵魂与世界精神 ···································· 145
    第三节　宇宙灵魂与雪莱的科学精神 ··························· 150
    第四节　宇宙灵魂与雪莱的灵魂诗学 ··························· 161

结　论 ·· 183

参考文献 ··· 191
后　记 ·· 202

绪 论

第一节　问题的缘起

雪莱在抒情诗《赞智力美》第五节中回忆起自己孩提时对人的灵魂孜孜不倦的探索：

> 当我还在童年，我曾经为了寻找鬼魂，
> 奔走着穿过多少静室、洞穴、废墟
> 和星光下的丛林，迈着战栗的步履，
> 追求着和死去的人们高谈阔论的可能。[1]

雪莱为何对灵魂的探索情有独钟？对死亡及灵魂的探索指涉了雪莱的何种思想？雪莱曾经发出感叹："谁，能讲述无言死亡的故事？/谁能揭开遮掩着未来

1　Thomas Hutchinson, ed.: *The Complete Poetical Works of Percy Bysshe Shelley*, London: Oxford University Press, 1914, p. 327. 译文参见雪莱：《雪莱全集》，江枫主编，石家庄：河北教育出版社，2000年（七卷本），卷一，第32页。本书引自雪莱作品的英文原文，以Roger Ingpen and Walter E. Peck, eds., *The Complete Works of Percy Bysshe Shelley* (10 vols), London: Ernest Benn Limited, 1965为主要参考版本，另外还参考了Thomas Hutchinson, ed., *The Complete Poetical Works of Percy Bysshe Shelley*, London: Oxford University Press, 1914; Donald H. Reiman and Neil Fraistat, eds., *The Complete Poetry* (2 vols), Baltiomore and London: The Johns Hopkins University Press, 2000; Donald H. Reiman and Sharon B. Powers, eds., *Shelley's Poetry and Prose* (A Norton Critical Edition), New York: W. W. Norton & Company, 1995。书信原文还参考了Frederick L. Jones, ed., *The Letters of Percy Bysshe Shelley* (2 vols), London: Oxford University Press, 1964。为了引文的统一，译文主要采用江枫主编的《雪莱全集》（七卷本），石家庄：河北教育出版社，2000年。本书除非有单独注释外均在引用文本后直接标注该版本卷次及页码，不再赘述。

的帷幕？"（卷一：12）雪莱致力探索死亡和灵魂的问题，认为谁能解答它们，谁就能预言未来。在《勃朗峰》中，雪莱苦苦搜寻的答案已初露端倪："我抬头仰望：/难道，是某种万能的力已经揭开了/遮掩生与死的帷幕？"[1] 虽然雪莱对这种支配宇宙万物的神秘的力量还心存疑虑，但他在死亡逼近自己之前似乎找到了宇宙万物生生不息的秘密，这秘密就是主宰宇宙万物生命的某种万能的力，就是灵魂，就是世界灵魂或宇宙灵魂。诚然，哲学围绕死和灵魂的讨论绵延了几千年，但几乎都摆脱不了柏拉图的理论，即死使灵魂摆脱肉体的束缚，灵魂可以自由飞翔并与古人对话。雪莱可能是英国浪漫主义诗人中最饱受争议的一位，这些争议不仅体现在他短暂的私生活中，还体现在他的作品中。难怪雪莱曾经这样评价自己："我是何等怪物，前后不一，尽管叫嚣憎恨自我。……揭开这个秘密吧，但是，不，还是不揭，我告诉你，你找线索吧，这个线索连迷乱的洞穴探险者也找不到。"（卷六：83）两百多年来许多雪莱研究专家都在苦苦寻找这个线索，然而令人遗憾的是，迄今几乎还没有人找到。连著名的评论家马修·阿诺德也不例外，他那句著名的评论说雪莱是"一个美丽但劳而无功的天使，在太空中徒然拍打着他那闪闪发光的翅膀"[2]，这是对雪莱及其作品的最大误读。雪莱本人的复杂性和丰富性及其作品的深刻性和现实性有力地反击了阿诺德的论断。事实是，阿诺德及后来的艾略特和利维斯等批评家都没有走进雪莱的灵魂深处，因此无法解开这个秘密。对于这个秘密的探寻，乔治·桑普森的评论似乎更接近问题的答案：

    雪莱一生中有许多不美的、不是徒劳的，也不是天使般的行为；但是在他的诗歌里却有着永恒的灵魂的气息。没有人会认为雪莱设想的完美爱情的静态生活能在现实世界中存在。但是下述这一重大问题还是存

---

[1] Roger Ingpen and Walter E. Peck, eds.: *The Complete Works of Percy Bysshe Shelley* (10 vols), London: Ernest Benn Limited, 1965, Vol. I, p. 230.

[2] Matthew Arnold: "Shelley" in *The Last Word*, Vol. II of *The Complete Works of Matthew Arnold,* ed. R. H. Super, Ann Arbor: University of Michigan Press, 1977, p. 327.

在着,即人类是已经走到精神源泉的尽头,抑或是能够继续重新创造本身以接近雪莱式的理想。难道邪恶永远会战胜?难道仇恨和死亡要不断出现?难道人类要自相残杀而死?对所有的读者来说,雪莱永远是最高超的抒情歌手,但是对少数人来说他是更为宝贵的,因为他揭示了一个比目前正在折磨着我们的生活更适合人类灵魂的世界。[1]

雪莱的一生都是与幽灵(ghost)为伴,并体验着它。据他的朋友威廉斯(Edward Williams)描述,雪莱还看见过精灵(spirit)。[2] 雪莱的诗歌及其他作品中充盈着灵魂的气息,昭示给世人的不仅是可以让人类灵魂在残酷的现实世界中有栖息之所,而且使人类拥有偶尔抬头仰望浩渺苍穹、回归宇宙灵魂的理想情怀。2012年全世界弥漫着"世界末日说",连几千年前的玛雅人都预言人类要在2012年12月21日走向毁灭。事实证明,人类并没有如各种预言那样从这个星球消失,然而人类在发展中遇到的各种困境,尤其是地球生态的进一步恶化以及人类自身在精神和理想上的迷失,是否意味着人类也如雪莱所预见的那样已经走到了生命和精神的尽头?抑或人类借灵魂洗礼的方式创造一个全新的雪莱式的理想世界?这个不得而知,但是很显然,雪莱不仅把灵魂作为主题写入他的诗歌,使他的诗歌弥漫着"永恒的灵魂的气息",还把他自己天使的灵魂与大自然及宇宙万物的灵魂相连,用他精灵般的睿智给人类描绘出了更适合灵魂生存的世界。这个世界对于我们今天的人类来说,虽然看起来依然遥不可及,却引导人类孜孜不倦地追求下去。

灵魂研究本来是个很古老的话题,但随着科学技术的发展以及人类物质财富的不断丰富,人类的灵魂遭到了前所未有的放逐,但对灵魂、心灵和心智的研究却越来越热门。21世纪人类要开拓的四大科学领域除纳米技术、生物技术和信息

---

[1] 乔治·桑普森:《简明剑桥英国文学史》(十九世纪部分),刘玉麟译,上海:上海外语教育出版社,1987年,第26页。

[2] Benjamin Putnam Kurtz: *The Pursuit of Death: A Study of Shelley's Poetry*, New York: Oxford University Press, 1933, p. 2.

技术外，与灵魂密切相关的认知科学也在其中。但距离科学真正地关注灵魂，使其作为一门重要的科学，即灵魂学，可能还很遥远。如今灵魂研究已突破传统宗教和神学的范畴，进入更广阔的研究领域。探讨灵魂，当然不能忽略与其相关的文化背景以及灵魂与身体的关系，还要关注灵魂的历史建构。身体本身是一种客观存在，而灵魂则体现了不同时代人们的文化认知与思维模式。希腊哲学家普罗泰戈拉认为人是万物的尺度；莎士比亚也说人是万物的灵长，人拥有灵和肉，位于其他动物和天使之间，人其实就是一个小小的宇宙，在人身上几乎体现了大宇宙的全部特质。而寄居在人身上的灵魂是否就是宇宙灵魂的缩影和世界精神的体现呢？作为哲学家、思想家和诗歌理论家的雪莱，通过他充盈着灵魂气息的诗歌言说了他的思想和哲学，最终在宇宙灵魂的统摄下，通过对真、善、美的追求，在主题、哲学思想和美学等层面上构建起他独特的灵魂诗学。[1]

德国诗人及剧作家歌德（Goethe，1749—1832）在《水上的灵魂之歌》（"Spirit Song over the Waters"）中曾经写下这样的诗句：

---

[1] "Poetics"（诗学）一词的含义比较广泛，有"关于诗歌和美学的论述，专著（treatise）；诗歌理论或实践；文学形式；感情或言说"，参见美国梅里亚姆-韦伯斯特公司编著的《韦氏大学英语词典第11版》（影印本），北京：中国大百科全书出版社，2013年，第956页。还有"创作诗歌的艺术，或者是与诗歌艺术有关的创作，或者是呈现一种诗歌或文学话语的理论"，参见牛津大学出版社编《牛津大学英语词典》，上海：上海译文出版社，2005年，第1050页。关于此词的意义还可参见陆谷孙编的《英汉大词典》下卷，上海：上海译文出版社，1989年，第2578页；李华驹主编的《21世纪大英汉词典》，北京：中国人民大学出版社，2003年，第1679页；王同亿主编译的《英汉辞海》中册，北京：国防工业出版社，1990年，第4031页。西方学界在使用该词时往往将外延扩大到对某一主题或问题的研究，如Mayra Rivera, *Poetics of the Flesh*, Durham, N. C.: Duke University Press, 2015; Robin E.van Löben Sels, *A Dream in the World: Poetics of Soul in Two Women, Modern and Medieval*, New York: Brunner-Routledge, 2003; Marc Mastrangelo, *The Roman Self in Late Antiquity: Prudentius and the Poetics of the Soul*, Baltimore, Maryland: Johns Hopkins University Press, 2007. 本书灵魂诗学这一概念借用西方学界的普遍用法，即它是一个广义的概念，不仅指有关诗歌的理论，还包括对雪莱诗歌作品的主题研究、哲学研究和美学研究等。

> 人的灵魂
> 像是水，
> 它来自天空，
> 它升向天空，
> 它必须又
> 降到地上，
> 它永远循环。[1]

歌德在诗中用水的比喻对灵魂的永生不灭做了很好的注解，他还说他绝对相信，如同今生一样，此前他已经来世间一千次，他希望今生之后，仍然能够重返人间一千次。雪莱继承了歌德对灵魂如水的比喻，自己也在诗歌中提及露水如灵魂。在《尤根尼亚山中抒情》一诗中，他写道：

> 和阿尔卑斯，积雪的峰巅
> 显现在那云层与太阳之间；
> 和所有一切有生命的物体；
> 以及我已在过长的时间里
> 使歌声压抑低沉的这颗心——
> 所有这一切，全都浸透了
> 浸透了那神圣苍天的荣耀：
> 不论它是爱是光或是和谐，
> 是芳香气味，或是像露水
> 从天空降落的万物的灵魂，
> 抑或是启示了这些诗行

---

[1] 歌德：《歌德文集·诗歌》（第8卷），冯至等译，北京：人民文学出版社，1999年，第118页。

沛然充满荒凉宇宙的精神。

（卷一：117）

雪莱的这种宇宙精神的精髓在其具体作品中主要体现于自然礼赞、社会理想与人生追求三个方面。在另一首诗中，雪莱再次谈到了歌德的这一灵魂如（露）水的比喻："像携带着五月阵雨的云朵，/我的灵魂在降落下甘霖，/降给你，你哦枯萎的花朵！"（卷一：460）

本书以雪莱诗歌中的灵魂问题为出发点，以古希腊、罗马文化和基督教文化为背景，系统剖析雪莱的诗歌及其他作品，试图描绘出雪莱诗歌的灵魂图景，探究雪莱思想中对生命主旨的追寻。本书借鉴歌德灵魂如水的比喻，结合浪漫主义研究中的重要因素自然、情感和想象三个支点，构建了从水滴到江河，最后再回归到大海的这个永生循环的闭环结构，即作为生命本体的个体灵魂（自然）到尘世灵魂（情感），最后到宇宙灵魂（想象）的研究结构，从小到大，从微观到宏观，从个体到宇宙，逐级升华；如果反过来，从大到小，从宏观到微观，从宇宙灵魂到个体灵魂，这个结构也是成立的。本书借此结构揭示和总结了雪莱作品中的灵魂主题及其哲学思想和美学意义。

第二节　相关文献综述

众多文学批评流派对雪莱的作品进行过评说，这些评论研究涉及诸多领域，比如心理分析、象征研究、新批评、政治批评、神话研究、解构主义、新历史主义、女性主义批评等。然而，纵观近两百年的雪莱批评史，几乎还没有人从灵魂的角度来整体研究雪莱。雪莱无论在生前还是死后都是英国浪漫主义诗人中最饱受争议的一个，有人说他是天使，也有人说他是魔鬼。这种争议不仅体现在他的作品和思想中，而且体现在他个人丰富而复杂的生活中。与本书相关的文献现综述如下。

在以灵魂为主题的研究中，经典论述有德谟克利特的"灵魂精细原子说"；毕达哥拉斯学派的"数的和谐说"，他认为灵魂就是和谐，本质在于完美的数；柏拉图在《斐多篇》中谈论了个体灵魂的净化问题，把灵魂分为理性（人的头部）、情感（人的胸部）和食欲（人的腹部）灵魂，他在《国家篇》中探讨了个体灵魂和社会的关系，还在《蒂迈欧篇》中从宇宙论的角度讨论灵魂，包括灵魂的生成、构造和发展；亚里士多德在《灵魂论及其他》中把灵魂分为植物、动物和人的灵魂[1]；《圣经》中也有对灵魂的叙述，如："叫人活着的乃是灵，肉体是无益的。我对你们所说的话，就是灵，就是生命"（约6：63）[2]；圣奥古斯丁在《论三位一体》中从基督教的角度阐释了灵魂通过内省的方式可以回归上帝以及真、善、美；阿奎那也对灵魂学说进行了认真的探究；新柏拉图主义的代表人物普罗提诺的《九章集》提出了灵魂"太一流溢说"；阿拉伯人伊本·西那著有《论灵魂》；弗莱（1914）在《金枝》中也探讨了灵魂与社会和宗教的问题。

除了以上对灵魂的经典论述，最近西方学界还出版了一系列探讨灵魂问题的书籍。如荣格派精神分析专家希尔曼（James Hillman）在《原型心理学》（*Archetypal Psychology*, 1983）中探讨了灵魂的概念；里斯特（John M. Rist）编辑的《从柏拉图到狄俄尼索斯的古代思想里人、灵魂和身体的论文集》（*Man, Soul and Body Essays in Ancient Thought from Plato to Dionysius*, 1996）中有大量论文谈及人、灵魂与身体之间的关系；斯温伯恩（Richard Swinburne）的《灵魂的演化》（*The Evolution of the Soul*, 1997）探讨了灵魂的起源、个人身份、自由意志、灵魂的未来以及身体和灵魂的关系；佛雷格（Dorothea Frede）的《古代哲学里的身体与灵魂》（*Body and Soul in Ancient Philosophy*, 2009）梳理了古代哲学有关身体与灵魂的哲学观点；克鲁登（Robert M. Crunden）的《美国现代主义的构建》（*Body And Soul: The Making of American Modernism*, 2000）

---

[1] 亚里士多德在《灵魂论及其他》中对灵魂的三分法，即植物、动物和人的灵魂，与柏拉图在《斐多篇》中对灵魂的三分法，即理性、情感和食欲灵魂是不同的。

[2] 中国基督教三自爱国运动委员会、中国基督教协会编：《圣经》，中国基督教协会，2010年，第112页。

从身体和灵魂的角度探讨了美国当代主义文化的构建；克拉布（M. Crabbe）的《从灵魂到自我》（*From Soul to Self*，1999）梳理了历史上从灵魂到自我的演变路径；史密斯在（Huston Smith）《基督教灵魂复兴伟大的传统》（*The Soul of Christianity Restoring the Great Tradition*，2006）一书中阐释了基督灵魂对恢复伟大传统的重要作用；汤姆森（Ann Thomson）在《早期启蒙运动中的灵魂和思想、科学、宗教团体》（*Bodies of Thought, Science, Religion and the Soul in the Early Enlightenment*，2008）中阐释了早期启蒙时代灵魂与思想、科学和宗教之间的关系；墨菲（Nancey Murphy）在《身体和灵魂或精神化的身体？（神学中的当前问题）》［*Bodies and Souls or Spirited Bodies?*（*Current Issues in Theology*），2006］中从神学的角度阐释了身体与灵魂。

  谈及灵魂的文学艺术作品数不胜数，最早在作品中有灵魂出现的经典之作是荷马的《伊里亚特》，而后斯宾塞、但丁、弥尔顿、莎士比亚的作品中也都有与灵魂相关的描述。玄学诗人多恩更是把对灵魂的描述推到了极致，美国女诗人狄金森也是描写灵魂的伟大诗人。但总的来说，对这些伟大作家作品中灵魂的研究书籍却不是很多，这不能不说是个遗憾。这方面已有的研究有伊森哈特（Justin Alexander Isenhart）的博士论文《灵魂里的艺术：艾米莉·狄金森的诗歌》（*The Art within Soul: The Poetry of Emily Dickinson*，2007），他认为，灵魂是她诗歌艺术的邀请；对多恩作品中灵魂的研究著作，有塔格奥夫（Ramie Targoff）的《约翰·多恩，身体与灵魂》（*John Donne, Body and Soul*，2008），这部作品探讨了玄学诗人多恩诗歌中的身体与灵魂；昆尼（Laura Quinney）的《威廉·布莱克论自我和灵魂》（*William Blake on Self and Soul*，2009）一书探讨了布莱克诗歌中的自我与灵魂。

  西方的雪莱研究自1810年起，迄今已有两百多年历史，可以分为三个阶段。（1）1810年至20世纪中叶。这一时期对雪莱的研究方法多以政治、历史批评为主，即将雪莱的浪漫主义主张视为对新古典主义的反叛，并将其与时代背景尤其是法国革命联系起来。（2）20世纪中叶至20世纪80年代。这一时期，西方学界的研究视角开始由外转内，对雪莱的政治背景定位逐渐让位于对其艺术品格本身的思考。这个时期评论家艾布拉姆斯和布鲁姆等的观点颇具影响。（3）20世纪80年代至今。雪莱研究被重新纳入历史维度，许多学者从新历史主义角度及影响研究视角展开了对雪莱的研究。如艾登·戴伊和玛里琳·巴特勒从法国启蒙思想、雪莱所处文学群体等角度对雪莱思想进行探讨，使雪莱研究的视野进一步拓宽。国外对雪莱与灵魂的研究没有专著出版，但涉及死亡这一主题的专著有一本——库尔兹（Benjamin Putnam Kurtz）的《死亡的追寻：雪莱诗歌研究》（*The Pursuit of Death: A Study of Shelley's Poetry*，1933），博士论文有一篇——梅西（Patricia Dunfield Macey）的《世界缓慢的污点：珀西·比希·雪莱诗选黑暗、光明、生命和死亡研究》（*The World's Slow Stain: A Study of Darkness and Light and Life and Death in Selected Poems by Percy Bysshe Shelley*，1972）。20世纪下半叶以来，哲学领域的身体转向开启了身体理论和身体评述的大门。身体研究也运用于对雪莱的解读，如莫顿（Timothy Morton）的《雪莱和饮食的革命：身体和自然的世界》（*Shelley and the Revolution in Taste: The Body and the Natural World*，1994）。再如相关论文：乌勒曼斯（Onno Oerlemans）发表在《浪漫主义研究》（*Studies in Romanticism*, 1995）上的《雪莱理想的身体：素食主义与自然》（"Shelley's Ideal Body: Vegetarianism and Nature"），伯威克（Frederick Burwick）发表在《华兹华斯界》（*Wordsworth Circle*, 2009）上的论文《〈伊斯兰的反叛〉：素食的雪莱与精神病理的叙述》（"'The Revolt of Islam': Vegetarian Shelley and the Narrative of Mental Pathology"）。

  国内学者对雪莱的译介和研究也大致可分为三个时期。（1）从1909年至1949年前。1909年苏曼殊翻译的雪莱诗歌《冬日》是国人翻译雪莱诗歌的肇始。这一时期对雪莱的译介和研究，是与当时中国知识界的期待视野相符的，即力图通过雪莱诗歌所蕴含的审美主体性诉求来达到启蒙民众从而构建个人主体性和民族主体性的目的。（2）1949年至20世纪70年代初，对雪莱作品的翻译更为全面，"以查良铮、杨熙龄、邵洵美、汤永宽等先生为代表，成为中国最早，到现在看来也是最权威的研究雪莱的专家"[1]，他们的研究明显有着那个时代的烙印，带有浓厚的政治色彩。（3）从20世纪70年代后期至今。这一时期的研究从哲学、美学思想、诗歌艺术和影响等方面对雪莱作品进行分析，研究态度从以往的政治化逐渐向多元化转变。但其中对雪莱名篇或某类作品进行多层面赏析的占绝大多数。国内雪莱研究主要分以下几个方面：（1）女性主义批评，主要研究雪莱作品中的女性形象和思想；（2）传记批评研究，即雪莱生平传记及其与文学关系方面的研究；（3）比较文学批评，如雪莱与其他作家作品关系的研究；（4）探讨雪莱创作的艺术风格；（5）研究雪莱诗歌的思想内涵；（6）对雪莱革命思想的分析；（7）有关雪莱与其家人、朋友关系的研究；（8）对雪莱的政治和社会观点的研究；（9）其他方面的研究，如有关雪莱诗歌中古希腊思想之爱的主题的话语方式的研究等。根据中国知网的相关数据，近30年出版的有关雪莱研究的期刊论文共有260余篇，硕士论文10篇，博士论文1篇，诗歌选集和全集逾10种。但令人遗憾的是，对这样一位重要的英国浪漫主义诗人，国内还没有学者对其诗歌和思想做过系统研究，仅有的一篇博士论文《雪莱在中国（1905—1937）》也是从国别接受史的角度来切入，尚无雪莱研究的专著。

  国内对灵魂的研究多是从宗教、神学和社会学层面展开的，如钱穆的《灵魂与心》（2004）。美学领域方面的研究有硕士论文《托马斯·阿奎那灵魂学说的美学意义探究》（2010），文学层面上的研究有晏奎的《生命的礼赞：多恩"灵魂三部曲"研究》（2005），他证实了多恩三部曲是一个以灵魂为核心的对生命的礼赞。国内很少涉及对雪莱诗歌的灵魂研究，至今无专著出版，在中国期刊网搜索也无硕士、博士论文，只有相关期刊文章3篇：《灵魂对肉身的消解：雪莱〈含羞草〉的隐喻之谜》、《是巫术，还是艺术？论雪莱〈西风颂〉的多重内涵意义》和《济慈、雪莱诗的"宇宙精神"浅析：析〈夜莺颂〉、〈灿烂的星〉和〈阿多尼〉》。

---

[1] 张静：《雪莱在中国（1905—1937）》，上海：复旦大学博士学位论文，2012年，第22页。

综上所述，根据目前掌握的资料，虽然国内外学者从不同视角，对不同作家，选取不同作品对灵魂做了各具特色的研究，也有研究者从死亡视角对雪莱部分作品进行了剖析，但以灵魂为切入点研究雪莱作品的，尚无系统研究。本书试图以灵魂为切入点，结合雪莱诗歌的死亡主题，以古希腊、罗马文化与基督教文化为背景，以细读文本为依托，综合分析阐述雪莱的灵魂诗学。本书将以雪莱诗歌及其研究作品为研究对象，以灵魂为切入点对其做横向研究，集中探讨雪莱诗歌中的灵魂问题以及饱受争议的雪莱的思想。以往国内外鲜有雪莱作品灵魂研究，有关雪莱作品的研究基本是简要论述雪莱的某一个或几个作品，虽然其中也有对其诗歌作品的死亡主题加以研究的，但很少结合其思想进行。本书将雪莱所有作品纳入研究范围，通过像圆球一样的灵魂在雪莱诗歌中滚动的轨迹来探讨雪莱复杂而独特的思想，以期全面归纳出雪莱灵魂诗学的整体面貌。本书还第一次以灵魂为视角，对雪莱展开系统研究。在国内外雪莱研究领域，还没有同名专著问世。以往的研究成果中对雪莱及其灵魂思想只是零星地提及。雪莱的宇宙灵魂概念其实不完全等同于新柏拉图的思想，雪莱的宇宙灵魂概念与德谟克利特非常相似，在现代科学上更接近宇宙中存在的暗能量和暗物质，在哲学上更接近普罗提诺的"太一"思想。对雪莱灵魂诗学的研究将是打开雪莱思想及死亡之谜的一把钥匙，是对雪莱研究领域的新贡献。最后，本书在《镜与灯》的基础上提出浪漫主义诗学的新建构方式。本书的价值和意义之一就是通过灵魂这一线索（研究视角）展现雪莱穷其一生追寻生命的本质以及灵魂的寄居和栖息之所——人类的精神家园的过程，展现雪莱诗歌的灵魂图景，从而凸显雪莱思想的独特性和复杂性，以及在此思想影响下对真、善、美的追求，同时探索雪莱之死，还原一个真实的雪莱；在此基础上把灵魂作为一个重要坐标纳入文艺批评领域，从而进一步拓展浪漫主义，甚至文艺批评的诗学体系。

第三节 雪莱的灵魂诗学概论

雪莱作品中的某些主题及语言表达难以被人理解这一观点几乎是公认的,诚如有学者指出的那样:

> 雪莱的诗歌是令人兴奋和读起来费劲的,原因很多,第一就是雪莱的阅读非常之广泛,包括哲学、科学、神话、宗教和政治;第二是其诗歌经常试图展现描述之外的东西——深度之外的深度,高度之外的高度,无限的时间和空间,我们的想象能企及的宇宙万物的所有特征,但却不能满意地找到语词去理解及表达;第三是雪莱的诗歌转移速度非常之快,诗歌的特征不是逻辑性的、简洁的,而是一种面对经常变化的世界的处于变化中的感觉。[1]

雪莱的作品难以阅读有三点原因,其中第二点,雪莱在作品中经常试图描述的东西是"展现描述之外的东西——深度之外的深度,高度之外的高度,无限的时间和空间,我们的想象能企及的宇宙万物的所有特征"。雪莱在作品中试图描述的说不清道不明的东西是什么呢?那就是灵魂。雪莱又用了什么语词去描绘却描述不清呢?雪莱用了相近的几个词语,如"Spirit"(精灵)、"Soul"(灵魂)、"Power"(万能的力),"The One"(一),"Shadow"(阴影),"Mind"(心智)、"Necessity"(必然性)、"God"(上帝)。灵魂作为一种生命形式,是一种能量体,从这个意义上说灵魂等于能量,可以和雪莱提出的"Power"相联系。布鲁姆也认为:"雪莱最伟大的地方就在于他赞美了能量的生成,这是无法具体地加以描述的,因为他描述的目的就是要修正具体的东西,

---

[1] 参见 J. R.Watson: *English Poetry of the Romantic Period Writings 1789-1830*, New York: Longman Publishing, 1992, p. 299. 本书引用的英文参考文献,除非有特别说明,皆由笔者翻译。

以使更伟大的现实得以显现。"[1]

在雪莱看来，宇宙中的任何事物都有灵魂。雪莱宣称自己是一个无神论者（antheist），事实上，无神论在他内心里就是泛神论（pantheism）。他"给予物质世界结构一颗灵魂和一种说话的嗓音，甚至还把这些给予头脑最微妙而难以捉摸的感情和思想"（卷四：238）。他认为宇宙间各种天体不仅是显性的物质混合体，还是隐性的生命的精灵，因此，诗人的任务就是要与不同的灵魂沟通和对话，感它们之所感，发它们之所发。其实，宇宙间的各种灵魂无不在诗人的成长过程中影响着他，以形成自己的思想。在这一思想影响下，相对于他的前辈浪漫主义大诗人华兹华斯来说，雪莱在文学艺术领域走得更远，更为彻底。雪莱在不到30年的短暂生命中创作出以灵魂为核心的意象体系，这一意象体系大量刻意运用了一些过滤了现实的表示不朽和精神的词语如"soul"和"spirit"等，这些俯拾即是的"灵魂"（"精灵"）语词表达了雪莱至纯至美的理想，世人难以企及。恐怕雪莱想要描述和表达的"灵魂"这一意象和它所代表的思想高度正是使大多数读者望而却步的主要原因。而恰恰是这一思想的高度从某种意义上决定了雪莱的孤独，决定了雪莱在英国浪漫主义时期甚至在整个英语诗歌世界中的独特性。雪莱的这种孤独和思想的高度使得他在世时很难为广大普通读者所理解和接纳，而在他离世后的两百多年里，从读者接受的角度来说，他的作品虽为广大读者喜爱和评论，但也存在诸多误读。

雪莱素有"众心之心"的美誉，其自身拥有"最纯正的道德品性，充满了热诚的慷慨和一视同仁的善意，热中（衷）于对智慧的追求，有为坚持正义做出任何个人牺牲的决心"（卷三：446）。雪莱有着悲悯的情怀，像是生活在精灵的世界里。正是雪莱罕见的精神品质，使得他作品中描述的世界显得遥不可及，似乎是只有灵魂存在的纯净的天堂世界。在那个纯净的天堂世界里，哲学取代宗教，新习俗代替旧习俗，人们的结合是自由恋爱而不是奴役的婚姻。雪莱用灵魂

---

[1] Harold Bloom: *Poets and Poems*, Philadelphia: Chelsea House Publishers, 2005, p. 144. 本书译文参考了吴琼翻译的布鲁姆的《批评・正典结构与预言》（中国社会科学出版社，2000年）中的相关章节。下文不再赘述。

搭建的理想天国何尝不是如此。雪莱认为："生命和时间允许他做的最高尚的工作，就是热诚地唤醒他的同类共同分享天地福祉，相亲相爱，互助合作。"（卷三：448）雪莱拥有浪漫主义理想情怀，但缺乏着眼于现实的思想。他虽然似乎是一个改革派，但那只是情感和思想上的理想化，人们往往忽略了他思想和理想的虚拟特性以及个人的精灵气质。

这就是雪莱的灵魂之歌。这灵魂来自纯美的世界，来自纯美的往昔，时空对它没有任何羁绊。雪莱心中的这个精灵就是美的抽象，美的概念。雪莱的精灵（灵魂）之说固然美不胜收，但对于现世的人们来说却虚无缥缈，难以企及。之所以雪莱能创造这些美轮美奂、遥远虚幻的灵魂意象，其根本原因是生性敏感、饱读诗书的他拥有极为出众的想象力。诚如哈罗德·布鲁姆所说：

> 雪莱是一位独特的诗人，是最具有语言原创性的诗人之一，他在许多方面就是诗人的代表，他的语言也同样如此。他的诗歌是自足的，精雕细琢的，想象力丰富，其中的幻想揭开了一切面纱和意识形态的伪装。[1]

想象能够协调、沟通有限与无限，个人灵魂和永恒存在。雪莱通过想象力求改变现实世界，构建理想王国。汉尼斯（Simon Haines）认为，"雪莱把这种'想象'称为'生命之阳光'，与'理性'冰冷的不确定的借用之光"[2]形成鲜明的对比。以灵魂直接对事物进行观照，进行创作，灵魂可以沟通创作主体（作者）与接收主体（读者），使他们达到默契。莎士比亚之所以伟大，是因为他的灵魂与大多数人达成了心灵的默契。有些作家被一些人喜欢，不被另外一些人喜欢，就是因为创作主体与接收主体无法达到灵魂的相通、心灵的默契。宇宙间没有永恒的美，事物的美总带有我们观照时的主观心情。因此雪莱在创作中蔑视理

---

1 Harold Bloom: *Poets and Poems*, Philadelphia: Chelsea House Publishers, 2005, p. 117.
2 Simon Haines: *Shelley's Poetry: The Divided Self*, London: Macmillan Press Ltd., 1997, p. 92.

性，崇尚情感自由，并且致力在想象的世界中构建理想王国，这最终使得他的诗歌彰显出一种虚幻之美、灵魂之美。

"灵魂"（soul）一词诞生之时可能仅仅是一个哲学和宗教的概念，有关灵魂的定义多达几十种。[1]在古希腊语中，"灵魂"的本义是"呼吸"，因呼吸而有生命，因此，灵魂乃是生命活力之源（the source of vitality）。"灵魂"一词在用途和意图上往往是模糊的，其概念本身排斥明确的定义。较为认可的定义是，灵魂是人死后被看作可以存在的精神部分，在未来状态下可以经历幸福或者痛苦，是人和动物最本质的部分。灵魂是人类的一个未知的要素，其词源至今也没有定论。人类学之父泰勒（Edward Tylor）考察了多种语言中的"灵魂"一词的原始含义后得出结论："灵魂即呼吸的概念在词源学上可能溯源于闪米特语和雅利安语，因此，也就上溯到了世界哲学的主要源泉。"[2]泰勒还认为："灵魂是不可捉摸的虚幻的人的影像，按其本质来说虚无得像蒸气、薄雾或阴影；它是那赋予个体以生气的生命和思想之源；它独立地支配着肉体所有者过去和现在的个人意识和意志；它能离开肉体并从一个地方迅速地转移到另一个地方；它大部

---

[1] The Oxford Dictionary of Philosophy 把灵魂定义为："The immaterial 'I' that possesses conscious experience, controls passion."灵魂还有"desire, and action, and maintains a perfect identity from birth (or before) to death (or after)"的意思。关于灵魂的概念参考 M. James C. Crabbe, ed., From Soul to Self, London and New York: Routledge, 1999, pp. 2–10；以及 Edward S. Reed, From Soul to Mind: The Emergence of Psychology from Erasmus Darwin to William James, New Haven and London: Yale University Press, 1997。关于"soul"和"spirit"的区别，一般来说，有精神（spirit）的不一定有灵魂，有灵魂（soul）的一定有精神，精神与肉体的结合就成了灵魂（the soul is created by the union of the spirit with the body at the moment of conception），灵魂总是与精神永久联系在一起。因此，本书所提到的雪莱的作品中的灵魂问题也是一个宽泛的概念，包括"soul"一词的同义词"spirit""mind""self""psyche"等。以上参见 Robin E. van Löben Sels, A Dream in the World: Poetics of Soul in Two Women, Modern and Medieval, New York: Brunner-Routledge, 2003, p. 39。雪莱作品中的灵魂在科学上更接近德谟克利特的灵魂精细原子说，与当代科学正在研究的暗物质、暗能量和量子问题相关。雪莱诗歌中的灵魂词汇有："Spirit"（精灵）、"Soul"（灵魂）、"Shadow"（阴影）、"Mind"（心智）等。

[2] 爱德华·泰勒：《原始文化》，连树声译，桂林：广西师范大学出版社，2005年，第354页。

分是摸不着、看不到的，它同样也显示物质力量，尤其看起来好像醒着的或者睡着的人，一个离开肉体但跟肉体相似的幽灵；它继续存在和生活在死后的人的肉体上；它能进入另一个人的肉体中去，能够进入动物体内甚至物体内，支配它们，影响它们。"[1] 很多宗教认为灵魂居于人之中心地位，可以脱离肉体而存在。虽然"灵魂"一词的词源至今难有定论，但古希腊文学通常把人的灵魂描述成可以独立于躯体而存在的，并且不会消亡。

古希腊可谓是西方灿烂文明的发祥地，其哲学灵魂论始于泰勒斯。他提出水（灵魂）本原说，认为万物皆来源于水（灵魂），水如同灵魂一样弥漫于宇宙的每一个角落。法国哲学家笛卡儿的物与心的学说强调"灵魂"的作用就是"想象"。创造梦的主体就是灵魂，灵魂与心的一整套作用密切关联，这些心的作用通常称为"想象""隐喻""幻想"等。人们向来把灵魂当成关于"自我"的神话，带着神秘色彩谈及灵魂。由灵魂传递出来的那些活灵活现的神话似的情景，不是外界实物的投影，而是产生于具有自律性的灵魂。所以，要想了解灵魂就必须靠我们的幻想，或曰神话。布鲁姆写就的《雪莱的神话创造》一书就探讨了雪莱诗歌拥有的非凡的想象力。所以，只有耐心不间断地观察与"灵魂"关联密切的世界，人类才能找回那个近代人失去的世界，并且恢复和它的密切联系。对雪莱来说，接受关于灵魂的那些"神话"，从而创造这种"神话"的过程，按照荣格的说法，就是个性化的过程，这个过程一直持续到雪莱离世。本书拟以灵魂为切入点，以古希腊、罗马文化和基督教文化为背景，以细读文本为依托，通过多方位的分析研究，用人类学、生物学、生态学、宇宙论、认知科学、心理学、宗教学、阐释学、混沌理论以及新历史主义等多种批评流派来综合分析阐述雪莱的灵魂诗学，以期进一步挖掘雪莱复杂而独特的思想，从而对雪莱诗歌的创作演化和思想的嬗变过程给出合理的解释。

本书绪论部分包括问题的缘起和简单的文献综述，重点介绍了雪莱灵魂诗学

---

[1] 爱德华·泰勒：《原始文化》，连树声译，桂林：广西师范大学出版社，2005年，第354页。

的概念以及本书的价值和意义。第一章主要从灵魂的自然属性来探讨像水滴一样的个体灵魂，探讨灵魂不灭的思想。这一章还从生与死、灵与肉的关系出发，采用亚里士多德对灵魂的植物、动物和人的灵魂的分类法，通过细读《含羞草》《致云雀》《云》《死亡》《无题》《阿拉斯特》《生命的凯旋》《哀歌》《致威廉·雪莱》《逝》《墓志铭》《致死亡》《一朵枯萎的紫罗兰》《阿多尼》《倩契》等作品来挖掘诗歌中体现的诗人对灵魂的看法。第二章主要探讨雪莱的宗教观、政治观、道德观，其作品中关于爱和自由的主题，以及这些主题所体现的雪莱的道德情怀、自由主义、理想主义和博爱精神等，试图从灵魂的角度展现雪莱思想的复杂性和独特性。另外，这一章还探讨了雪莱自身的灵魂问题，从灵魂的视角，通过细读与雪莱自身生活有关的诗歌作品、散文和书信，运用新历史主义批评、心理学、阐释学等方法解读雪莱短暂、富有争议却辉煌的一生，最终得出雪莱不是死于暴风雨，而是诗人为了实现自己"灵魂不灭"的思想、寻求自己理想的"灿烂的死"的结论。第三章从哲学和宇宙论的角度展现了雪莱的宇宙灵魂。雪莱崇尚科学，认为万事万物起源于"一"，由"一"这个宇宙大灵魂派生出很多小灵魂，而且这个"一"不是毕达哥拉斯所说的"和谐之数"、柏拉图所说的"理式"、康德所说的"先验范畴"和"道德律令"、黑格尔所说的"绝对理念"，而是近似于普罗提诺的灵魂"太一流溢说"，这也是很多评论家把他的思想归结为柏拉图主义[1]的原因之一。本书认为，他的这一灵魂观点不是对柏拉图的形而上的继承，他继承的仅仅是柏拉图的这一哲学思想，故而有时雪莱自

---

[1] 雪莱对柏拉图的接受在频率、强度以及再创造上都是空前的。有学者认为雪莱对柏拉图的吸收可以分为三个方面：自然柏拉图主义（natural Platonism）、直接柏拉图主义（direct Platonism）和间接柏拉图主义（indirect Platonism）。直接柏拉图主义是指雪莱直接阅读翻译柏拉图的著作，并受其影响；间接柏拉图主义是指柏拉图传统，西方伟大的作家包括但丁和莎士比亚作品中所体现的柏拉图主义；自然柏拉图主义是核心，指从自己灵魂的深处去接受柏拉图。自然柏拉图主义认为："没有哪一个在灵魂里不拥有自然柏拉图主义的诗人可以完美地阐释柏拉图，也不可能在没有柏拉图理念、语言和情感上的帮助下去表达柏拉图。"以上参见James A. Notopoulos, *The Platonism of Shelley*, Durham: Duke University Press, 1949, pp. 16–17。

己在诗歌里也混用了这一灵魂概念。他对灵魂的理解更趋于德谟克利特的灵魂精细原子说，灵魂可以无限分割且不停发生变化，由此他认为灵魂是不灭的。他对宇宙灵魂的沉思与探索隐含着当今科学对宇宙暗物质的合理解释。这一章还探讨了灵魂与想象的关系，认为只有灵魂的眼睛——诗人，才能够接近宇宙灵魂，才能看到真、善、美，最后还试图重新构建浪漫主义的灵魂诗学体系，即把灵魂纳入文艺批评的坐标，在世界、欣赏者（灵魂）、作品、艺术家（灵魂）这四者中把作者升华为"灵魂"这一具有创造性的主体，从而把"灯"（表现说）提升到"灵魂"这一照亮世界也照亮自身的诗学体系中来。

雪莱的灵魂诗学体系深受柏拉图与亚里士多德灵魂学说的影响，因而他的学说不仅具有哲学与神学层面的双重含义，还具有基于美善关系、审美体验等问题认识的独特美学意义。自柏拉图以降，人类审美趣味的演变都离不开人的心灵的参与，柏拉图关于回忆、迷狂、模仿、爱的美学思想无不与灵魂（心灵）密切相关，而心灵是灵魂的外在表现，与宇宙和谐、人的创造力等息息相关。普罗提诺的思想是柏拉图、亚里士多德、基督教和东方神秘主义综合影响的结果。[1] 他认为，万物的本源是神或"太一"[2]，超越一切物质和精神，是真、善、美的统一，与柏拉图的"理式"非常相似，是宇宙灵魂、神、理性、感性世界和情感世界的完美统一。人生的目的就是人神统一，人只有摆脱肉体以及欲望的束缚，才能进入迷狂的精神世界。人类的心灵非常复杂，弗洛伊德的精神分析学把人类对自己的探索向前推进了一步，而对灵魂问题的探讨则打开了美学的大门。美学发展到今天更应该关注普遍的人生、人性、生命意义

---

[1] 普罗提诺哲学的主要成就当然是他的形而上学与自然哲学，特别倚重柏拉图的《蒂迈欧》。普罗提诺继承了柏拉图对宇宙灵魂的看法，引进了"太一"或善的相，至善就是"太一"。参见普罗提诺：《论自然、凝思和太一：〈九章集〉选译本》，石敏敏译，北京：中国社会科学出版社，2004年，第2、3、4页。

[2] 万事万物"源于太一，指向太一，绝不会离开太一，永远围绕着太一，在它里面，按它的律法生活"，这一思想也来源于柏拉图的"永恒停留在太一中"。参见普罗提诺：《论自然、凝思和太一：〈九章集〉选译本》，石敏敏译，北京：中国社会科学出版社，2004年，第154页。

和真理。人类对灵魂问题的追问和探索从人类诞生以来一直都未停止过,现在也仍然在路上。而本书要探讨的雪莱的灵魂诗学具有主题、哲学、美学等多层面的含义。在美学层面上就是以自然为维度(基础),以情感为经度,以想象力为核心,想象力处于一个球形的物体中心(核心),向四周散发开来,源源不断地给自然的维度和情感的经度输送能量。雪莱一生都以美、善、真的大同世界为终极目标,竭尽全力去构建一个万物归一(真、善、美统一为"一")的世界。他一生都在尝试打破身体与灵魂的二元论,把灵魂归结为普罗提诺的"太一",也就是宇宙灵魂;在宇宙灵魂的统摄下,通过善来构建理想的社会,通过对真、善、美的追求来构建灵魂诗学。

第一章

水滴：作为本体的个体生命灵魂

德国诗人歌德作品中的主人公浮士德有一个愿望，就是希望自己的灵魂变成小水滴，融入大海，永远消融在海水中。马维尔在《一滴露珠》中也用自然界的圆形露珠来比喻灵魂：晨露落在玫瑰花瓣上，形成晶莹的球体，灵魂仰望上天，由于久别星空而像露珠一样闪耀着忧伤的光。人的灵魂犹如小水滴，而存在于宇宙中的万事万物同样也如小水滴一样，最终构成了如汪洋大海的宇宙。灵魂如露珠，变化但不死，犹如水变成气，虽然形态改变了，但灵魂的实质未变，犹如能量的转换一样，融入茫茫宇宙之中。歌德还在《水上的灵魂之歌》中把灵魂比喻成水：灵魂如水，蒸而升天，凝而坠地，永远不灭，永远循环。雪莱继承了歌德把灵魂比喻成水的传统，也在《尤根尼亚山中抒情》一诗中提及露水如灵魂。万物有灵这一论点体现在雪莱的诸多作品之中，雪莱在《致——》中宣称：

> 哦，天地间有大气的精灵，
> 有儒雅而斯文的鬼魅，
> 有吹拂晚风的仙妖，眼睛
> 像黄昏林间星光一样美。
> 去会见这些可爱的灵物，
> …………

（卷一：16）

在万物有灵论的思想下，雪莱以灵魂为其思想的支点，把它扩展到整个宇宙。在雪莱看来，宇宙是由各种有灵魂的物质组成的整体，万事万物都有灵性，而灵魂本身就是事物的内在核心。雪莱有关宇宙生成的这一思想无疑带有柏拉图思想的烙印。柏拉图认为，宇宙中心有一个灵魂，并且整个宇宙就是在这个灵魂统治和支配下进行有规律的运动。本章主要从灵魂的自然属性出发探讨像水滴一样的自然个体灵魂以及灵魂不灭的思想。宇宙中的任何物质，不管是有机物还是无机物，都有其独特的灵魂性质，都存在于自己固有的质料中。诚如雪莱在致伊丽莎白·希契纳的信中谈到灵魂时表明的那样："人们用类推法把上帝之于宇宙的关系比作灵魂之于身体，植物性之于蔬菜，石质性之于石头。是的，如果这些附属的东西都不存在了，那还会有什么呢？没了灵魂，人是什么样子呢？他就无所谓人了……没了植物性，蔬菜呢？"（卷六：106）雪莱对宇宙、自然风景的描绘与他的前辈华兹华斯一样，有着灵魂的属性，雪莱的这种泛神论思想将在本书第三章谈及。因此，本章主要讨论构成每一个生命个体的有机物的灵魂问题。如同当代的科学所证明的，有机物就是宇宙的显性生命物，即植物、动物和人。

就个体灵魂三分法来说，亚里士多德对此的划分最为经典，他认为最低的等级是植物灵魂。植物灵魂可以通过阳光获取能量维持自己的生长和繁殖，植物灵魂具有营养的能力，其他生物因它而具有生命。亚里士多德认为较高等级的灵魂则是动物灵魂。动物灵魂比植物灵魂高级是因为动物灵魂除了具有从植物灵魂那里吸取营养的能力，还具有至少一种感觉功能。亚里士多德认为最高等级的灵魂是人的灵魂。人的灵魂除了具有动植物灵魂的营养和感觉功能，还具有推理和思维的能力。也就是说，人的灵魂具有理性的功能。雪莱一生都致力不断完善人的灵魂。人的灵魂要得以完善，在雪莱看来，就应该通过爱来彰显人类道德中的善，从而使人的灵魂幸福。在普罗提诺看来，灵魂是一种能量体，流动不居，每一个个体灵魂都在宇宙中流动，活跃在宇宙的各个角落。当它与宇宙灵魂相遇时，就会回归到原初的"太一"；宇宙灵魂是"一"而不是"多"，作用于更低级的植物灵魂和动物灵魂后就变成了"多"。宇宙之中"太一"是空无一物的，因为万物皆由它而生。所以，"太一"就是逻各斯（logos），就是宇宙灵魂，就是东方哲学思想的"道"，是"一"而不是"多"。作为个体灵魂的植物、动物和人类，毫无疑问都是宇宙灵魂这个"一"散发出来的"多"，这个"多"如水滴和滔滔江河一样,终究会汇入宇宙灵魂这片大海。本章将分别从灵魂的本体论和自然属性讨论雪莱诗歌中的植物灵魂、动物灵魂和人的灵魂。

在雪莱看来,灵魂如水,整个宇宙就如充满了灵魂的汪洋大海;而存在于宇宙中的万事万物,就如同那汪洋大海中的小小水滴一样。灵魂如水,其形态因时因地发生变化,但不会消亡,犹如能量转换,灵魂的实质未变,水变成冰块抑或变成水汽,以各自的形态融入茫茫宇宙之中。雪莱所歌颂的自然灵魂或个体灵魂,有自身轮回的特点,而灵魂在轮回的漫漫旅程中会经历无机物如矿物,有机物如植物、动物和人。作为个体的灵魂既包括无生命的无机物灵魂,也包括有生命的有机物灵魂。本章探讨的是有生命的有机物的灵魂问题。雪莱关于个体生命灵魂的不朽性、完美性和灵魂轮回的看法无疑是对古希腊哲人尤其是柏拉图思想的继承。

雪莱诗歌中有生命的灵魂可分成植物灵魂、动物灵魂和人的灵魂。雪莱诗歌中对植物的描绘甚多,而《含羞草》把诗人精于观察的长处体现得淋漓尽致。《含羞草》一诗的隐喻是多方面、多维度的。含羞草这一植物不仅隐喻了雪莱自己,而且隐喻了整个人类,更是灵魂对肉身的消解。含羞草虽然是个体生命中最低的灵魂形式,却承载着雪莱灵魂观念的最自然的形式。动物除了有植物灵魂的功能,还具有感觉功能。人类的需求与快乐不应建立在它们的痛苦之上,因此雪莱提倡并身体力行的素食主义也建立在其灵魂观念的基础之上。雪莱诗歌中所描绘的各种动物不仅有鲜活的肉体生命,还有灵魂的本质特征。雪莱的素食主义体现了他生命转移、灵魂不灭的思想,他想通过善待动物来重塑人类道德,推行社会改革,最终提升人类的灵魂。在灵魂的三种层次中,人的灵魂毫无疑问是最高形式,不仅包括营养灵魂和感觉灵魂,更重要的是具有理性,这也决定了人乃万物灵长这一事实。人是宇宙万物不断演化和组合的结果,其灵魂也如水滴一样存在于宇宙之中。人的灵魂的自然属性与动物灵魂、植物灵魂的自然属性一样都是个体生命的核心组成部分。作为自然个体的人的灵魂进入尘世中就构成了江河,就有了各种欲望,于是在江河中就有了人的灵魂追求至真、至善、至美的欲望与理性的对抗。但无论如何，即使具有这一性质，灵魂形式上还是个体的，却已经有了宇宙灵魂的影子。

第一节　雪莱诗歌中的植物灵魂：《含羞草》隐喻之谜

雪莱喜欢用人的内心活动来表述对大自然的感触，他说：

> 我们会热爱花朵、小草、河流以及天空。就在蓝天下，在春天的树叶的颤动中，我们找到了秘密的心灵的回应：无语的风中有一种雄辩；流淌的溪水和河边瑟瑟的苇叶声中，有一首歌谣。它们与我们灵魂之间神秘的感应，唤醒了我们心中的精灵去跳一场酣畅淋漓的狂喜之舞，并使神秘的、温柔的泪盈满我们的眼睛。[1]

雪莱的山水自然诗歌深受读者喜欢，如《西风颂》。在这些脍炙人口的自然诗歌中，雪莱讴歌个体的自然灵魂。雪莱把大自然的一切，如石头、山脉当作每一个个体灵魂加以称颂与讴歌，把它们看成宇宙灵魂的一部分。雪莱出生于乡村，对各种植物非常熟悉，无论在其凝炼精悍的短诗中还是在其气势恢宏的长诗中都描绘了大量的植物。但单单以植物作为诗歌篇名的作品却不多，有《含羞草》《一朵枯萎的紫罗兰》《爱的玫瑰》等。《一朵枯萎的紫罗兰》虽然描写了紫罗兰"萎缩、僵死、空虚的形体"（卷一：103），但用"它静默无声无所怨尤的命运，/正和我所应得的那种无异"（卷一：104）为结尾，感叹和希望在自己不幸命运的背后，自己的灵魂如紫罗兰的灵魂一样，能生生不灭，永放光芒。雪莱还在《一朵枯萎的紫罗兰》中哀叹短暂易逝的青春与爱情，鲜花与爱情都是美好而短暂的，敏感、多情而真挚的诗人正是被一朵萎谢的花朵所触动，产生了

---

[1] 雪莱：《雪莱散文》，徐文慧、杨熙龄译，北京：人民文学出版社，2008年，第29页。

对短暂爱情的感慨：

> 你看她站在那里！是人的形体，
> 饱含着爱、生命、光，和神性，
> 和只会变化、不会死亡的运动；
> 是某种光辉永恒的形象的体现；
> 是某一场美梦的留影；是脱离
> 第三星球来到人间的一束光辉；
> 是永恒的爱情之月的温柔映像。
> 这月的运动支配着生命的潮汐；
> ……………
>
> （卷三：164）

紫罗兰这种植物的灵魂和人的灵魂一样，像天空中的云，终究会回归宇宙灵魂。《爱的玫瑰》描写玫瑰的"随开，随即死亡"（卷一：520），而"年岁，并不能使爱毁灭"（卷一：520），同样表达了玫瑰这一植物灵魂不灭的思想。《樵夫和夜莺》展现了郁郁葱葱树木的灵魂："那些树木的灵魂，按自然的规律，/每一棵都是林木仙女，负责安排/野生树丛的地面和顶上永葆青葱，/用参差不齐的树枝调节阳光照晒。"（卷一：134）本节[1]主要通过对《含羞草》的细读来探讨雪莱诗歌中的植物灵魂。《含羞草》一诗涉及生与死的主题，其隐喻是多方面和多维度的。《含羞草》不仅隐喻了雪莱自己，而且隐喻了人类，更是灵魂对肉身的消解。

西方的雪莱研究从1810年对其第一部长篇小说《札斯特洛齐》的评论算起，迄今已有近两百年的历史，但对雪莱《含羞草》的评论却不是很多，评论家一般认为《含羞草》的隐喻比较朦胧。早在1821年沃克（W. S. Walker）就指出，

---

[1] 本节内容的绝大部分已发表于《国外文学》2011年第1期。

关于《含羞草》的寓意"我们找不到"[1]。无独有偶，一百多年后，查良铮也指出："这首诗是否是整个是一个隐喻，其寓意又是什么，至今尚不能明确起来。"[2]关于雪莱《含羞草》隐喻的真实意义，查良铮提供了有关学者的说法："女郎可能是'美的精灵'或宇宙精神的化身，含羞草象征诗人自己。"[3]但他自己仍不敢就此妄下结论。作为19世纪英国浪漫主义文学的卓越代表，雪莱诗歌灵动飘逸，充满想象和隐喻。相较于他的《西风颂》等作品，被哈罗德·布鲁姆（Harold Bloom）称为具有"永恒价值"[4]的《含羞草》在国内却很少有学者进行过较深入的探讨。雪莱有着博爱万物的宇宙精神，喜欢在户外写作。1820年春天在比萨完成的《含羞草》一诗把他精于观察事物的长处发挥得淋漓尽致，相较于《西风颂》《云》等描写自然的作品，诗人对自然的描写从天空转移到了充满各种花草的花园，仅诗歌前60行中出现的叫得出名字的植物就达16种。在与《含羞草》同年写就的另一首诗歌《问》中，叫得出名字的植物多达36种。诗人在《含羞草》中准确地描述了花园里各种植物一年的自然循环，并使其和人类的情感巧妙地交织在一起。有的学者认为，通过《含羞草》，"很可能雪莱是想对伊拉斯谟斯·达尔文（Erasmus Darwin）的《植物园》（*The Botanic Garden*）做拟人化的描写"[5]。伊拉斯谟斯·达尔文是英国大名鼎鼎的博物学家查尔斯·达尔文的祖父，著有《植物园》，雪莱很可能从中受到了极大的启发。约翰·吉布森·洛克哈特（John Gibson Lockart）认为，《含羞草》是雪莱1820年诗集中"最感动人的诗篇"[6]。

---

1 James Barcus: *Shelley: The Critical Heritage*, London: Routledge & Kegan Paul, 1975, p. 261.
2 雪莱：《雪莱抒情诗选·前言》，查良铮译，北京：人民文学出版社，1993年，第16、17页。
3 同上。
4 Harold Bloom: *Poets and Poems*, Philadelphia: Chelsea House Publishers, 2005, p. 135.
5 Timothy Webb: *Shelley: A Voice Not Understood*, Manchester: Manchester University Press, 1977, p. 237.
6 James Barcus: *Shelley: The Critical Heritage*, London: Routledge & Kegan Paul, 1975, p. 239.

《含羞草》全诗共分三个部分和一个结语,共311行。第一部分共114行,描述了花园中各种美丽的花草在春天来临时竞相开放和生长的盛况。整个花园从未被玷污过,其中有一棵孤独的含羞草,虽然没有艳丽的花,也没有色彩和芳香,甚至不能结出什么爱的果实,但它从根到叶都感受着爱,在整个花园里幸福并快乐地生长着。第二部分共60行,讲述了一位外表和内心都很美的女士从早春到整个夏天都在这个花园里精心培植和照顾这些花草的故事。不料,这位女士在秋天到来前死去了。第三部分共113行,讲述了没有这位女士的照料,整个花园很快在疾风、大雨的摧残下变得荒芜,美丽的花草枯萎,毒草恣意生长。在冬天到来时,花园里的小动物也僵死了,而当第二年春天回归的时候,含羞草成了没有叶片的残骸,其他毒草却像死尸一样从坟墓中复活。结尾部分共24行,是诗歌的精华,但也是最隐晦难懂的部分。诗人以自我安慰的方式做了哲理性的总结:在充满了谬误、愚昧和纷争的人世间,生活中的一切都是表象,都是虚幻,死亡本身也是虚妄。因此,可爱的花园和美丽的女士,花园所有美好的东西都没有消亡,美和喜悦,根本就没有变化,也没有毁灭,我们感受不到它们的光明,是因为我们自身的黑暗。

《含羞草》是一篇比较隐晦的诗歌,表面上它是一篇关于植物生长和衰亡的诗歌,实际上它是一篇关于人类心灵的诗歌,是雪莱对敏感心灵的阐释,是雪莱谦卑人格的写照,甚至是关于整个人类的隐喻,是人类灵魂对肉身的消解,爱与美永不消亡。西摩·瑞特(Seymour Reiter)认为:"《含羞草》比《西风颂》更能引起评论者的兴趣……《含羞草》加强了诗歌与雪莱的个人生活经历联系的相关性。"[1] 雪莱得知自己被查出肺病且无法医治后,越来越忧郁,雪莱自身就像含羞草一样敏感,斯塔西小姐(Miss Stacey)的离去以及佛罗伦萨的严冬对雪莱创作《含羞草》影响颇大。

1819年雪莱在《给索菲亚(斯塔西小姐)》一诗中把这位美丽的女士靠近自

---

1 Seymour Reiter: *A Study of Shelley's Poetry*, Albuquerque: University of New Mexico Press, 1967, p. 233.

己时的心情描绘成"像感觉到了无形精灵的人"（卷一：187）。她的离去在某种程度上使得雪莱在《含羞草》里用那位花园的女士来隐喻她成为可能。雪莱的夫人玛丽在有关1820年诗歌的题记中写道："佛罗伦萨有些情况对他的健康极不相宜，他在这里受到的痛苦折磨远远超过了往常，以至于我们不得不改变最初的想法，提前离开那里，而迁往比萨。"（卷一：350）在比萨，雪莱求助著名的医生瓦卡，但瓦卡对雪莱的病情也无能为力，并"劝他放弃求医吃药，而把他的痛苦托付给自然"（卷一：350）。雪莱在这样抑郁的心境下遇到了他们在比萨唯一的邻居蒙特卡舍尔夫人（也称梅索夫人），因此，《含羞草》也被认为是"与雪莱对蒙特卡舍尔夫人第一印象有关的诗歌"[1]。蒙特卡舍尔夫人随和、聪明，雪莱在致利·亨特的一封信中描述她"落落大方，脾气也与我相近"（卷七：291）。在霍姆斯看来，《含羞草》的创作应该与这位与雪莱比邻的蒙特卡舍尔夫人有关。诗人一想到自己身体的疾病，内心便充满了凄凉和悲哀。出于对死亡的担忧，诗人格外关注如何在变幻不定的现实中获得生命的永恒。诗人的孤独和敏感使他想到了偏爱红尘俗世而又默默无语的美丽的含羞草这一素材，雪莱在这样一种心境下于1820年3月完成了《含羞草》的创作。含羞草具有一种虔诚而崇高的宗教意味，这种特点暗喻雪莱自身对生活有特别敏锐的感受，对世界万物有一颗博爱之心，对世界万物有无尽的感怀。雪莱1821年写成的《无常》一诗也表现了类似的情感："今天，花儿喜笑欢悦，/明天，就会凋谢；/我们希望长驻的一切，/诱惑，然后飞逸。"（卷一：375）

布鲁姆认为："《含羞草》的语调微妙细腻之至，甚至连斯宾塞也望尘莫及。在济慈的《恩狄弥翁》的许多章节和布莱克的《塞尔书》中也能发现与此十分相似的语调。"[2] 在诗歌的第一部分，雪莱描写了多种植物，他以非常细腻的写作手法赋予这些植物以人的特点：如"为幸福而颤抖，而喘息"（卷一：220）的含羞草，"为自身的美而失去生命"（卷一：221）的水仙，"激情使

1　Richard Holmes: *Shelley: The Pursuit*, New York: Penguin, 1974, p. 582.
2　Harold Bloom: *Poets and Poems*, Philadelphia: Chelsea House Publishers, 2005, p. 135.

它苍白，青春使它鲜艳"（卷一：221）的百合，"脱去衣衫，展现出光洁的胸脯"（卷一：221）的玫瑰。这些对植物拟人化的描写，使得这些植物具有人性。然而细心的读者不难发现，这些植物诸如雪莲花、紫罗兰、银莲、郁金香、水仙、百合、风信子和玫瑰等，都是多年生植物，而只有含羞草是一年生植物。因此，诗人在诗中说含羞草是孤独的，没有同伴。联系到雪莱坎坷短暂的人生经历，不难理解诗人可能把自己比作花园里孤独而敏感的含羞草，在这个世界上很少有人能理解他的思想和行为。

从更深层次的意义来说，含羞草何尝没有暗指生活在地球这个花园中的人类？虽然人类是一种高级动物，但我们却与自然界其他动植物迥然不同。这样一个寓言故事指出，人类与自然界其他生物的疏离是我们人类的本性使然，而不是被上帝逐出伊甸园后才开始的。第一部分雪莱向读者描述的花园是"未被玷污过的乐园"，仿佛就是人类在堕落之前生活过的伊甸园。花园中的所有花草包括含羞草都感受着爱。雪莱对爱的观点深受柏拉图思想的影响，雪莱在《论爱》中认为：

> 你垂询什么是爱吗？当我们在自身思想的幽谷中发现一片虚空，从而在天地万物中呼唤、寻求与身内之物的通感对应之时，受到我们所感、所惧、所企望的事物的那种情不自禁的、强有力的吸引，就是爱。[1]

雪莱的爱是相互理解、相互融合的精神共鸣，是人与宇宙万物之间的心灵相通的博爱和大爱精神。花园中的植物享受彼此给予的爱，而含羞草相比其他植物来说，接受的爱最多，也爱得最深。然而作为人类的含羞草，雪莱对它所得到的爱倾注了极大的偏爱，但含羞草却没能像其他植物那样为这个世界创造美："因

---

[1] 雪莱：《雪莱散文》，徐文慧、杨熙龄译，北京：人民文学出版社，2008年，第28页。

为含羞草没有那艳丽的花,/色彩和芳香的禀赋不属于它;/它爱得像爱神,热情充沛心内,/只渴望一种珍品,它所缺的美!"(卷一:223)因此,敏感而孤独的含羞草在享受着爱并欣赏着自然界的美的同时,却渴求她自身缺乏的珍品——美。另一方面,当黑夜来临,其他飞禽走兽都安息时,唯独含羞草听着夜莺的歌声进入梦境,这歌声仿佛只有天宫才有。

  诗歌的第二部分描述了一位美丽的女士。她犹如伊甸园的夏娃,是美与欢乐的女神,细心照料着园内的植物,园内的植物也因有她而洋溢着欢乐气氛:"我不怀疑,那美妙花园的花朵/听到她温柔的脚步声会感到欢乐;/我不怀疑,它们和她莹润的手指接触,/会感到有一种精神立即在全身流布。"(卷一:227)这位女士"没有任何人间的伴侣"(卷一:226),在秋天到来之前却死去了。花园没有了这位女士的照料,诗歌第三部分所描述的花园的荒芜就不可避免了。我们可以理解为,正是有了如同这位女士一样的园艺工,才有了美丽的花园,没有了园艺工,花园还会存在吗?那么,这位女士到底象征着什么,或者说隐喻着什么?诗歌第二部分一开始,诗人就向读者交代:"这美妙的园里有一位仙灵,/这伊甸的夏娃,美与欢乐的女神,/像上帝主宰宇宙星辰,管理着/不论是醒着或是睡梦中的花朵。"(卷一:225-226)江枫在此处把这位女士翻译为"仙灵",查良铮和吴迪把她翻译为"神力"[1],但吴迪翻译的"神力"下面有两点着重符号。笔者认为翻译成"神力"更为恰当一些,因为英文原文是首字母大写的"Power"一词,很明显雪莱在这里是强调自然界中有一股掌管着这座花园的神秘力量,是"美底精灵"或宇宙精神的化身。其实,这位女士在笔者看来,更像是爱的天使、爱的天神。如果真是这样,那么这位女士就不可能死去,她永恒不朽,因为神和爱是不会灭亡的。但是,联系到雪莱的个人生活经历,西摩·瑞特(Seymour Reiter)认为,"那位女士的死亡隐喻着雪莱夫人玛丽在痛失他们

---

[1] 查良铮和吴迪将这位女士翻译为"神力",见查良铮译:《雪莱抒情诗选》,北京:人民文学出版社,1993年,第87页;吴迪译:《雪莱抒情诗全集》,杭州:浙江文艺出版社,1994年,第213页。

的孩子后对雪莱的精神死亡状态"[1]。事实上，雪莱的女儿和儿子在威尼斯和罗马相继夭折之后，雪莱夫妇俩的关系确实受到了挑战，他们两人的敏感神经经不起丝微的拨动。在诗歌的第一部分，雪莱把花园的花比喻成婴儿的眼睛，在第一部分的结尾处雪莱再次把含羞草比喻成孩子。花园里这些花和草，像孩子般接受着这位女士的保护和培育，而她的突然离去宣告了花园在物质层面上的死亡，在瑞特看来，她的离去隐喻了雪莱夫人在相继失去女儿和儿子后对丈夫的精神死亡状态。

提摩太·韦布（Timothy Webb）虽然认为《含羞草》不愧为"一首描写淡雅、非常优美的诗篇"[2]，但读起来却很隐晦，诗歌里充满了想象和隐喻。亨利·克拉布·鲁滨孙（Henry Crabb Robinson）认为，"《含羞草》是令人愉悦的诗篇，想象似乎是此诗最好的特点"[3]。诗歌的第三部分描述了花园在女士死亡后变得极度荒芜的情形。布鲁姆认为："这首诗是弥尔顿的伊甸园变成不毛之地的又一个浪漫主义的版本……诗歌第三部分描述的新的状态和体验的生活是一个超乎想象的世界，一个杂草丛生的世界。"[4] 失去了女士照看的花园变得"脏臭阴冷，像具死尸"（卷一：230），整个花园变成"使从不哭泣的人也要战栗的一堆"（卷一：230）。花园里各种美丽的花草都在相继死去，但杂草、毒草和有毒的植物却在疯狂地生长。整个花园被"有毒的雾气"笼罩着，被这些有毒的植物垃圾充斥着，花园的小河也堵塞了。雪莱对花园冬天的描写确实残酷到了无以复加的地步，难怪理查德·霍姆斯（Richard Holmes）认为此诗"对秋天和冬天丑陋和恐惧的意象描述达到了特别的程度"[5]。正是在这个意义上，吴

---

[1] Seymour Reiter: *A Study of Shelley's Poetry,* Albuquerque: University of New Mexico Press, 1967, p. 235.
[2] 同上，第239页。
[3] James Barcus: *Shelley: The Critical Heritage,* London: Routledge & Kegan Paul, 1975, p. 347.
[4] Harold Bloom: *Poets and Poems*, Philadelphia: Chelsea House Publishers, 2005, p. 135.
[5] Richard Holmes: *Shelley: The Pursuit*, New York: Penguin, 1974, p. 582.

迪认为,《含羞草》表明了"人类世界从纯真与美到现代荒原的过渡"[1]。花园的衰落还可能使读者联想到莎士比亚十四行诗第五首:"永不停息的时间把夏天带到了/可怕的冬天,就随手把他倾覆;青枝绿叶在冰霜下萎黄枯槁了,/美披上白雪,到处是一片荒芜。"[2] 诗歌第三部分描写含羞草死亡时称其为"无叶"(leafless)的残骸,而没有称其为"没有生命"(lifeless)的残骸,暗示含羞草可能只是象征枝叶的肉身死亡了,而根还在,精神和灵魂并没有死亡。诗歌第一部分诗人呈现了花园植物的肉身世界,第二、第三部分描写了花园万物的灵魂和肉身世界,因此才有了该诗歌的精华——结尾部分对灵魂与肉身、生命与死亡的探讨。

花园里这些看似无生命的植物贯穿整个诗篇,雪莱却用永恒、美、爱等来赞美这些美丽事物的肉身存在及其灵魂和精神的不灭,灵魂就寄居在这些美丽的植物中。雪莱在《含羞草》结语部分的第一节说:"含羞草,或是在它的梗茎/腐烂以前该像一个精灵/寄寓其中的神魂,这时是否/感觉到了这变化,我很难说。"(卷一: 234-235)雪莱用低调的语气表明他很难断定寄居于含羞草的灵魂是否感受到了含羞草肉身的即将消亡。诚如布鲁姆指出的那样:"和雪莱的所有重要诗篇一样,《含羞草》也是一部怀疑主义的作品,在此,怀疑主义就表现为对人类的一种认识能力,即在变化和衰败的必然循环中自然的或想象的价值还能不能继续存在,持一种危险的、悬而不决的怀疑态度。"[3] 布鲁姆的这一评论虽然指出雪莱诗歌具有怀疑主义的特点,但却忽略了雪莱隐藏在其怀疑主义下对生与死、灵魂与肉身等问题的探索:"降临是否即为存在之始,死亡是否即

---

1 雪莱:《雪莱抒情诗全集·前言》,吴迪译,杭州:浙江文艺出版社,1994年,第8页。

2 William Shakespeare: *The Sonnets of Shakespeare: Edited from the Quarto of 1609*, edited by Thomas George Tucker, Cambridge: Cambridge University Press, 2009, p. 4. 笔者翻译时参考了屠岸编译的《莎士比亚十四行诗一百首》,北京:中国对外翻译出版公司,1992年,第9页。

3 Harold Bloom: *Poets and Poems*, Philadelphia: Chelsea House Publishers, 2005, p. 135.

为存在之终?"¹ 雪莱曾经翻译过柏拉图的《会饮篇》等著作,他对灵魂寄寓的看法深受柏拉图的影响。柏拉图认为灵魂在降入尘世之前就已经在非物质世界中看见了实在的纯形式,获得了有关万物的知识,只不过在降入肉身之后又把它遗忘了。关于死亡,柏拉图认为"死亡只不过是灵魂从身体中解脱出来,是肉体本身与灵魂脱离之后所处的分离状态和灵魂从身体中解脱出来以后所处的分离状态"²。柏拉图还借苏格拉底之口认为"灵魂显然与神圣的事物相似,身体与可朽的事物相似"³。

雪莱认为寄居在含羞草中的灵魂没有死,死亡的仅仅是"无叶"的含羞草的残骸,与人一样,它的不朽部分,即它的灵魂,没有消亡。雪莱为自己死去的儿子而作的《致威廉·雪莱》一诗中也富有同样的思想:"我失去了的威廉,在你身体内/曾有一颗光辉的灵魂寄寓。"(卷一:188)雪莱设想威廉的灵魂"以它强烈而又可亲的生命气息/在这些坟头和废墟的荒野/滋养着有生命鲜花和杂草的爱"(卷一:188-189)。关于这一点,柏拉图认为:"当死亡降临一个人的时候,死去的是他的可朽部分,而他的不朽部分在死亡逼近的时候不受伤害地逃避了,他的不朽部分是不可灭的。"⁴ 之后,雪莱又回到现实世界中来:"我不敢猜:但是既然在生活里,/一切都是表象,没有什么是真的,/充满了谬误、愚昧和纷争,/我们自己只是梦中的幻影。"(卷一:235)这使人想起柏拉图在《国家篇》里的一段有关西方哲学经典的"洞寓"⁵。柏拉图的知识论是以理念论为基础的,柏拉图在寓言中构筑了洞内、洞外两个世界。洞穴内的世界是现象的世界,洞穴外的世界是理念的世界。我们所生活的外在世界如洞内所看见的影子,是一个飘忽不定、难以捉摸的黑暗世界。生活在这个外在世界中的人犹如囚徒被虚无缥缈的幻象所束缚,他们所面对的一切都是虚幻,根本不知道在这个世

---

1 雪莱:《雪莱散文》,徐文慧、杨熙龄译,北京:人民文学出版社,2008年,第43页。
2 柏拉图:《柏拉图全集》卷一,王晓朝译,北京:人民出版社,2002年,第61页。
3 同上,第84页。
4 同上,第120页。
5 同上,卷二,第510-514页。

界之外还存在一个光明的、更加美好的世界。尘世的一切都不过是洞穴外这个世界理念的幻象,只有忘却所有这些幻象才能求得心灵的超越与神性的回归。在《含羞草》里雪莱认为"这虽是个简朴的信念",但"考虑到了却足以令人开心颜"(卷一:235)。关于死亡,雪莱说:"那就是承认:和万象一样,/死亡的本身也必定是虚妄。"(卷一:235)既然死亡在雪莱看来是虚妄的,那么什么才是永恒的呢?是灵魂,与神性事物相似的灵魂。雪莱认为死亡不是一切的终结,肉身的消亡并不代表灵魂的消亡,肉身只不过是物质层面,还有具有更高精神追求的灵魂存在。雪莱受基督教和古希腊文化的影响,对灵魂的推崇以及为自己构建的理想大同世界而殉道的精神,很少为世人所理解和接受。面对死亡雪莱非常坦然,他对灵魂的存在及其不朽笃信不疑。他曾对救他的人说,如果你见到我的尸体,我也就(以灵魂)看见(彼岸的)真理了。柏拉图考察了灵魂的性质后认为:"一切灵魂都是不朽的,因为凡是永远处在运动之中的事物都是不朽的。"[1] 关于灵魂的本质和定义,他认为"灵魂的本质是自动",即"推动自己运动的东西"就是灵魂,并进而认为,"灵魂既没有出生也没有死亡"。灵魂在降入尘世之前就已经存在。"灵魂由于其本性使然都天然地观照过真正的存在。"[2]

这种客观的存在,肉体之身是看不见、感觉不到的。因此,灵魂只有通过一定的形式,如"秘仪",才能重返理式世界,只有当灵魂"还没有被埋葬在这个叫作身体的坟墓里,还没有像河蚌困在蚌壳里一样被束缚在肉体中"[3],才能看见常人看不见的真正的美和爱。因此,诗人雪莱受到不朽灵魂的感召,在《含羞草》结语部分浮身远行:

那可爱的花园,那美好的姑娘,

---

1 柏拉图:《柏拉图全集》卷二,王晓朝译,北京:人民出版社,2002年,第120页。
2 同上,第159-160页。
3 同上,第164-165页。

> 那里所有的美的气味、美的形象,
> 其实,从来没有消亡,变化了的
> 不是他们,是我们和我们的一切。
>
> 对于爱,对于美,对于喜悦,
> 既不存在变化,也没有毁灭,
> 它们的威力超越过我们的感官,
> 感受不了光明是由于本身阴暗。
>
> (卷一:235-236)

  雪莱对最高理想的追求就是柏拉图的理式论,无论是那可爱的花园以及生活其中的美丽的含羞草,还是照顾花园的那位美丽的女士,甚至那里所有的美的气味、美的形象,如不灭的灵魂一样,从来没有消亡,变化了的只不过是尘世中的我们,是住在洞内的我们及我们的一切,是只能看到表象,永远看不到真理的拥有肉身的我们。那些爱、美与喜悦,也没有任何变化,愚钝的是只有肉身的我们。如果不能净化灵魂,让心灵摆脱肉身的桎梏,就不能感受到那些美好的事物,因为如果我们本身处在游散于肢体、屈从于肉欲、沉湎于肉身的阴暗中,是感受不到爱、美、喜悦与光明的。柏拉图的理式论认为"理式世界"是宗教中"神的世界"的摹本,是对最高的永恒的"理式"或真理的"凝神观照"。由灵魂隐约"回忆"到未依附肉身以前在天上所见到的真美,只有通过回忆才能实现灵魂对理念世界的渴求、羡慕与返回。而爱则是灵魂渴望进入永恒、渴望达到不朽的过程。只有通过爱,花园里各种植物之间的爱,那位女士对植物精心培育之爱,含羞草所感受到的其他植物以及那位女士对自己之爱,才能达到灵魂不朽,才能直观永恒之境的大美。从小处来讲,含羞草隐喻雪莱自己,从大处来讲,含羞草何尝不是隐喻我们人类自身?人既具有上帝的形,又获得了上帝的灵,具有肉体和灵魂的双重属性。但生活在人间即地球这个花园的人类孤立于自然界的其他万物，没有给予自然界万物以深切的爱，却享受着万物带给人类的爱；远离神或上帝，却享受着精心照料花园的那位女神的关怀和爱。我们人类要想与其他所有美好的生命和物体一样不朽，就必须摆脱肉身，从灵魂本身来对事物进行沉思，洗涤我们身体受到的玷污，直至净化灵魂，以拯救我们人类自身。正如雪莱在《含羞草》中说的最后一句话，我们"感受不了光明是由于本身阴暗"（卷一：236）。那么光明是什么？人类怎样才能感受和看到光明？人类只有通过拒绝身体的罪恶，使自己不受污染，净化灵魂，才能看到光明，亦即真理。只有获取了真理，人类才会像灵魂一样不灭不亡，获得永恒。

  雪莱主张无神论，但同时他又将天地万物视为神灵，将人世间的爱、美、真视为神一般的至高存在。人死了，肉体腐烂，但精神或灵魂却回到源泉，成为宇宙精神的一部分，继续存在，永不熄灭。早在古罗马时期，奥维德在《变形记》里就认为："一切事物只有变化，没有死灭。"[1] 这一万物不灭的思想在雪莱的《阿多尼》中也有体现："我们所知的大千世界，一切不灭；……尘土归回尘土！纯洁的精神却要流回/它所来的燃烧的泉流之源，/……穿越时间和变易，/它必定会永远放射光芒，依旧是不可扑灭。"（卷三：211-223）人的肉身死亡不是结束，而是开启了一扇通向永生的大门。死亡是为了回归神的荣耀，是为了走向永生。因此，唯有死亡才能使人的灵魂摆脱肉身的囚禁。灵魂就其本性而言是永恒的、自动自由的，唯一适合它生存的地方就是理念的世界。正是基于这一点，《含羞草》隐喻的不仅是诗人雪莱自己，而且是我们人类自身，是人类灵魂对肉身的消解。由此，灵魂在肉身的幻象中消解了生命的悲哀和苦愁，慰藉了生的艰辛和死的永恒，这也是人类所盼望的终点——希冀生命永远存在，人类实现永生。写完《含羞草》两年后的7月8日，雪莱在斯佩齐亚海湾航船上遇暴风雨而溺亡。雪莱之死与《含羞草》一样，诠释了诗人对生命的理解，那就是肉身虽然消失了，但灵魂并没有离我们而去，永存于天地之间。

---

  1 奥维德：《变形记》，杨周翰译，北京：人民文学出版社，1984年，第208页。

第二节　雪莱诗歌中的动物灵魂：雪莱的素食主义[1]

雪莱描写动物的诗歌非常多，但直接以动物为诗歌标题的作品却不多。短诗有《致云雀》《坚强的雄鹰》，以及少年之作《猫》等。坚强的雄鹰"高高地飞翔，/在云雾弥漫的山巅丛林之上，/披沐着晨曦璀璨的光明"（卷一：67）。这首诗是为《政治的正义》一书的作者，即他的岳父威廉·葛德文而创作，他在诗中把葛德文比作坚强的雄鹰。雪莱8岁时所写的《猫》，是现存雪莱最早的一部作品，虽显稚嫩，却彰显出雪莱早熟的思想。雪莱认为猫和其他动物一样也是有灵魂的："各种各样的邪恶，/喜欢众多的魔鬼/从他们出生就加入可怜的灵魂。"[2] 雪莱在篇幅较长的《致云雀》开篇就对这有灵魂的动物直呼："你好啊，欢乐的精灵！"（卷一：248）这云雀不是飞禽，而是拥有灵魂的精灵，承载了雪莱的诸多理想和希望，而云雀对死亡的理解是多么豁达：

> 是醒来抑或是睡去，
> 你对死的理解一定
> 比我们凡人梦到的
> 更深刻真切，否则
> 你的乐曲音流怎能像液态的水晶涌泻？

---

[1] 此节部分内容以《世界精神与生态关怀：雪莱和他的素食主义》为题发表在《外语教学》2016年第3期上。

[2] 此处为笔者翻译，与江枫译《雪莱全集》版（卷一：507）的翻译有差异。江枫翻译时把"like"翻译为"像"，其实应翻译为"喜欢"。英文原文为"And the various evils, / which like so many devils, /Attend the poor souls from their birth"。参见P. B. Shelley: Thomas Hutchinson ed., *The Complete Poetical Works of Percy Bysshe Shelley*, London: Oxford University Press, 1914, p. 839. 另外，原文"灵魂"一词用的是"soul"，但在下列版本Donald H. Reiman & Neil Fraistat, eds., *The Complete Poetry* (Volume I), Baltimore and London: The Johns Hopkins University Press, 2000, p. 135) 中"soul"一词不知何故被替换成了"dogs"。

我们瞻前顾后，为了
不存在的事物自扰，
我们最真挚的欢笑，
也交织着某种苦恼，
我们最美的音乐是最能倾诉哀思的曲调。

（卷一：253）

只有参透了生死的真谛，才能超然于世事烦扰，直达纯净的精神世界。云雀展露的是诗人自己的影子。雪莱曾说，在寂寞时，或在当我们周围都是人而他们不对我们表示同情的凄凉境况中，我们便会转向大自然，寻找一种秘密的交感来同我们的心灵相应。在这里，与诗人灵魂相对应、相沟通的，是小小的云雀的灵魂。在《阿乔拉》一诗中，雪莱高度赞扬这个毛茸茸的夜枭在自然界中的声音："这样动人心魄，为歌喉、/琵琶、风和鸣禽所不及；/不像它们，却远比它们动听。"（卷一：381）关于这个有灵魂的小动物，雪莱在与玛丽的对话中进一步感叹："忧伤的阿乔拉！从那一时刻起，/我爱上了你和你的悲啼。"（卷一：381）蛇的意象在雪莱的诗歌中不仅仅是诗人对大自然动物的简单描绘，它有自己的灵魂，而且它在雪莱的作品中形象变化多端。对蛇的描绘，雪莱根据自己的需要纵横想象，使得蛇这一动物充满了雪莱的主观想象。蛇在《麦布女王》中是邪恶的代表，然而在《伊斯兰的反叛》中却幻化为美与善的形象。动物在雪莱看来，其灵魂也具有变化的特点。为了善的需要，动物灵魂在雪莱的诗歌体系中起着不同的作用。本节主要探讨雪莱为动物灵魂而提倡和践行的素食主义。雪莱曾在1821年的诗剧《希腊》中写道："生命可以转移，但不会消逝。"[1] 雪莱认

---

[1] 笔者认为江枫所翻译的"生命可能变化，/但是不会消失"难以传达其意义，参见江枫主编的《雪莱全集》（卷四），石家庄：河北教育出版社，2000年，第20页。此处为笔者翻译，英文原文"Life may change, /but it may fly not"出自 P. B. Shelley, Thomas Hutchinson ed., *The Complete Poetical Works of Percy Bysshe Shelley*, London: Oxford University Press, 1914, p. 453。

为，生命犹如太阳流溢出的能量，以各种形式在自然界存在、转移和循环，像灵魂一样永恒不灭，这正好有力地注解了被人们忽略的雪莱生活和思想中的一个重要方面——素食主义。如今雪莱的素食观点已被奉为素食主义的经典。[1]

"素食"（vegetarian）一词来自拉丁文"*vegetus*"，意思是"新鲜、健康"，其源头可追溯到古希腊和古罗马文明，但"直到19世纪40年代人们才创造了素食主义者这个词语"[2]。西方历史上毕达哥拉斯是"第一个反对肉食的人"[3]。《圣经》里上帝为人安排的饮食最初是完全素食的："神说，看哪，我将遍地上一切结种子的菜蔬一切树上所结有核的果子，全赐给你们作食物。"（创世记1：29）[4]《圣经》还表达了神对带血肉食的鄙弃："惟独肉带着血，那就是它的生命，你们不可吃。"（创世记9：4）[5]人类堕落前是全素者，茹素正是一种返回伊甸园的救赎。历史上许多哲学家和神学家以及宗教人士都有素食爱好，更有甚者，大多数宗教都宣扬不杀生和非暴力的思想，这也使素食往往与某种宗教或哲学思想联系起来。18世纪的英国已出现了与清教主义很接近的以素食为表现形式的苦行，而在19世纪的英国社会，实行和宣传素食俨然成为当时的一

---

[1] 大多数雪莱的传记和评论家如霍姆斯（Holmes）等人把"雪莱的素食主义简单地看作是雪莱年轻时的那种满腔热情，然而却是不切实际的幻想。对于素食主义对雪莱的重要性几乎都没有提供任何真实的有价值的解释"。雪莱传记作家肯尼斯·尼尔·卡梅伦（Kenneth Neil Cameron）认为雪莱的素食主义思想充满了"荒谬"。唯有亨利·绍特（Henry Salt）为雪莱的素食主义做了认真的辩护，他认为"雪莱一贯在身体上指责动物遭受苦难的主要原因是人类必须抛弃人类高于其他动物的优越感理念并对其他低等动物赋予人类真诚的同情和怜悯"。亨利·绍特还进一步坚信"雪莱的饮食趣味一定对他的精神产生过某种影响，并使他变得独特"。以上论述参见Onno Oerlemans, "Shelley's Ideal Body: Vegetarianism and Nature", *Studies in Romanticism*, 34: 4 (1995: Winter), pp. 531–532。

[2] Colin Spencer: *The Heretic's Feast: A History of Vegetarianism*, Hanover and London: University Press of New England, 1996, p. xi.

[3] 奥维德：《变形记》，杨周翰译，北京：人民文学出版社，1984年，第205页。

[4] 中国基督教三自爱国运动委员会，中国基督教协会：《圣经》，中国基督教协会，2010年，第1页。

[5] 同上，第7页。

种潮流。浪漫主义时期"仅仅在英格兰就有成千上万的素食者"[1]，雪莱也受到当时简约式生活思想的影响，扛起素食主义大旗，提出素食主义是"一种批判的实践"[2]。雪莱是何时成为一名素食主义者的呢？克拉克说，"早在牛津大学的时候，雪莱就开始做一个温和的素食主义者"[3]。但直到"1812年3月雪莱与他的第一任妻子哈利特一起在爱尔兰的都柏林才开始正式成为素食主义者"[4]。雪莱可能没有那么严格地执行素食主义食谱，但"在自己家里，雪莱总是做一名素食主义者"[5]。那么雪莱为什么要选择素食？一种说法是因为雪莱患有神经性头痛疾病，他会偶尔变得"疯狂"。雪莱曾经对哈利特有过身体上的攻击，但雪莱坚持认为他已经恢复了精神上的健康，他告诉哈利特："我现在已完全从我提到过的那次小小的神经性头痛中恢复过来。"（卷六：253）就这一点，伯威克也认为："为了阻止他发狂的神经，雪莱于1812年3月开始成为一名素食主义者。"[6]雪莱完全被新的病理学所折服，深信饮食和精神紊乱之间有着必然的联系，许多病症就是不规则或不恰当的饮食造成的。有学者认为"雪莱仅仅是由于道德的原因而成为素食者是不可能的"[7]。雪莱在牛津的密友霍格也记不清楚是什么原因导致雪莱开始吃素。另有一种说法是"雪莱的素食主义起因于读了普卢塔克的两篇有关食肉的文章"[8]。事实上，雪莱阅读的书籍不仅有希腊哲学家普卢塔克的

---

1 Timothy Morton: *Shelley and the Revolution in Taste: The Body and the Natural World*, Cambridge: Cambridge University Press, 1994, p. 196.
2 Timothy Morton: *Cultures of Taste/Theories of Appetite: Eating Romanticism*, New York: Palgrave Macmillan, 2004, p. 6.
3 Timothy Morton: *Shelley and the Revolution in Taste: The Body and the Natural World*, Cambridge: Cambridge University Press, 1994, p. 60.
4 同上，第63页。
5 A Clutton-Brock: *Shelley: The Man and the Poet*, London: Methuen & Co., Ltd., 1924, p. 131.
6 Frederick Burwick: "The Revolt of Islam: Vegetarian Shelley and the Narrative of Mental Pathology", *Wordsworth Circle*, (40)2-3:87-93 (2009), p. 88.
7 Nora Crook and Derek Guiton: *Shelley's Venomed Melody*, Cambridge: Cambridge University Press, 1986, p. 76.
8 Carol J. Adams: *The Sexual Politics of Meat: A Feminist Vegetarian Critical Theory*, New York: Continuum International Publishing Group Ltd., 2010, p. 120.

著作，还有赫西奥德、柏拉图、奥维德等人的著作，恰巧他们都希望人类社会能回到所有人都吃素的黄金时代。对于雪莱选择素食还有一种说法是，他对父亲的强烈憎恨使得他想尽力去做一个与父亲完全不同的人，而雪莱的父亲是一个典型的肉食主义者，因此，雪莱以食素的方式来表达与父亲的决裂。

  雪莱选择素食，原因众说纷纭，难有定论。但纵观雪莱的作品及其体现的思想和精神，我们更有理由相信雪莱选择素食不仅是出于身体上的以及简单的对残忍屠杀动物极端厌恶的人道主义原因，更是出于根植于雪莱灵魂深处的灵魂不灭的思想。

  雪莱写了两篇文章来提倡素食主义。第一篇是1812年的《为自然饮食的辩护》，约5 000字，最初用希腊文写成，附在《麦布女王》的注解里。第二篇是1813年的《论素食》。雪莱把素食与人类的病态身体以及由病态身体引发的道德、政治等问题联系起来。在《麦布女王》注17里雪莱把素食提高到了人类道德的高度，他认为"人的身心品质堕落，根源在于他违反自然的生活习惯"（卷三：427），而"疾病和罪恶来源于不自然的饮食"（卷三：427）。这一观点在《论素食》里也有充分的论述："疾病是违背自然规律的生活习惯的结果。"（卷五：497）雪莱认为从某个远古的时代起，人类便放弃了自然的道路，为了满足违反自然的食欲而牺牲了他们生命的纯洁和幸福。雪莱还引用赫西奥德的话说，在普罗米修斯以前，人类享有朝气蓬勃的青春，根本不知道灾难和痛苦为何物。正是由于普罗米修斯盗取天火，才把慢性的毒瘤和各种病症带给了人类。他引用普林尼著的《自然史》，认为正是普罗米修斯最早教会人吃动物性食品，人类学会用普罗米修斯盗取的天火来烹煮，让令人作呕的生肉变为人类可下咽的食物，违背人类自然饮食习惯的行为让疾病、痛苦甚至死亡随之而来，因此诸多恶果是人类咎由自取。而普罗米修斯本人也受到大自然（朱庇特）的惩罚，被秃鹰（象征各种疾病）啄食肝脏。雪莱还引用牛顿的观点进一步分析，亚当和夏娃在伊甸园里违背上帝的意志，受蛇的引诱而偷吃的禁果其实就是动物的肉。上帝造人之初赋予了人永恒的青春，人类最初并不是像我们如今看到的这样疾病缠身、多灾多难，而是健康，没有疾病和痛苦，永生于伊甸园。人类堕落前是全素者，正是由于偷吃了禁果（动物的肉），人类才被上帝逐出伊甸园，遭受生老病死的折磨。正因为人类的堕落和犯罪，后来地球上逐渐有了杀生、战争等流血的暴行。人类要想得到救赎并重返伊甸园，只有放弃食肉的恶习，回归到吃素的黄金时代。

19世纪的英国，资本主义以及世界范围内的国际贸易正如火如荼地发展，商业大行其道，作为社会改革重要方面的饮食改革步履维艰。在雪莱看来，商业是人性中一切真正有价值的美好品质的大敌。雪莱借用他的前辈蒲伯和托马斯关于素食主义的主题加以充分发挥，使得素食在当时看来非常不切实际。雪莱自己不得不承认，我们人类已经走得太远，回头的道路是多么的艰难。即使在今天，雪莱的这种乌托邦似的素食主义理想看起来依然遥不可及。但雪莱的伟大之处，正如他的第二任妻子玛丽所言，是"具有一种，就我的体会而言，是人类罕见的精神品质：那就是他的'非世俗性'"（卷三：447）。

雪莱素食主义的诗化特征主要体现在《麦布女王》《宇宙的精灵》《普罗米修斯的解放》《伊斯兰的反叛》《马伦吉》《阿拉斯特》中。莫顿认为："雪莱的诗歌明显和富有想象力地再现了他的素食主义思想。"[1]雪莱18岁写成的《麦布女王》阐释了人类消费与乌托邦似幻象的关系，宣扬停止吃肉对人类的好处：

> 世界而且不朽：这时他不复
> 屠杀面对面眼看着他的羊羔，
> 恐怖地吞食那被宰割的肉，
> 似乎要为自然律被破坏复仇，
> 那肉曾经在人的躯体内激起

---

[1] Timothy Morton: *Shelley and the Revolution in Taste: The Body and the Natural World*, Cambridge: Cambridge University Press, 1994, p. 83.

> 所有各种腐败的体液,并在
> 人类心灵中引发出所有各种
> 邪恶欲望、虚妄信念、憎恶。
>
> (卷三:363)

在希腊文化中,饮食不仅能满足人类身体的需求,而且有助于人类保持与动物世界的恰当关系。而毕达哥拉斯似的素食主义正适合这一文化模式。《麦布女王》建立了一种人类反抗自然的模式,表现了食肉与人类道德堕落的关系,传达了雪莱放弃屠杀肉食动物而达到人与自然和谐相处的生态理念。这种对饮食的态度与19世纪重视饮食的精神道德层面的趋向密切相关。人和动物在素食主义者看来应该平等地在地球这个家园上生息繁衍:

> 万物不再有恐怖:人已丧失
> 蹂躏的特权,而成为平等的
> 一员处在其他平等成员之中:
> 虽然晚了一些,毕竟,欢乐
> 与科学已开始出现在地球上;
>
> (卷三:364)

《宇宙的精灵》中有关素食主义的诗化体现为在《麦布女王》的基础上对极少词语的修改。普罗米修斯受虐的身体在《麦布女王》注释里已有所阐释,普罗米修斯最终从忍受秃鹰啄食其肉的折磨中解放出来,在雪莱看来,普罗米修斯的这一胜利象征着社会和自然革新方面的成功。而秃鹰,作为一种食肉的禽类,在朱庇特的强命下扮演着啄食普罗米修斯肝脏而走向自我毁灭的角色。在《普罗米修斯的解放》里,普罗米修斯象征着革新,由于不可能让人类回到原始天真的状态,不得不用自己的智慧和美德引导人类通过自身的努力战胜自身的罪恶,从而到达无罪和有德的善的世界。普罗米修斯"不愿任何生灵痛苦",认为任何"禽和兽""鱼和虫"都是"寄居在血肉之中的精灵",他最终摒弃食肉。雪莱还借时辰精灵之口提倡他的素食主义主张:"他们食用烈火的菜蔬及其花朵,/再不必辛苦劳累到各处去奔波。"(卷四:198)雪莱希望人类可以以素食的方式,通过自身的努力重返自然和善的世界。

《伊斯兰的反叛》表达了雪莱关于政治、道德和美学的观点。雪莱通过诗歌这一形式来"宣扬宽宏博大的道德,并在读者心中燃起他们对自由和正义原则的道德热诚,对善的信念和希望"(卷二:66)。在《伊斯兰的反叛》里,雪莱的这一道德观点通过素食主义得到充分体现:

> 但愿再也不要有鸟兽的血迹
> 带着毒液来玷污人类的宴席,
> 让腾腾的热气含怨冲向洁净的天庭;
> 早就应当制止那报复的毒液,
> 不让它哺育疾病,恐惧和疯狂;
> ……
>
> (卷二:217)

大地母亲慷慨地赏赐给人类丰盛的宴席,人类和其他飞禽走兽一样都可以参与享用,因为"这宴席没半点污秽或毒素",食物是"鲜美的果蔬""晶莹而多汁的葡萄""金黄色的玉米棒""清彻(澈)的流水"。雪莱在谈到食肉与暴政的关系时描述道:"暴君的那批猎犬是如何凶残,/把毫无戒备的人们当作猎物,/用别人的死亡来满足自己的饕餮。"(卷二:225)《马伦吉》中马伦吉在野外不杀生,与动物和谐相处,他的食物是"野生无花果和草莓"。其实,野外生存不是单靠食物,在马伦吉的内心里,"一定燃烧过/比生命和希望更光辉热烈的火,/拒不堕落"(卷一:143),该诗句把马伦吉的素食行为上升到了自我约束的隐士的生活方式和哲理性思考。这里的无花果和草莓何尝不是隐士精神食粮的隐喻。《阿拉斯特》被认为是"有关人类心灵一种最耐人寻味状况的寓言"（卷二：29）。如果说《麦布女王》重点关注的是整个宇宙的灵魂，那么《阿拉斯特》关注的则是宇宙中个体生命的灵魂。《阿拉斯特》里谈到的那位个体生命，是一位诗人，他以"旷野为家，以致鸽子和松鼠/为他温良的面容所吸引而敢于/从他的手掌取食不带血的食物"（卷二：36）。这以素食为生的纯洁的个体生命，"曾以自身的光为宇宙增添美的精灵"（卷二：60）突然离去了，而其他人和走兽依然活在世上。一种无奈的情绪在整首诗歌中弥漫，难怪雪莱夫人这样评价《阿拉斯特》："再没有一首雪莱的诗能比这一首更富于他个性特色的了。"（卷二：64）

　　从词源学来讲，"饮食"（diet）一词最接近"文化"（culture）。饮食的希腊文为"*diaitia*"，意思就是生活方式，即文化。人类的饮食问题不仅是物质的，而且是形而上的，它体现了身体与灵魂的关系。食物自身的特征被转移到食用者的身体上，其精神或灵魂就依附在我们所吃的食物上。而饮食的好与坏、恰当与否与身体的健康与否有着直接的关系。饮食可导致身体的疾病，反过来，身体的病痛也可以通过饮食的改善得到调节和治疗。身体对人的心智和灵魂有着重要的影响，寄寓于身体的灵魂是可以超越肉身而永不灭亡的。现实生活中的雪莱是一个与世格格不入的精灵，雪莱夫人在有关《阿拉斯特》的题记中写道："肉体上的病痛也是一个有着相当大影响的因素，使他把目光转向内心深处；这时的他更愿意思考他自己心灵的思想与感情而不是关注外部"（卷二：62-63）。雪莱一直饱受身体疾病的折磨，为了治疗疾病，甚至不得不远离故土前往意大利。雪莱对自己肉体病痛的感受使他更多地关注自己的内心和灵魂，而他的素食主义正好切合了他个体生命的独特性，其素食理念与浪漫主义提倡的回归自然有着某种天然的切合，正如莫顿指出的那样："素食主义显然是浪漫主义在其思想上的实践。"[1]对于上帝的宠儿人类来说，周围的环境和动物仅仅是人类的工具，人处在食物链的顶端，没有其征服不了的动物和风景，而饮食在激烈竞争的经济世界中是最直接、最有力的一种形式。

审视人类的饮食就是审视人与自然的关系。浪漫主义素食者寻求扩展以人类为中心的道德圈，把动物也纳入人类的大范围，从生态的角度来说，就是去人类中心主义，使人与动物在地球生物圈里处于平等地位。早在《西风颂》里，雪莱就展现了所有生物都与大自然生态圈有密切联系的生态思想。雪莱认为，残杀动物并食其肉就会破坏人与自然生态圈的关系，使人的身体产生罪恶，灵魂受到玷污，是极其不道德的，也是人类走向堕落和战争的根源。他认为，"轻视生物死亡痛苦的人，心中必没有管理文明社会所需的仁慈和公正"（卷五：502）。残忍对待动物，甚至不是出自职业及特殊需要而食其肉者，心中肯定藏有恶，不能担当管理文明社会的重任，所以整个地球的生态平衡最终就得不到重视。雪莱的这种善待动物的思想体现了他去人类中心主义的朴素生态思想以及重视人类的道德情愫，更体现了雪莱一直提倡的博爱精神。因此，有学者指出："雪莱宣扬非暴力、素食主义和与自然和谐相处的生态道德标准。"[2]雪莱提倡素食主义，希望人类通过自然的饮食恢复纯洁的灵魂，建立起人与人、人与自然、人与社会的和谐关系。从这个角度来说，雪莱的素食主义不仅体现了其朴素的绿色生态思想，而且具有道德层面上的意义，体现了雪莱对塑造人类道德的理想，那就是人类放弃食肉的恶习，重返自身的善，从而走向美德和他一直推崇的世界精神。

雪莱的素食主义主张集中体现了他灵魂不灭的思想。雪莱对灵魂的存在及其不朽笃信不疑，他对灵魂的推崇以及为自己构建的宇宙灵魂或世界精神很少为世人所理解和接受。雪莱自身就拥有不同凡俗的弃绝俗念的灵魂气质。在《合一的灵魂》中，他称自己就是一个现世的精灵，寄居在心灵至深处。阿诺德也评论雪

---

[1] Timothy Morton: *Cultures of Taste/Theories of Appetite: Eating Romanticism*, New York: Palgrave Macmillan, 2004, p. 6.

[2] James C. McKusick: *Green Writing: Romanticism and Ecology*, New York: St. Martin's Press, 2000, p. 107.

莱说他是美丽但劳而无功的天使。雪莱对灵魂情有独钟，在抒情诗《赞智力美》中他曾回忆自己童年时对灵魂孜孜不倦的探索。在《致威廉》中他相信自己死去的儿子灵魂犹在。在《含羞草》中他更是把人类的灵魂的存在、转移和不朽表达得淋漓尽致。雪莱相信毕达哥拉斯"灵魂转移"的唯心学说，毕达哥拉斯之所以倡导素食是因为他相信灵魂可以轮回："我们不仅有肉体，也有生翼的灵魂，因此我们不应该伤害任何肉躯，我们可以托生在野兽的躯体里，也可以寄居在牛羊的形骸之中，凡是躯体，其中都可能藏着我们父母兄弟或其他亲朋的灵魂。"[1]

雪莱相信动物和人一样有灵魂，而且灵魂是不灭和可以转移的："自然界的万物都是由可以无限分割的成分构成的，它们只是在不停地发生变化，由此我认为，灵魂也是不能被消灭的，将来它还要生存在另外一个我们现在无法预知的生命体中，它开始了新生，把自己的过去统统忘掉了。"（卷六：113）与雪莱同时代的华兹华斯认为"灵魂在人出生前是生活在天堂的"[2]。他还在《永生的信息》（*Ode: Intimations of Immortality from Recollections of Early Childhood*）等作品里描绘灵魂先于人出生前的"前纯在"状态，并认为儿童是最接近灵魂的：

> 我们的诞生其实就是睡眠，是遗忘：
> 与我们同来的灵魂，我们生命的星辰，
> 起初在异域安歇，
> 此时从远方来临；
> 并未把前缘淡忘无余，
> 并非赤条条身无寸缕，
> 我们披祥云，来自上帝身边，
> 那本是我们的家园；
> 年幼时，天国的明辉闪耀在眼前；

---

1 奥维德：《变形记》，杨周翰译，北京：人民文学出版社，1984年，第217页。
2 Richard Cronin: *Shelley's Poetic Thoughts*, London: The Macmillan Press Ltd., 1981, p. 227.

当儿童渐渐成长，牢笼的阴影
便渐渐向他逼近，
然而那明辉，那流布明辉的光源，
他还能欣然看见：
年少时代，他每日由东，
也还能领悟造化的神奇，
幻异的光影依然
是他旅途的同伴；
及至他长大成人，明辉便泯灭
消溶于平凡岁月的暗淡流光。[1]

  雪莱也认为灵魂是先于生命而存在的，他公开承认"我不喜欢随着生命的诞生才创造了灵魂的说法"（卷六：190），认为灵魂可以创造一个有机体。而且，雪莱秉持他惯有的怀疑主义，认为"也许这一切生命理性都处在一个轮回变化中，也许未来状态不过是地球生命的彼种方式"（卷六：186）。宇宙万物都有灵魂，而"意气相投的灵魂要聚在一起"（卷六：186）。雪莱认为是自由和美德把这些灵魂聚在一起："自由意志一定会将生命力赋予这种无限的生命集合，因此也定会构成美德。"（卷六：186）雪莱的素食主义体现了他对宇宙每一个个体灵魂的尊重和敬畏，他以动物为切入点对人类美德进行重新构建。雪莱的诗歌有"永恒的灵魂的气息"，弥漫着对真实事物的理想化气息。这种理想化在其后期长诗《心之灵》中对理想美、智力美和宇宙灵魂幻影似的追求中达到了顶峰。在雪莱的哲学体系里，万物都融于一种精神，万事万物的本源都可归结为"一"，归结为宇宙灵魂。"宇宙的灵魂，就是普遍的、永恒的爱情的灵

---

[1] William Wordsworth: *Selected Poems*, edited by Domian Walford Davies, London: Everyman, 2000, pp. 315-316.

魂"[1]，因为爱能使尘世的灵魂在肉体消亡后回归到宇宙灵魂，回归到"一"。这个"一"流溢出灵魂，它包括动植物灵魂，也包括人的灵魂，而且是人类思想和情感的最终归宿。灵魂作为一种生命形式，是一种能量体，在这个意义上，灵魂等同于能量。雪莱的素食主义提倡的是能量的自然更新和循环，反对违背自然法则对动物能量的摄取，从而佐证了"soul"和"power"等词在雪莱诗歌中的指涉意义。拥有至真至纯情怀的雪莱提倡的素食主义和用灵魂搭建的精神世界反映了他追求的理想天国的美好、难以企及的遥远及其思想的高度。

因此，雪莱所践行的素食主义与其灵魂不灭的精神一脉相承、紧密相连。浪漫主义的精神实质是对无限宇宙精神的无限探索，人类只有重视与灵魂密切关联的世界，才能重返工业革命以来近代人渐行渐远的精神家园，恢复和这个世界的和谐关系。从这个意义上来说，雪莱是最具有浪漫主义精神的一位诗人。雪莱的素食主义不仅诠释了当代生态伦理价值，而且体现了个体的小我灵魂与整个宇宙灵魂亲密无间的契合。

雪莱的素食主义对后世有着深刻的影响。《为素食辩护》是印度博爱圣雄甘地坚持素食的道德伦理基础。甘地说："从阅读这本书开始，我可以声称我选择成为一名素食主义者。"[2] 其实，甘地比雪莱走得更远，他不仅践行素食主义，还实行禁欲主义，因为他相信禁欲可以使个体灵魂与宇宙灵魂合二为一。受雪莱素食主义影响的还有维多利亚时期的诗人罗伯特·勃朗宁。勃朗宁十几岁时就曾读过雪莱的著作并受其影响开始食素，时间长达两年之久，其早期诗歌也表明了这一点。萧伯纳也是受雪莱素食主义影响最深的作家之一，他把自己践行素食主义的生活方式完全归因于雪莱："我曾经食肉25年，之后才成为一名素食主义

---

1 Frederick L. Jones: *The Letters of Percy Bysshe Shelley* (2 vols), London: Oxford University Press, 1964, Vol. I, p. 45. 雪莱此处的宇宙灵魂使用的是"the Soul of the Universe"，"Soul"和"Universe"首字母大写，这与他在其他作品中的宇宙灵魂的英文表达有一些差异。
2 Carol J. Adams: *The Sexual Politics of Meat: A Feminist Vegetarian Critical Theory*, New York: Continuum International Publishing Group Ltd., 2010, p. 121.

者。雪莱是第一个让我瞪大了眼睛看到我饮食残暴的人。"[1]

探讨雪莱的素食主义可以窥视雪莱对身体与灵魂、政治和道德、自然和社会、个体与宇宙的思考。雪莱体弱多病，生性敏感，忧郁而多思。他想通过素食来改善自身的健康状况，其素食主义正好切合了他独特的个体。另一方面，雪莱也想通过素食主义来推行社会改革，构建政治理想，重塑人类道德。因此，雪莱的素食主义体现了雪莱平等博爱的世界精神和朴素的绿色生态思想，并与他一直提倡的生命转移、灵魂不灭等观点一脉相承。雪莱的素食主义彰显了雪莱思想的独特性和复杂性，把浪漫主义从华兹华斯的湖畔山水梦境带到了一个新的领域和新的高度。雪莱的素食主义后来被无数人证明是雪莱留给人类的遗产之一。主编《剑桥雪莱指南》的学者莫顿（Timothy Morton）指出："如今，雪莱被看作是对健康、营养以及我们这个星球未来的先知。"[2]

雪莱的素食主义思想与他一直提倡的平等博爱的政治理想是一脉相承的，雪莱的平等博爱思想不仅仅是针对人类，更是针对生活在地球上的所有动物，他的这种善待动物的理念以及在饮食上践行的素食主义毫无疑问是生态主义思想的萌芽。然而，客观地讲，素食是雪莱想采取的自然法则中最理想的演化方法，因此像乌托邦一样遥不可及。

第三节　雪莱诗歌中人的灵魂：万物之灵长

在漫长的进化史上，人类通过直立行走摆脱了形体上的动物性，通过用火吸收食物的异体蛋白，大脑进化了，语言产生了。借助语言人类把经验代代相传，文明得以进化和传承。在这一进化史中，人类把自身分为肉体和灵魂（精神）两个部分。也许对于人类来说，灵魂是否真正存在并不重要，更不需要去追根究底，灵魂的真正意义也许在于它对人类精神的强大引领和净化作用。由于有了区

---

[1] Desmond King-Hele: *Shelley: His Thought and Work*, London: Macmillan, 1984, p. 42.
[2] Timothy Morton: *The Cambridge Companion to Shelley*, New York: Cambridge University Press, 2006, p. 41.

别于其他动物的对灵魂的认识，人类才能够把自己和动物区别开来。在古希腊神话中，灵魂甚至占据了文化的核心位置：

> 人类的灵魂永远不会被囚禁，
> 除非那是由于他自己的缺陷
> 让灵魂挺立，
> 在敞开的门口，
> 生命与死亡，知识与欲望的门口，
> 眺望思想的群峰！[1]

同样，深受希腊文化滋养和影响的雪莱对灵魂的看法与普罗米修斯的高贵灵魂观何其相似：

> 我认为，人是一种志存高远的存在，他"前见古人，后观来者"，他的"思想，徜徉于永恒之中"，与悠忽无常、瞬息即逝绝缘。他无法想象万物的湮灭；他只在"未来"与"过去"中存在；无论他真正的、最终的归宿如何，在他心中永远存在着一个精灵，与虚无、死亡为敌。这是一切生命、一切存在的特征。每一个生命与存在既是圆心又是圆周，既是万物所指向的点又是包含万物的线。这种观照为唯物论及通俗哲学的物质观、意识观所不容，然而，它与智力体系却是相投的。[2]

人类自诞生以来，就对自己所生存的神秘世界充满恐惧并使自身处在矛盾之中，还常常不满足于自身生存的现状，进而产生了对人类理想生存状态的构想。

---

[1] 查尔斯·米尔斯·盖雷：《英美文学和艺术中的古典神话》，北塔译，上海：上海人民出版社，2005年，第28页。
[2] Roger Ingpen and Walter E. Peck: *The Complete Works of Percy Bysshe Shelley* (10 vols), London: Ernest Benn Limited, 1965, Vol. VI, p. 194.

人乃万物之灵长，人的诞生无疑是宇宙不断演化的结果。形而上的探索与形而下的衣食住行、生老病死构成人类生存状态的基本层次。最能反映宇宙神秘的是人的灵魂。拥有灵魂的人类就成了宇宙万物的宠儿，人于是成为浩渺宇宙的一个小小的镜像，宇宙中存在的一切事物似乎都能在人类灵魂这个小宇宙中找到它的对应之物。罗伯特·弗拉德认为，人的灵魂与大宇宙一样，也有三个区域：一是物质区，由水、气、火三种元素构成；二是中间区，与九重天对应；三是精神区，与九级天使对应。精神区的纯精神是神灵，理性是灵魂中原动天的推动力。[1] 人的肉体和灵魂都可以再现宇宙的结构。人的灵魂是圆形的，人的身体部位如头、脸、眼睛、泪珠等也都是圆的。柏拉图认为人的灵魂就是世界灵魂的摹本，能像镜子那样反映世界的本质，因而世界灵魂也是圆的，圆象征着永恒和谐。亚里士多德三重灵魂的观念也是以与大宇宙对应为基础的。宇宙中的植物有生长功能，动物有生长和感觉功能，人不仅有生长、感觉功能，还有天使般的理性。因此，人的灵魂也具有这三种属性。莎士比亚说人是万物的灵长[2]，人的灵魂明显高于动植物的灵魂。雪莱在致伊丽莎白·希契纳的信中谈到了人的灵魂问题：

> 当我们谈到人的灵魂时，我们指的是那个无人知晓的造物主，它创造了一个可以看得见的物体。这个物体有身体也有智慧，从本质上说，身体与智慧是合二为一的，也是（如我们想象和看到的）不可分开的。于是人们用类推法把上帝之于宇宙的关系看作灵魂之于身体、植物性之于蔬菜、石质性之于石头的关系。是的，如果这些附属的东西都不存在

---

[1] 胡家峦：《历史的星空：文艺复兴时期英国诗歌与西方传统宇宙论》，北京：北京大学出版社，2001年，第231页。

[2] 参见William Shakespeare: *Hamlet*, edited by John Dover Wilson, Cambridge: Cambridge University Press, 2009, p. 48. 在《哈姆雷特》第二幕第二场，哈姆雷特有一段关于人文精神的独白："人是一件多么了不起的杰作，多么高贵的理性，多么伟大的力量，多么优美的仪表，多么文雅的举止，在行为上多么像一个天使，在智慧上多么像一个天神：宇宙的精华，万物的灵长。" "宇宙的精华，万物的灵长"的原文是"the beauty of the world; the paragon of animals"。

了,那还会有什么呢?没有了灵魂,人是什么样子呢?他就无所谓人了。[1]

雪莱这里谈及的人的灵魂是无人知晓的造物主上帝创造的,是智慧与身体的合一,人类因此与万物有别。拥有了智慧的人类就是宇宙万物的灵长,高高凌驾于宇宙万物之上。人的灵魂作为宇宙灵魂中的高级灵魂,吸纳了其他动植物灵魂的精华,如水滴一样在茫茫人类江河之旅中得到历练、净化和消解,从而最终回归如大海一样的宇宙灵魂。古老的人与神的同一结构表明了人的灵魂是依附于神本结构的。神秘力量的拥有者上帝作为一种具象或者实体是不存在的,然而雪莱却承认上帝的存在,把它看成是使实体存在的力量。雪莱眼中的上帝就是宇宙的灵魂:"希望这个上帝就是宇宙的灵魂,就是普遍的、永恒的爱情的灵魂。事实上我相信它就是这样的灵魂。"[2] 人类是上帝照着自己的形象创造出来的,所以他的身体就是灵魂的画像。[3] 雪莱曾说:"毫无疑问,相对于与肉眼不可见的世界进行交流或者驾驭肉眼不可见的世界而言,人类的心灵究竟有多大的力量,这是一个很有趣的课题。"(卷五:315)人类个体灵魂只有在宇宙灵魂的引领下,才能趋向真、善、美,才能在人世的旅程中最终获得幸福。雪莱曾以近似科学的态度阐释人死后灵魂的去向:

> 这些物质都会变化、腐朽,都会转变为其他的形态……降临世间之前我们可曾存在过?这种可能性颇难想象。每种动物或植物的繁衍都有

---

1 Frederick L. Jones: *The Letters of Percy Bysshe Shelley* (2 vols), London: Oxford University Press, 1964, Vol. I, pp. 100-101.
2 同上,第45页。
3 这是哈曼关于身体与灵魂的一个有趣的观点。哈曼认为:"人类灵魂的极乐,并非如伏尔泰想象的那样,是幸福。人类的灵魂之乐是充分地实现自己的能量。人类是上帝照着自己的形象创造出来的,所以他的身体就是灵魂的画像。"身体是灵魂的画像这一观点很有趣。人与人不同是根据脸来判断的。参见以赛亚·伯林:《浪漫主义的根源》,吕梁等译,南京:译林出版社,2011年,第49页。

一种变其周围的物质为一种自身相似物的力量。这是一种规律，也就是说，某种基本物质粒子之间的关系要经历一种变化，这些物质粒子会重新组合。[1]

雪莱认为有机物可以分解成其他的物质，物质之间可以转换。既然物质是不灭的，那么灵魂也是永恒不灭的。雪莱的前辈华兹华斯在《无题》中曾指出儿童乃是成人的父亲，而华兹华斯的前辈弥尔顿在《复乐园》中也有"儿童引导成人，像晨光引导白昼"的说法。与成人相比较，儿童特别是三岁前的儿童更接近灵魂的初始状态，是纯洁无瑕的，没有知识和经验。而老年人的灵魂在经验和知识的重压下，越往后越难以负重前行，于是灵魂又回归到儿童的初始状态。人乃万物的灵长，人的灵魂在人的不同成长阶段与自然和宇宙的关系有时亲近有时疏远。孩子的灵魂是最接近宇宙灵魂的一种状态，诚如雪莱所言：

> 就这点而言，有些人永远是孩子，他们沉湎于一种梦幻状态。在这种"出神入化"的状态下，他们感到天性仿佛已返璞归真，融入周围的宇宙中，或者周围的宇宙已经与其自身同化。天人合一，物我两忘——他们意识不到差别。这种状态往往是对人生热切而生动的理解的序曲、间奏或尾声，随着人年龄的增长，这种力量渐渐衰退，变成机械性的、习惯性的力量。[2]

儿童天然纯真，最接近华兹华斯在《永生的信息》中指出的人的灵魂的前存在状态。这种状态是非常纯净透明的，当儿童渐渐长大，他距离人的灵魂的前存在状态也越来越远。同时，雪莱相信人类诞生之前灵魂是存在的："你的灵魂存在于过去，能通过/荒凉和美丽之间所有那些次第/轮回，看到这古老世界

---

[1] Roger Ingpen and Walter E. Peck: *The Complete Works of Percy Bysshe Shelley* (10 vols), London: Ernest Benn Limited, 1965, Vol. VI, p. 208.

[2] 同上，第195-196页。

的诞生。"（卷四：57）毫无疑问，雪莱早期的诗歌深受华兹华斯的影响，雪莱在人的灵魂问题上也刻意模仿华兹华斯。而华兹华斯从童年起就与灵魂结下了不解之缘：

> 早在我童年时期的白天黑夜，
> 你将那铸成人类灵魂的各种
> 情感与我交织在一起，
> ……………
> 直至我们在人心的跳动中
> 发现一个宏伟壮丽的含义。[1]

同样，雪莱在抒情诗《赞智力美》的第五节也回忆了自己孩提时对人的灵魂孜孜不倦的探索。雪莱对人的灵魂的探索一直贯穿在他的生命中，然而他对人死后灵魂去向的认识经历了从早期的怀疑到后期笃信的转变。这一观念的转变有一个过程，毕竟他死时还不到30岁。华兹华斯的《我们是七个》这一著名诗篇借小姑娘之口道出了她哥哥、姐姐没有死，他们的灵魂在天堂。此诗暗含了深刻的哲理和宗教意味，有哥哥、姐姐的灵魂在，小姑娘毫不胆怯，在哥哥、姐姐的坟墓前无忧无虑地玩耍。雪莱阅读华兹华斯充满对灵魂描述的诗歌，深受其影响。雪莱认为，人死后最终会与大自然融为一体，灵魂得以升华，因此，死亡是回归自然、回归宇宙灵魂的必由之路。值得注意的是，尽管雪莱有着豁达的回归自然和宇宙的生死观，但他也不可能超凡脱俗，一尘不染。在对待死亡的态度上，他也与世人一样，常感心酸甚至恐惧。关于对死亡的恐惧，雪莱在《死亡》中感叹道："那时我们所知所觉和所见的一切/都要像虚幻的奇迹一样消失泯灭。"[2] 人

---

[1] William Wordsworth: *The Prelude: 1799, 1805, 1850*, Jonathan Wordsworth, M. H. Abrams and Stephan Gill, eds., New York: Norton, 1979, Book I, II, pp. 404-409.
[2] Thomas Hutchinson: *The Complete Poetical Works of Percy Bysshe Shelley*, London: Oxford University Press, 1914, p. 524.

的躯体作为物质世界的一部分是一定会消亡的,然而雪莱相信人死后灵魂仍然会存在,因此他说:

> 哦,人啊!继续鼓起灵魂的勇气,
> 穿过那人世道路上狂乱的影子,
> 在你周围汹涌如潮的阴云和迷雾
> 将会在奇妙的一天明光中睡去。
> 那时天堂和地狱都将给你以自由
> 听任你无所拘束前往命定的宇宙。[1]

灵魂不朽是死亡的另一种表达。在《致威廉·雪莱》中,雪莱这样写道:

> 我失去了的威廉,在你身体内
> 曾有一颗光辉的灵魂寄寓,
> 它已穿破那隐约遮掩它的光辉、
> 如今正在腐烂着的外衣——
> 那外衣的遗骸在这里找到一堆
> 坟土,但是在这坟土底下
> 不是你——如果像你这样可爱
> 美好的也会死,你的葬礼神位
> 就该是,你母亲的和我的伤悲。
> 我温柔可爱的孩子,你在哪里?
> 请容我设想你的灵魂是在
> 以它强烈而又可亲的生命气息

---

[1] Roger Ingpen and Walter E. Peck: *The Complete Works of Percy Bysshe Shelley* (10 vols), London: Ernest Benn Limited, 1965, Vol. I, p. 204.

> 在这些坟头和废墟的荒野
>
> 滋养着有生命鲜花和杂草的爱；——
>
> 请容我设想通过香花绿叶
>
> 和向阳的小草微不足道的种子
>
> 有可能把一部分——
>
> 向它们那些色彩和芳香中转移。[1]

  雪莱在诗中对挚亲的儿子表达了深深的眷恋之情，他坚信威廉生前有一颗灵魂，而且期望他的灵魂能与埋葬他躯体的荒野中滋生的植物一起，弥漫在大自然中，借助植物的色彩和芳香永生。这首诗歌承载着雪莱对人死后灵魂去向的考问，展示了雪莱的灵魂观。弗莱认为雪莱对人死后灵魂的去向的观点很显然更接近柏拉图在《斐多篇》中提倡的主张，而不是《新约》。人的永生不是关涉个体生命，而是人类以美的概念，爱、快乐、欲望的存在的状态。[2] 在《合一的灵魂》中，他称自己就是一个现世的精灵，寄居在心灵至深处："像一个精灵，/我寄居在他内心之心的核心。"（卷一：197）人类的灵魂寄居于肉体的躯壳之中，肉体消亡了，灵魂就像蝴蝶离开虫茧一样，为了寻求永生而悄然逃离自己的躯壳。雪莱在对灵魂的塑造和求索中，结合自己的生活遭遇，在早期的诗歌里展现了他的宿命论。在《致——》一诗中，雪莱将人的灵魂比喻成厉鬼和影子，与你形影相随："你的灵魂，仍然忠实于你，/但是历尽酸辛已化为厉鬼。/这厉鬼将以它的恐怖永远/像影子伴随着你。"（卷一：17）最后雪莱不得不告诫世人："安分吧既定的命运虽阴暗，/改变却只会加深你的灾难。"（卷一：17）人类起初是双性同体，总是憧憬着回到起初的状态。犹如人体的各个器官如头、脸、眼一样人类灵魂为圆形的意象，具无性别差异性，或者说人类灵魂雌雄同

---

1 Thomas Hutchinson: *The Complete Poetical Works of Percy Bysshe Shelley*, London: Oxford University Press, 1914, p. 581.

2 Northrop Frye: *A Study of English Romanticism*, Chicago: The University of Chicago Press, 1968, p. 118.

体。人类在诞生之初拥有最基本的双性想象，女人本是男人的一部分，是男人亚当的那根肋骨。而雪莱的《心之灵》正是他追寻人类灵魂完美性的最佳体现。《心之灵》的开篇就称呼艾米莉亚为"天堂的精灵"和"伴侣！姊妹！天使"。一方面《心之灵》正是雪莱创造的他自身具有女性气质的灵魂苦苦追寻自己具有男子气质灵魂的另一部分自我，另一方面，雪莱通过想象把艾米莉亚幻化为摆脱了物质外形、性别不定的蒙着面纱的光辉精灵，赋予她人类完美的灵魂形象。拥有相似渴望的美好的灵魂无论性别总会走到一起来。《心之灵》正是雪莱对人类灵魂趋近完美性的一种乌托邦似的实践。

雪莱笃信柏拉图的灵魂不死说，相信人类的肉体消亡了灵魂会得以永生，死亡带走的仅仅是一具皮囊，唯有灵魂才会留下并永不消亡。于是，雪莱相信死去的儿子威廉虽然肉体消亡了，但他的灵魂却"以它强烈而又可亲的生命气息/在这些坟头和废墟的荒野/滋养着有生命鲜花和杂草的爱"[1]，并相信威廉的灵魂"通过香花绿叶/和向阳的小草微不足道的种子/有可能把一部分——/向它们那些色彩和芳香中转移"[2]。雪莱把这种世俗的死亡上升到宗教甚至宇宙的高度，切合了他对灵魂不灭、生命转移的看法。此外，关于人死后灵魂的去向问题还出现在《闻拿破仑死有感》等其他诗歌中。雪莱对这样一位声名显赫的人物死后灵魂到底去了哪里表现出浓厚的兴趣："灵魂离去后，难道肢体并不僵硬？/你还能活动吗，拿破仑失去了生命？/……你还活着，大地啊，母亲？/在他那最勇猛的精灵离去的时光。"[3]

雪莱常常被世人贴上无神论的标签，事实上，雪莱有很深的基督教情结，特别重视基督教的一些精髓教义。对于死亡，基督徒并不相信死亡就是一切的终结，认为人是由灵、魂、体三部分组成的，死亡只不过是灵魂离开肉身的开始。在《致死亡》中，雪莱认为凡间的一切都是虚空，死亡也是虚空，除爱永不消亡

---

[1] Thomas Hutchinson: *The Complete Poetical Works of Percy Bysshe Shelley*, London: Oxford University Press, 1914, p. 581.

[2] 同上。

[3] 同上，第641页。

之外,一切都会被死亡摧毁,爱是死后灵魂的动力。凡人认为死亡是人生最大的痛苦,而雪莱认为只有参透了生死的真谛,才能超越死亡的无尽痛苦,而基督徒之所以能坦荡面对死亡,是因为他们有着更高的精神追求,那就是永生。就这一点而言,世人对他有诸多误解,然而金赫勒却认为:

> 几乎所有欧洲的哲学都在为柏拉图做注脚,人们普遍认为基督所宣扬的灵魂的不朽应归功于柏拉图。这表明雪莱已经接受了基督的灵魂概念,直到他找到了柏拉图寻求更多的细节。然而,他被同时代的基督徒中伤污蔑,因为他接受了无神论者的标签。[1]

在《死亡》一诗中雪莱用一连串的天问式的排比句来叩问死后的世界:谁能讲述那无言的死亡的故事?谁能揭开那遮掩着未来的帷幕?可以说雪莱在对死亡的焦虑中表现了他对未来的怀疑。此诗打破了幽冥之隔,突破了时空之维,诚如布鲁姆指出的那样:"在雪莱这位具有宗教气质的诗人看来,死亡整个地是自然的,并且如果说死亡就是死亡,那么,自然必定也是死亡。"[2] 雪莱相信人死后肉体终会归于尘土,但灵魂却不会灭亡,而是回归到宇宙灵魂之中。

在死亡与睡眠的比喻中,心理学研究认为,只要死者仍在我们当中,对我们的无意识而言,他们就是睡着的人,葬礼之后,他们是缺席者,是一些更隐蔽、睡得更熟的睡眠者。根据考古和民俗学的研究,人们起初把死亡也看作睡眠,对周围的一切都无知无觉,与雪莱同时代的拜伦对死亡与睡眠也有相似的说法。在《断章:致寂静》中,雪莱把死亡、睡眠和寂静称作"三兄弟"(卷一:150),认为死亡和睡眠一样,寂静无声。雪莱在《无题——写在那不勒斯附近心情抑郁时》一诗中,展现给读者的不是大自然的外形,而是一种灵魂的东西:

---

1 Desmond King-Hele: *Shelley: His Thought and Work,* London: Macmillan, 1984, p. 202.
2 Harold Bloom: *Poets and Poems*, Philadelphia: Chelsea House Publishers, 2005, p. 141.

> 我可以像困倦的孩子般躺卧，
> 可以在哭泣中消磨尽净
> 不得不承受的忧患人生
> 直到那死亡像睡眠悄悄降落，
> 直等到在温馨的空气中，
> 觉着面颊发冷，听海洋在我
> 渐死的头颅上送来最单调的音波。
>
> （卷一：131）

雪莱还在《久远的往昔》中感叹美好青春的易逝，过去犹如那"永远消逝的歌声"（卷一：334）。在《哀济慈》之后，雪莱还写了《阿多尼》。此诗不仅表达了诗人对济慈深深的怀念和无比崇敬之情，而且"以个性特征更加鲜明的笔墨，抒写了带有艰苦命运烙印的内心至深的感情"[1]。在雪莱看来，灵魂与物质结合其实是一种堕落，人必须净化灵魂，摆脱不必要的物质羁绊，锤炼心智，回归宇宙灵魂。诚如普罗提诺指出的那样：

> 人的灵魂就是通过理智能力支配身体和物质自然，完成认知过程，超越有形宇宙，指向宇宙灵魂，最后达到至善，或者太一本身。因此人的灵魂是一个复杂的统一体，由低级原理和高级原理构成。低级原理使它向下指向身体领域，高级原理使它向上指向神圣的理智领域。灵魂面临着教化和道德任务。[2]

然而人类灵魂为什么总在寻找回家的路，那是因为除少数人如哲学家，大多

---

[1] 勃兰兑斯：《十九世纪文学主流》（第四分册），徐式谷、江枫、张自谋译，北京：人民文学出版社，1997年，第270页。
[2] 普罗提诺：《论自然、凝思和太一：〈九章集〉选译本》，石敏敏译，北京：中国社会科学出版社，2004年，第3—4页。

数人都难以摆脱物欲，难以保持心灵的纯净。雪莱在悼念济慈的《阿多尼》中指出了人死后灵魂的去向，那就是回归到万物之源的"太一"，即宇宙精神或宇宙灵魂："尘土归回尘土！纯洁的精神却要流回/它所来自的燃烧的泉流之源"（卷三：223），最后诗人预言了自己即将到来的死亡：

> 当我在黑暗中满怀恐惧浮身远行，
> 天庭深处阿多尼的灵魂大放光明，
> 透过至深处的帷幕，像明亮的星，
> 从永恒不朽者居住着的处所指引我的航程。
>
> （卷三：234）

在布鲁姆看来，《阿多尼》这首诗——

> 几乎涵盖了雪莱对死亡的所有理解及他由痛苦哀悼到为生者奋斗不止所有复杂的情愫。《阿多尼》也是一首有关诗人在死亡的预兆出现时自我认识的热情颂歌，同时也是对诗人的存在甚至诗歌的存在状态的描述。[1]

---

[1] Harold Bloom: *Poets and Poems*, Philadelphia: Chelsea House Publishers, 2005, p. 139.

第二章

江河：进入尘世的人的灵魂

第一章讨论了人的灵魂的本质特征和自然属性。植物灵魂和动物灵魂由于没有理性思维，其主体性很难把握，而人作为宇宙之精华、万物之灵长，其灵魂必然要从单纯的自然状态进入茫茫尘世从而接受社会的洗礼。人不是孤独的动物，人的个体灵魂也不可能长久地生存在自我的世界中，它必然要摆脱孤独的命运实现自身与社会的融合，如水滴一样汇入尘世的江河之中。人与人就像水滴与水滴之间必然在汇入滔滔江河的过程中产生各种关系，这就是人的社会属性。那么，人在滔滔江河之中怎样才能追求自身的完美，最终汇入茫茫大海一样的宇宙之中？在茫茫尘世中，人的灵魂要经过什么样的洗礼才能回归到宇宙灵魂之中？第一章探讨了浪漫主义诗歌中自然、情感和想象三个支点中自然这个部分，谈及人的灵魂时也主要是从其自然属性出发来探讨人类灵魂的高贵以及灵魂的不朽性。本章将从情感这个支点来探讨雪莱诗歌中关于进入尘世的人的灵魂问题。人类是激情滥用的动物，除非用理想之光照亮他们。每个人天生不一样，个人能力与生俱来。只有从人的社会属性和情感的角度出发，才能深入人类灵魂的深处，把握它的本质。诚然，人类不可避免地受到自己的肉体欲望或冲动的支配，与其他动物一样受自己所处的环境限制，但人类的社会属性还可以作为一种精神存在，其灵魂可以跳出环境，以一种自由超然的态度审视和控制自己肉体的欲望，从而完成人类灵魂的救赎。本章将从道德、爱、政治、自由、宗教以及雪莱自我的灵魂的角度来逐一阐释。自然、爱和许多与政治相关的主题构成了雪莱诗歌的主要内容。雪莱伟大的诗歌具有精灵（灵魂）的特征，是题献给精灵的诗歌。情感丰富的雪莱在其诗歌、散文、书信中充分表述了这一进入江河的尘世灵魂情感的复杂、挣扎、迷惘和美好。从情感出发来思考生命的内涵是作为万物之灵长的人类特有的思考方式。唯物主义人性观认为，人不是孤零零居住在绝望之岛上的鲁滨孙，他还是一种社会存在物。"人，即便在最野性的状态下，也是一种社会存在。"（卷五：269）人除了要解决跟动物一样的吃、喝、住、穿等问题，还要从事社会和精神活动。普罗提诺认为，人的灵魂有喜乐、痛苦、愤怒、怨恨、嫉妒、欲望，从不安宁，无论遇到什么事物都会被触动，引起变化。[1]人的社会属性表现之一就是人与人相处过程中所展现出的人的情感问题。情感作为一种认知方式，必然要摆脱物质的羁绊，深入人类自身的灵魂才能使人类最终回归宇宙灵魂。宇宙万物生长而又悄然消亡，人在灵魂之旅中应忘却自己作为一个血肉之躯对物质的攫取，让自己内心的情感复活，并借助情感使自己回归自然，回归古希腊迷狂和快乐的酒神精神。在如今物欲横流与道德滑坡的社会面前，人类只有凭借灵魂的力量，才能与之抗争，才能回归到宁静的幸福状态。诚如雪莱在《死亡》一诗中所描绘的那样，人只能鼓起勇气穿过纷乱的影子，到人间去追求自由和幸福的状态，最终走向那命定的宇宙。

人类灵魂因浪漫主义者的大力宣扬而成为西方文学中一个不可忽视的主题。从浪漫主义运动开始，灵魂观就与西方理性传统中的知性、逻辑、科学等观点相对。浪漫主义最明显的特征就是致力使人重新具有灵性和美，重新享受人的乐趣。以人类灵魂和情感为核心的浪漫主义创作就是为拯救人类灵魂而进行的积极而有意义的探索。灵魂主导下的情感或许根本不可能像政治和革命那样对社会的政治道德形态起到立竿见影之功效，然而基于灵魂的情感拯救却是文学，尤其是诗歌的永恒主题。以灵魂为出发点和最终归宿的创作成为雪莱灵魂诗学的有力注解。人类灵魂因为有了诗歌而不再孤独，人类最崇高的未来有了诗性的人类灵魂，犹如刚汇入大海的河流而显得从容和宁静。诗歌和音乐是人类灵魂在滔滔江河中沉浮的栖息之所，有了这种从容，人类灵魂最终可幸福地回归到宇宙灵魂之中。

---

[1] 普罗提诺关于灵魂的运动和变化的观点非常接近亚里士多德在《灵魂论》中的观点。参见普罗提诺：《论自然、凝思和太一：〈九章集〉选译本》，石敏敏译，北京：中国社会科学出版社，2004年，第120页。

第一节　宇宙支点：雪莱诗歌中人类灵魂的伦理道德世界

"给我一个支点，我便能撬动宇宙。"（卷三：272）古希腊圣哲阿基米德的支点以及整个宇宙在雪莱的眼中是怎样的呢？对于人的灵魂来说，道德和爱也许是雪莱能够用来撬动人之本性（宇宙）的支点，没有道德和爱的人不是一个完整的人，与动植物没有任何区别，没有道德和爱的人也不能在尘世的江河中幸存。雪莱灵魂诗学思想的一个重要组成部分就是人的灵魂的问题。人类灵魂有善恶之分，因此，人类灵魂只有借助理智才能指向至善。而在人的灵魂问题中，道德和爱是其中重要的方面。雪莱认为人类灵魂要达到至善必须通过道德的完善和爱的普及才能完成。雪莱在其诗歌、散文和书信中充分表达了他的这一观点。[1]雪莱的道德思想既包含个人道德灵魂的提升，也包含整个社会道德思想的构建，涉及基础、目标及构成等方面。雪莱道德学说的基础无疑是慈善与公正，目标则是谋求人类的幸福。雪莱对慈善的大力提倡实质就是对人类灵魂爱的提倡。

在雪莱的哲学思想里面，雪莱把道德放在了至高无上的位置。雪莱认为"伦理学观点是起始的观点和决定性的观点"[2]。雪莱多次表明了道德于人之灵魂的重要地位："人啊，把肉体的需求降到最低的水准，把天性中其余的能量都用于获取美德和知识吧。"（卷五：321）他还认为诗歌理应"劝世为上而诗歌美则次之"（卷六：104）。雪莱认为人类的道德行为是能给人们带来完美幸福的，在《麦布女王》中，他呼唤道：

  然而人的灵魂，勇敢地坚持，
  让美德教会你坚定执着的追求，

---

1 事实上，雪莱所有作品都有回归人类美好的道德理想，而这种理想不是以世界、身体感官和语言为根基，而是来自人类（心灵）灵魂的至深处。参见 Philip W. Martin & Robin Jarvis, eds., *Reviewing Romanticism*, New York: St. Martin's Press, 1992, p. 103。
2 季亚科诺娃：《英国浪漫主义文学》，聂锦坡、海龙河译，沈阳：辽宁大学出版社，1990年，第140页。

> 循渐进途径实现期望的变革：
> 因为人的诞生、生存与死亡
> 和风一样在世界飘荡，找到
> 落户人家以前神奇状态下的
> 赤裸灵魂，都向往完美福祉，
> 催促生命的车轮不停地前进，
> 那闪光的轮辐有无限的活力，
> 燃烧着滚滚驶向预定的目标
>
> （卷三：371）

有学者认为："雪莱的道德观，既有功利主义的色彩，也有唯目的（动机）论的痕迹，而这种道德观是建立在他受泛神论和绝对理念影响而形成的唯心主义思想体系之上的。"[1]雪莱在诗歌中艺术地表达了这种思想。道德在雪莱看来非常重要，他宣称"我不愿意发表那些无益于道德品行的文章"（卷六：279）。那么雪莱的道德观是怎样形成的？有学者指出："雪莱的道德思想是复杂多质的：朴素的唯物主义和柏拉图的唯心观、斯宾诺莎的泛神论、卢梭的天赋人权说、潘恩的民主共和思想以及葛德文的政治正义论等，都在不同程度上给他的思想带来冲击和影响。"[2]雪莱的道德功利性主要表现在人只有通过提升自己的道德行为才能给自身带来幸福的观点上。虽然雪莱在早期作品《麦布女王》中没有明显宣扬人类道德的重要性，通篇也似乎找不到阿基米德的那个支点，然而人类的道德意识在诗人看来是通向人类幸福的必经之路。在《伊斯兰的反叛》中，雪莱认为人类饥寒的根源是没有丝毫道德意识的当权者的暴政统治。

雪莱认为"诗歌和伦理和政治科学相比是非常次要的"（卷七：185）。雪莱18岁写就的长诗《麦布女王》讲述了真诚、善良、美丽的少女艾安蒂品德高

---

[1] 罗义华：《雪莱诗歌和道德关系研究》，《外国文学研究》，2008第1期，第136页。
[2] 同上，第136页。

尚，在麦布女王的帮助下审视人类社会的历史、现在和将来的故事。在麦布女王的帮助和指点下，艾安蒂最终理解了"崇高的灵魂是不朽的"这一人类灵魂最终通向宇宙灵魂的最佳途径。雪莱在《伊斯兰的反叛》中描绘了年轻漂亮的茜丝娜善良温柔、坚韧不拔、舍生忘死的特质。雪莱尝试运用诗的手段来弘扬他一贯提倡的人类的道德因子，并希望激发出读者对自由和公正等原则的热诚追求以及对善的渴望。在诗歌中，"一"是真、善、美的统一，是宇宙灵魂，蛇由于外形与雪莱哲学思想中的"一"非常相似，因此蛇就是善和美的象征。鹰代表着邪恶，因此，蛇与鹰的战斗就是善与恶的较量，而雪莱所描绘的这位少女英雄就是他一直倡导的女性权利运动的模范："马上端坐着一个天使模样的人，/挥舞着宝剑：敌军纷忙奔窜，/这光明的精灵像个黄昏的幻影，/猛然突破敌阵，叫他们疲于奔命。"（卷二：232）

雪莱有关道德的诗歌与他有关政治的诗歌一样大部分呈现出乌托邦的特点。雪莱在《为诗辩护》中宣称想象力是道德完美的伟大工具。没有想象力的人，不可能是一个道德完善之人，雪莱所提倡的博爱精神是基于他对人类道德的美好愿景之上的。雪莱想运用诗歌来净化和解放人类的灵魂，使之朝着善的方向发展："他想以最少的牺牲为代价获得最高道德原则的胜利，把世界建造得使所有的人都能显示出自己个性中的优点，并从中获得幸福。"[1]雪莱坚信通过想象，人类可运用诗歌的教化功能来提升自身的灵魂，诚如他在《伊斯兰的反叛》前言中所说："我设法运用音律和谐的语言，联翩的飘逸幻想，人类情操的种种急骤而微妙的变化，运用构成一个诗篇的诸要素，借以宣扬宽宏博大的道德，并在读者心中燃起他们对自由和正义原则的道德热诚，对善的信念和希望。"（卷二：66）

人在这个星球上不是孤独的族类。如笛福所描绘的，西方传统道德观包括勤奋、诚实、谦卑和仁爱，文学毫无疑问反映了这种存在。道德在社会层面上的意义涉及世界观方面的传统理念，如人生追求、人文主义思想、逻各斯权威思想

---

[1] 季亚科诺娃：《英国浪漫主义文学》，聂锦坡、海龙河译，沈阳：辽宁大学出版社，1990年，第144页。

等。雪莱的道德观具有宽泛性和深刻性的特点，其博爱和宇宙大关怀的观点与古希腊思想有着重要的关系。人在逻各斯的存在必须以敬畏逻各斯（绝对理念）为前提，道德摆脱不了形而上的真、善、美，把道德具体到行为上则预示着功利主义的诞生。17世纪的古典主义不相信人天生为善，人需要在理性的驾驭和善的指导下，控制欲望和其他不良情感，而文学就具有教诲人向善的作用。人的理性和道德是不可分的，人可以用理性来控制并完善道德。雪莱曾说："人，一度犹如一只野兽。如今他已成为道德家、玄学家、诗人与天文学家。"（卷五：323）人类眼中的自然不再是简简单单的自然，而是具有事物的通性和代表性的自然。什么才是真正意义的人类发展和完善？康德认为，假设人类真正要通向道德之路，就应该设想有一个万能的上帝存在，只有那样，当人的肉体生命结束时才会自然而然地回归到灵魂的永恒性上来。

　　宇宙之中有掌控一切的和谐统一的法则，只有有理性的人类才能掌握，这个法则之一就是道德。洛克的经验主义强调个体经历，认知是通过感性来获取的。后来，认知论取代了古典主义和机械主义，从而为浪漫主义的发端提供了理论支撑，洛克认为人能否为善取决于人的个体经验。从善和助人能给人带来愉悦，强调人与人的伦理，都是建立在人文主义价值之上的。蒲柏在《人论》中把人置于宇宙的中间阶层，位于上帝和动物之间，处于一种无奈的位置。正是道德把人类灵魂、动植物灵魂和上帝区分开来，没有人类道德关怀的科学是更可怕的。在道德美学下，如果道德是逻各斯（绝对理念）下的理念，那么它之下的就是形而下的生活。文学如果不去反映逻各斯（绝对理念）这一理念，只是一味去模仿生活，那么文学就是谎言。雪莱从道德和宗教两个层面为诗人做了辩护。雪莱在《为诗辩护》一文中反对功利主义，无限拔高诗歌的社会功能，捍卫了诗歌的人文价值，颂扬和抬高诗人的地位："在道德、诗歌与诗学思想三种要素之中，道德始终居于本体与核心的位置，并在相当程度上制约了其诗篇与诗学思想的基本面貌与精神特征。正是这种三位一体的密切关系，内在地确定了雪莱个体生命的独特性。"[1]

综上所述,雪莱的道德灵魂是人类获得幸福的基础,虽然雪莱关于道德的观点带有浓郁的功利主义色彩,但表达了他对人类前途命运的深切关怀。雪莱的道德学说来自其精神导师葛德文的慈善与公正。因此,从这个角度来看雪莱不仅是一位诗人,还是一位伦理学家。雪莱对人类道德的走向信心满满,他认为:"道德的双眸,就如鹰目一般,发射出永恒真理的明亮光芒,聚集于它的纯洁的不竭源泉,照亮整个宇宙,使整个宇宙生气勃勃。"(卷五:405)

人类的罪恶来自灵魂,而不是肉体。人类就是因个体灵魂不听从上帝的旨意被赶出了伊甸园,从此人类开始有了生老病死,再也回不到纯真时代,回不到灵魂之初那种原始状态,回不到没有时间限制的伊甸园,于是人类开始走上了个体灵魂回归宇宙灵魂的漫漫长路。有学者指出:

> 雪莱的诗在相当程度上是以人类道德的塑造为精神旨归的。具体而言,博爱、平等、自由构成了雪莱诗歌世界中关于人类德行的基本精神底蕴,歌颂人类与大自然的一切美好事物,展示人类与自然的美与善,为人类的未来设计一个和谐、光明的图景;向一切不公不义的事物挑战,扫除欧洲政治和宗教的污浊气氛,唤醒沉睡的民众,正是雪莱诗歌创作指向的两个基本层面,它们一正一反、刚柔相济,并以诗歌的形态建构了自己的道德体系。[2]

在雪莱诗歌和人类灵魂的伦理道德世界中,爱占有非常重要的地位,是处于人类灵魂伦理道德这个宽泛主题的中心。雪莱认为道德最大的秘密是爱,人类要向至真、至美、至善的宇宙灵魂回归,道德因素中的爱的精神是人类灵魂中不可缺少的重要因素。雪莱的博爱精神、泛爱思想、对大自然的爱,尤其是对

---

[1] 罗义华:《雪莱诗歌和道德关系研究》,《外国文学研究》,2008第1期,第136页。
[2] 同上,第132页。

人类深切的爱，不仅继承了文艺复兴时期先哲们对人性的张扬，而且带有启蒙思想的烙印。"在英国文学史上，就使用'爱'字的频繁而论，难有堪与雪莱比肩者。"[1] 雪莱对爱非常痴迷和执着，他认为爱比一切甚至比死亡更有力量："因为爱能摧毁墓室，能使躯体/摆脱锁链心灵摆脱痛苦。"（卷三：176）毫无疑问，每一个人类的个体灵魂都是不朽的，因为运动是不朽的。凡推动别的事物或为别的事物所推动的都可能停止运动，停止生存。只有自我运动的东西绝不会停止运动，人的灵魂的运动就是一种自我的运动，其动力源于爱，而爱源于宇宙的灵魂，源于最终的善。雪莱创作的许多抒情诗都充满了爱的主题，如雪莱在《歌》中直接抒发了对大自然的热爱：

> 我爱白雪，爱霜的一切
> 闪光的形态，
> 我爱天风、海浪和暴雨
> 我几乎热爱
> 自然的一切为人的不幸
> 未能玷污的事物和情景。
> 我爱恬静的幽居和隐遁，
> 我也爱结交些
> 文雅、明智、善良的人，
>
> （卷一：373）

雪莱诗歌中爱的主题涵盖了人类对大自然的爱、人类对人类的爱以及人类对上帝的爱。本节主要关注人与人的爱，人与上帝之爱将另辟一节详细讨论，人与大自然的爱将在第三章中详细阐释。

雪莱在《爱的哲学》一诗中详尽并富有哲理地阐释了他关于爱的观点。他认

---

[1] 陆建德：《雪莱的大空之爱》，《读书》，1995年第4期，第97页。

为，人的灵魂起初很可能具有雌雄同体的特点，进入人的躯体后就开始了堕落的旅程。《爱的哲学》强调如水滴一样的个体灵魂总是向江河汇聚，最后流入大海，这体现了个体的"多"总是向绝对的"一"汇聚，最后融入宇宙精神。大海和太阳是"一"的象征："'一'将长留，万象会变化，消逝。"（卷三：232）万物最终都融汇于一种精神，这种精神就是宇宙精神和宇宙灵魂，是推动宇宙运动的原始动力。"在基督教神学家看来，宇宙的原动力是上帝推动的。上帝用什么力量来推动原动力而带动整个宇宙的运转呢？是上帝之爱的力量。按照柏拉图的观点，爱是一种宇宙原则，它不仅统治人间的一切，也是支持宇宙存在的力量，是超越时空和永恒的。"[1] 婴儿是在母亲子宫（有水的地方）里孕育的，再次证实了灵魂如水。柏拉图和基督的观念在雪莱的思想中是混合在一起的，基督的神性之爱与人类之爱的一致性，天与地、上帝与人类之间的爱就是宇宙大爱。雪莱是18世纪启蒙思想和唯物主义的继承者，其具有强烈现实感的诗歌作品驳斥了他是一个天真的、不切实际的诗人的说法，诗人爱憎分明，歌颂光明和未来。他描写自然喜欢拟人化、精灵化，这和他的灵魂诗学是紧密相联的，并不是不切实际。

那么爱在个体灵魂通往宇宙灵魂中起什么作用呢？雪莱自身就是精灵的化身，他呼唤和憧憬着一个充满真、善、美的理性世界。宇宙万物也因爱与上帝（宇宙灵魂）相通："我知道，爱能使万物一律平等，/我常听到我自己的心论证这令人/欣慰的真理：泥土里蚯蚓的精神/在爱和崇拜中也能和上帝相通。"（卷三：165）爱能使众生平等，使个体灵魂在爱的导引和关怀下和谐相处。雪莱所倡导的爱是万物有灵，万物有爱，万物因爱而与上帝相通，与宇宙灵魂相通。"爱是和谐的基础，没有爱就没有和谐，和谐就是爱所要达到的目的。总之，爱是联合一切的手段，和谐是最终目的。"[2]

---

[1] 胡家峦：《历史的星空：文艺复兴时期英国诗歌与西方传统宇宙论》，北京：北京大学出版社，2001年，第144页。
[2] 同上，第70页。

在1812年1月20日致希契纳的信中，雪莱也提到要有爱心，对一切人，不管穷人还是富人，都要怀着一颗爱心，此乃上帝的准则："上帝给了他耶稣一个灵魂，同样也给了穷人一个灵魂。一个好人必须爱别人，这种崇尚就是一颗纯朴的仁爱之心，它的纯洁由善行来表示。"（卷六：243）在《普罗米修斯的解放》中，雪莱就以这种爱的哲学创造了一位最高尚的圣者和殉道者普罗米修斯，他怀着对人类的至爱和信心，忍受暴君的残酷迫害，最终获得胜利。对雪莱来说，"爱是实现未来自由之路，他给爱的定义是爱能够使人性和道德复苏，爱是融化私心私利的力量"[1]。男女之间的爱情无比美好，当人们坠入爱河时，他们对生活的体验以及观察社会和大自然的方式都有些细微的变化，恋爱中的男女在享受爱的同时，对人生有着无限美好的遐想，美丽而神奇的爱情常常是理想美的代名词。雪莱对爱情也无比热爱：

  我爱爱情，尽管她有翅膀，
  像光一样会逃遁；
  但是，远在这一切之上，
  我对你热爱最深——
  你就是爱和生命！哦精灵，
  请再一次，居留在我的内心。

（卷一：374）

追求爱的过程也是对美好未来、美好理想的追求过程。雪莱拥有过美好的爱情，这也促使他写下了不少脍炙人口、流传久远的爱情诗。这些爱情诗不仅有深刻的哲理意蕴，而且还突显出崇高的理想化特点。雪莱曾经在《致——》一诗中写道："有个字过分被人们玷污，/我怎能再加以亵渎；/有种感情常被假意看

---

[1] Marjean D. Purinton: *Romantic Ideology Unmasked: The Mentally Constructed Tyrannies in Dramas of Williams Wordsworth, Lord Byron, Percy Shelley, and Joanna Baillie*, London and Toronto: Associated University Presses, 1994, p. 97.

轻，/你不至于也不尊重；/有种希望太和绝望相似。"（卷一：389）雪莱在此诗里把爱情理想化，使它具有净化灵魂的纯洁情愫，认为爱不是可以轻易被说出口、被亵渎的。在《心之灵》中雪莱似乎想论证情爱的多元化和爱的不确定性。尤其在人死后，相爱的两个灵魂能否继续相爱，对此雪莱持一定的怀疑态度。在《菲奥狄斯比纳》中，雪莱质疑道："谁能知道一旦脱去了凡人躯壳，/赤裸的灵魂在那极乐世界空中/广阔的荒漠间到处游荡的时候，/还能不能继续做那相爱的游戏"？（卷一：333）而艾米莉亚是他的"灵魂出来的灵魂"，仿佛是一个人。在长诗《阿拉斯特》中，莱昂和茜丝娜死后灵魂又合二为一，宣示着雪莱理想诗性的完成。雪莱的爱情观是基于他那一分为二、二又合一的哲学，是相爱的人的灵魂之间最美好的交流和融合。雪莱在《论爱》一文中认为，爱是灵魂与天地万物的通感中人类情不自禁感受到的东西。雪莱的爱情诗歌追求的是相爱灵魂的交融，把男女之间的爱升华到对大自然一草一木的宇宙之大爱，这充分体现了雪莱对个体灵魂和宇宙灵魂的看法：

这就是爱，这就是那不仅联结了人与人而且联结了人与万物的神圣的契约和债券。我们降临世间，我们内心深处存在着某种东西，自我们存在那一刻起，就渴求着与它相似的东西。也许这与婴儿吮吸母亲乳房的奶汁这一规律相一致。

（卷五：235）

在对爱的阐释上，雪莱认为在人出生之前有前世灵魂，生命循环不止。雪莱不仅对爱推崇备至，还认为爱可以拯救整个人类：

爱，从智慧之心可敬畏的耐力
宝座上，从可怕的忍受煎熬时
晕眩的最后一刻，从巉岩般

> 痛苦的陡峭、溜滑、狭窄边缘
> 跃起,用翅膀抚抱、疗救人间。
>
> (卷四:232)

爱如同灵魂,一旦离开人体后,人就如僵尸一样没有意义。雪莱对人类灵魂中的爱进行了如下近似科学的阐释:

> (爱是)构成我们天性的最精细微小的粒子组合。它是一面只映射出纯洁和明亮的形态的镜子;它是在其灵魂固有的乐园外勾画出一个为痛苦、悲哀和邪恶所无法逾越的圆圈的灵魂。这一精魂同渴求与之相像或对应的知觉相关联。当我们在大千世界中寻觅到了灵魂的对应物,在天地万物中发现了可以无误地评估我们自身的知音(它能准确地、敏感地捕捉我们所珍惜并怀着喜悦悄悄展露的一切),那么,我们与对应物就好比两架精美的竖琴上的琴弦,在一个快乐的声音的伴奏下发出音响,这音响与我们自身神经组织的震颤共振。这——就是爱所要达到的无形的、不可企及的目标。正是它,驱使人的力量去捕捉其淡淡的影子;没有它,为爱所驾驭的心灵就永远不会安宁,永远不会歇息。因此,在孤独中,或处在一群毫不理解我们的人群中(这时,我们仿佛遭到遗弃),我们会热爱花朵、小草、河流以及天空。就在蓝天下,在春天的树叶的颤动中,我们找到了秘密的心灵的回应:无语的风中有一种雄辩;流淌的溪水和河边瑟瑟的苇叶声中,有一首歌谣。它们与我们灵魂之间神秘的感应,唤醒了我们心中的精灵去跳一场酣畅淋漓的狂喜之舞,并使神秘的、温柔的泪盈满我们的眼睛……因此,斯泰恩说,假如他身在沙漠,他会爱上柏树枝的。爱的需求或力量一旦死去,人就成为一个活着的墓穴,苟延残喘的只是一副躯壳。
>
> (卷五:235-236)

雪莱赞美美丽的爱情是爱的一部分，认为爱情是人与人之间最纯洁、最无私、最美好的自由平等之关系，反对社会对爱情的束缚，这与他一贯提倡的反对暴政、争取人类自由的政治理念是完全一致且是一脉相承的。雪莱认为，男女之间的爱可以扩大到普遍的人类之爱，并属于宇宙大爱的一部分。在雪莱的爱情观里面，爱情是可以分享的，只爱一个人是不道德的："爱是自由的：许诺永远只爱一个女人，和保证只相信一种宗教信条一样荒谬。"（卷三：390）

写于1821年的《心之灵》（*Epipsychidion*）同样表达了雪莱的爱情观：

> 你的智慧启示我，要我敢于在
> 撞碎过多少高贵心灵的岩石上
> 竖起灯塔。我不属于那种教派——
> 他们的教条是：一个人只应该
> 选一个情人或友人于茫茫人海，
> 其余的一切人尽管美好而聪慧，
> 就都该冷落忘怀，这虽然合乎
> 现今的道德规范和奴仆的熟路，
> 可怜的奴仆们在这条路上迈着
> 疲惫的脚沿着尘世的通衢大道
> 朝着死人中间他们的最终去处，
> 和锁在一起的友人或爱妒忌的
> 仇人走完最凄凉、漫长的旅途。
>
> 真正的爱在这一点上，不同于
> 黄金与泥土，分给不等于失去
> 爱，就像智力，由于思考真知

> 增多而增长聪慧；哦，想象力，
> 也像你的光辉！从陆地从天宇，
> 从人类的幻想之海洋的至深处，
> 像通过上千个分光镜和反光镜，
> 充满这宇宙以荣耀的灿烂光明，
> 以它反射的电光仿佛以许多的
> 阳光般的利箭射杀谬误那虫豸。
> 只爱一个对象的心、只想一个
> 对象的头脑、只为一个对象而
> 消耗的生命、只塑造一种形体、
> 并葬身其中的灵魂，都太狭隘。

（卷三：166-167）

伴侣！姊妹！天使！《心之灵》在英国文学诗歌史上的意义是绝无仅有的，它不仅叙述了一个爱情故事，而且还有宇宙灵魂的因子。雪莱似乎在《心之灵》中论证了情爱的多元化和爱的不确定性，这首诗歌可能是"雪莱诗歌中最难懂和最富有争议的"[1]。雪莱生命中三个重要的女性克莱尔、玛丽和艾米莉亚如同彗星、月亮和太阳。这样的诗歌与17世纪玄学派诗人多恩的诗歌大不一样，风格迥异。多恩的诗里关心的是爱人能否忠贞如一的问题，他的口气是嘲讽的，方式是诡辩的。雪莱则全然不同，他主张爱情可以分享："忠贞，如果不考虑是否带来快乐，其本身也说不上是美德。"（卷三：390）他的爱情哲学的出发点是灵魂与灵魂的和谐一致，雪莱认为基督教规定的一夫一妻制是不合理的，真正的爱不同于泥土和黄金，分给不等于失去。他这样表述了与艾米莉亚和玛丽的三角关系：

---

1 K. D. Verma: *The Vision of "Love's Rare Universe": A Study of Shelley's Epipsychidion*, Lanham, Md.: University Press of America, 1995, p. 3.

> 但愿我们原是孪生!
> 或是我由衷给了另一位的姓名
> 能成为纽带把你和她联在一处
> 成为姊妹,使两束光合成一束
> 永恒!如果一个合法、另一个
> 真挚,两种名称虽亲,却难得
> 描绘出庇护不了你的我属于你。
> 啊,不是属于,而是与你一体。
>
> (卷三:162)

艾米莉亚对于雪莱来说是从他的"灵魂出来的灵魂"。经过分享后的爱情,其中的"每一部分都超过整体,不知道,/这样能增加多少欢乐,能减少/多少烦恼"(卷三:167)。雪莱还说:"贞洁是一种苦行僧式的狂热迷信,对于自然的自制力而言,是比愚蠢的纵欲更加有害的大敌。"(卷三:392)雪莱用自己的爱情宣言和实践为他爱的哲学谱写出了新的乐章。有学者专门论述了雪莱对兄妹乱伦主题的兴趣,并认为那是雪莱心理上很奇特的一件事情。[1]雪莱和妹妹的灵魂最终来到一座弥漫着"消亡之夜的月光"之远古洞穴,在那儿他们肌肤相亲:

> 我们的呼吸将交融,
> 我们的心胸贴紧心胸,
> 我们的脉搏一同跳动,我们的
> 嘴唇能够以非语言的雄辩说服

---

[1] Edward Carpenter & George Barnefield: *The Psychology of the Poet Shelley*, London: George Allen & Unwin Ltd., 1925, p. 91.

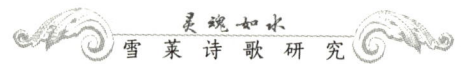

燃烧在他们之间的灵魂的嘴唇,
沸腾在我们身心深处的两口井,
我们那至深的生命源泉,应该
在至纯至真的激情中融合为一,
就像那朝阳照耀下的两条清溪。
我们将合一,像两个躯体内的
一个灵魂,哦,怎能说是两个?
同样的两颗心中同样一种激情,
不断成长,直到长成为两颗星
光焰还在扩张,有这种光焰的
星体会变得相同,接触、融合、
成为一体;继续燃烧永无尽期:
彼此都从对方的素质汲取营养,
就像过分纯净毫无杂质的火焰
无法以劣质营养维持光的生命,
这火焰直指天庭而永不会消逝:
两个意志一个愿望,一个意志
两个心胸:一个生命一个死亡,
一个天堂一个地狱,一个永生,
一个毁灭。啊,我是多么伤心!

(卷三:182)

  雪莱从柏拉图、奥维德和弥尔顿等人的雌雄同体神话故事里借用了大量隐喻来描述自己与艾米莉亚的结合。《心之灵》是献给艾米莉亚·维维安尼的,然而雪莱却认为《心之灵》那样的爱太虚无缥缈,对他来说整首诗就是个谜,它描述的东西虚幻如梦境。一年后雪莱还是坚定地向朋友说:

《心之灵》，我不能读，因为它所歌颂的那人是一团云而不是朱诺……这是我生活和感情的一段理想化了的历史。我认为一个人总是在爱着这种或者那种东西；错误——我承认，是以血肉为其躯壳的灵魂不容易避免的——在于要从注定会死的形象中寻找某种也许是永恒的事物的肖像。

（卷七：502）

雪莱的爱不是爱具体的实物，他爱的是一种虚幻和缥缈的东西，这种爱深深地打上了灵魂的烙印：

> 仿佛是太阳的化身，只是阳光
> 变成了爱，这一位，一身辉煌，
> 飘浮进我躺卧着的洞窟，访问
> 我的灵魂，梦乡里的躯体上升，
> 像烟被火，被在其中做梦的心
> 送上半空，站在她美的光彩中，
> 感觉到我的漫漫长夜终于黎明，
> 以生气蓬勃的光照彻我的身心：
> 我知道这就是多年来被遮蔽的
> 那个幻影，知道这就是艾米莉。
>
> 孪生的天体，是你们支配着
> 这被动的地球，这爱的世界和
> 这个我；唤醒它的鲜花和果实
> 把磁力投注入它的核心；引起

> 它的波涛和雾,凭永恒的法则,
> 指引每一阵风和潮找它合适的
> 云和注定的洞窟;催送暴风雨

(卷三:173-174)

"艾米莉"就是那个幻影,就是那个灵魂中的灵魂,就是雪莱的心之灵。灵魂无形,看不见,似乎像暗物质存在于宇宙之中:"自行展现,看不见,却可以从/碧波、岩石和绿树丛中感觉到,/充满了他们虚空的缝隙和孔窍。"(卷三:179)只有爱才能唤醒万事万物中沉睡的灵魂,爱的灵魂像磁力一样直抵事物的核心,从而推动整个宇宙的运动,使之生生不息。雪莱常常被人误解为生活在云雾之中,完全不切实际,事实上他不仅态度严肃,还在《心之灵》中提出"真正的爱在这一点上,不同于/黄金与泥土,分给不等于失去"(卷三:166),在这方面他是身体力行的。雪莱将柏拉图主义的"灵魂中心论"推向极致。爱的真正对象不是外表和性别,而是美的灵魂。雪莱期望恋爱中的"男和女互爱、互信,平等、/自由、纯洁,一道攀登美德"(卷三:368)。在《复仇》中他也表达了这种恋爱双方平等的思想:

> "我爱你艾格尼斯,爱得发疯,
> 今晚将会证明我爱情的忠贞,
> 我将前往张开口等我的坟墓,
> 独自一人满足它贪婪的口腹。
>
> "不!阿道夫,你的艾格尼斯
> 愿和你分担那坟墓里的危险,
> 我不怕幽灵,我不怕那坟墓,
> 我宁死也要拯救我的阿道夫。

(卷一:556)

阿道夫为了爱人选择从容赴死,最后"一切都陷入沉寂,坟墓上空/迅速展开的黑暗愈深、愈浓,/阿道夫瘫倒在石头无限惊恐,/一声呻吟,灵魂也离他远行"(卷一:558)。同样的为了相爱的人而宁愿赴死的爱情还出现在《伊斯兰的反叛》中。雪莱认为爱也是一种享乐主义[1],这种享乐不仅指精神上的,也可以指肉体上的。雪莱并不否认性爱的存在[2],但他同时更看重恋人之间灵魂的交流:

> 人,即便在最野性的状态的存在下,也是一种社会存在。一定程度的文明与教养永远要求着更加亲昵完整的同情心;感官的满足已不再是性关系中所寻求的全部,很快它变成我们称之为爱情的那种深沉复杂情感中很小的一部分。在更大程度上,那种情感不仅是对感官享受的渴望,更是对我们智力、想象力、情感的完整天性交流的一种渴求。
>
> (卷五:269)

雪莱认为爱情不应该有排他性,他反对婚姻制度,认为婚姻制度是不道德的,对婚姻制度持否定的态度。关于雪莱自己的爱情问题,一个常见的问题是雪莱为什么要离开哈利特,其实答案很简单,他们彼此已经不再相爱了。如果两个人不再相爱还在一起,在雪莱看来,就是不道德的事情。在居留意大利的几年里,他同玛丽的感情有过波折。与玛丽关系不好的原因是小孩的死亡和玛丽频繁的怀孕,那个时代没有节制生育的好措施。因此,无休止的怀孕是雪莱对玛丽越来越冷漠的另一个原因。艾米莉亚·维维安尼和珍妮·威廉斯两位女性走进了雪

---

[1] Kabitoglou, E. Douka: *Plato and the English Romantics*, London and New York: Routledge, 2005, p. 360.

[2] 雪莱离开牛津后在伦敦住了7周,有学者认为就是在伦敦这一时期或者具体到在牛津,雪莱有了第一次性经验。参见Nora Crook & Derek Guiton: *Shelley's Venomed Melody*, Cambridge: Cambridge University Press, 1986, p. 69。

莱的生活并成为他爱情诗的主要创作源泉。雪莱盛赞珍妮，为她写下了《致珍妮：并赠吉他》《致珍妮：邀请》《致珍妮》等含蓄的爱情诗。他在《致珍妮：回忆》中写道："到处全都渗透着一种精神，/一种美妙的无声生命，——/它使我们人类本性的纷争/暂时封存、实现和平。"（卷一：472）雪莱爱的只是他内心理想美的幻象，他的情爱也只是他理想美的幻象。他永远是这种理想美和宇宙灵魂的忠实信徒，这种爱也是理想的幻想之美。然而，雪莱对爱的观念不仅仅是爱情和爱人那么简单，雪莱的爱如在宇宙灵魂统摄下的个体灵魂，更多的是对万事万物的爱，爱是他的生命之花。爱的灵魂如同人与人之间的灵魂一样可以互相依靠，可以合一。在《召苦难》中，雪莱写道："拥抱我！直拥抱到两颗心/像两个影子般重叠、合并，/直拥抱到这种恐怖的销魂/像雾汽，消失得无影无踪/在永不再苏醒的长眠之中。"（卷一：127）

　　雪莱认为，爱能缓解人类的苦痛，爱能够清除人间的罪孽。在《普罗米修斯的解放》中普罗米修斯熬过所有苦难，回到自己深爱的妻子阿西亚身旁，并向世间宣告爱充满整个宇宙。雪莱的博爱思想就是崇高，而普罗米修斯正是雪莱崇高思想的代表，雪莱反对以暴制暴，但他想借普罗米修斯把"英国的发展从无力的政治激进主义推向崇高的轨道"[1]。雪莱的这种博爱思想不仅体现在《赞智力美》中，也体现在《致云雀》《那不勒斯颂》《致北美的共和主义者》等诗中。雪莱心中的灵魂和诗歌中的精灵几乎都是博爱的："哦，美的精灵，是你的魅力/使他畏惧他自己，然而热爱着全人类。"（卷一：34）雪莱认为博爱如阳光照耀万物："爱，像太阳/充满了有生命世界的烈火气氛。"（卷四：171）《阿特拉斯的巫女》完全是一首为了纪念柏拉图爱与美的理念的诗歌，死亡总是一种对爱造成威胁的阴影，但爱中充满激情的美已经是宇宙灵魂的先兆。雪莱的爱似乎缥缈不定，如空中的彩虹，美丽却转瞬即逝，有着唯心的特征，更有灵魂的气息。雪莱对必然性学说的抛弃，以及他对宇宙大爱力量再生的坚持，都是与人类

---

1 Cian Duffy: *Shelley and the Revolutionary Sublime*, Cambridge: Cambridge University Press, 2005, p. 12.

的自我完善等概念紧密相连的。

第二节　乌托邦：雪莱诗歌中人类灵魂的政治阐释

人类除了遵守社会的伦理道德、追求爱与被爱，寻求个体灵魂的自由以及公正、平等等政治诉求，使自己有尊严地生活也显得非常重要。雪莱诗歌的三大主题之一就与政治密切相关，它们具有鲜明的政治和时代气息。在诗中诗人不仅表达了对暴政的强烈憎恨，还对产生暴政的根源——社会制度进行辛辣的讽刺和深刻的批判，同时还表达了人类对自由、公正、民主、平等社会理想的愿景。这一愿景与人类灵魂回归宇宙灵魂的主张是高度一致的。雪莱试图用诗歌的社会功能去影响或改造人，通过这些改造的人去完成他塑造理想世界的目的。卡尔·马克思在比较拜伦与雪莱时曾说：

> 谁要是喜爱并了解这两个诗人，则必认为拜伦死于36岁是幸福的，因为他如果活得更长一些，很可能成为一个反动的资产者；相反，人们惋惜死于29岁的雪莱是因为他本质上是一个革命者，他终将是一名社会主义的急先锋。[1]

雪莱父母育有7个小孩，他是长子，父亲对他期望很高，从小让他接受良好的教育：6岁学拉丁文，10岁进私立学校，12岁进著名的伊顿公学。当时伊顿公学流行服劳役制度（fagging system），低年级学生要为高年级学生服劳役。雪莱天性柔弱，经常被高年级学生欺负，他因而反抗并产生叛逆。后来雪莱借诗歌批评暴政，试图推动当时的政治改革，解决人类社会的不公正、不平等问题。雪莱了解底层劳动人民所遭受的苦难，对他们寄予深深的同情。生活在王权和教会的

---

[1] Benjamin Putnam Kurtz: *The Pursuit of Death: A Study of Shelley's Poetry*, New York: Oxford University Press, 1933, p. 27.

双重统治下的雪莱想用诗歌来表达对社会和国家政治的关注。雪莱为了实现自己的社会理想，一方面孜孜不倦地探究人类社会的种种问题，发现了宗教的邪恶和贫富之间的对立，另一方面积极投身于政治活动，锲而不舍地奋斗，追求自己的社会和政治理想。[1]

他早期的抒情诗如《爱尔兰人之歌》《十四行：一八一九年的英国》就无情揭露了有着邪恶灵魂的帝王及其王权政治的黑暗：

> 一个老迈垂死又疯又瞎被人轻贱的国君，——
> 王亲贵胄，一群蠢族类的残余的渣滓，
> 在笑骂声中走过似来自泥泞源泉的泥泞，——
> 当朝执政公卿，昏聩、麻木、不明事理，
> 只会像蚂蟥那样把奄奄一息的国家叮紧，
> 直到吸足了血才昏昏然落地而不待打击，——
>
> （卷一：171）

此诗描写了当时英国政治的现状：王公大臣极度腐败，骄奢淫逸。雪莱坚信恶是不会永恒的，暴政不可能持久："这一切全都是坟墓，从中会有幽灵奋飞，/焕发灿烂荣光，照亮这风狂雨暴的年月。"（卷一：171）雪莱还写了《奥西曼迭斯》《写在卡瑟尔瑞执政时期》《为一八一九年两政客造像》《新国歌》《断章：致英格兰的人民》《给英格兰人的歌》等诗篇，抨击英国政治的黑暗和残忍：

雪莱对这些压迫剥削人的丑恶的社会现实深恶痛绝，并呼吁劳动

---

[1] 雪莱的社会政治理想深受卢梭的影响。卢梭认为，人生来是善的，只是被自己创造的制度毁坏了。如果这些制度得到全面彻底的改变或改进，人们善良的天性就会爆发出来，爱就会重新统治世界。参见以赛亚·伯林：《浪漫主义的根源》，吕梁等译，南京：译林出版社，2011年，第31页。

人民起来推翻这些剥削压迫者。在《麦布女王》中，雪莱也痛斥富贵者剥削、压榨穷人，乱杀无辜的恶行："教士、征服者、/或是王公！不论你的行业是否/欺诈，你的贪欲是否像你主子/一样，总在穷人挣得的收入上/打转……你岂不就是/那丑恶的地球上爬行过的那个/真正的奴才？"

（卷三：319-320）

雪莱还强烈谴责国王的贪婪、淫逸和骄奢，称他们"毫不介意赤贫的哀号，/对穷人私下的诅咒报之一笑，/……躺在豪华的床榻上，/他发烧的头脑迷迷糊糊旋转"（卷三：299-300）。

雪莱不遗余力地追求人类灵魂在社会中的平等与公正。雪莱关于社会平等、公正的思想和他的社会改革理想是高度一致的。雪莱受法国启蒙思想家的影响，坚持人生而平等："由于我们对贵金属的重视，一个人就有可能以牺牲邻人的生活必需为代价聚敛奢侈物品；这样一种制度正适合于产生出从来都是贫富两极端下所特有的各种各样疾病和罪恶……我……坚持人生而平等的学说。"（卷三：386-387）雪莱的公正道德思想体现了人类生而平等的原则，与前辈葛德文相比，他的公正思想表现得更为激进。1819年英国的曼彻斯特八百多名群众在圣彼得广场举行集会，要求取消谷物法和改革议会，反动当局出动军队镇压，打死打伤四百多人，史称"彼得卢大屠杀"事件。当时正身居国外的雪莱知悉该事件后非常气愤，写下了《给英格兰人的歌》和《暴政的假面游行》以抗议英国政府镇压人民的野蛮暴行。雪莱认为：

法国革命时期中过分走极端的做法，曾一度引起像猖獗的瘟疫一样的恐慌，各阶级无不受其侵袭。这种恐慌后来才逐步趋于稳定。一个受了几个世纪欺骗和奴役的民族，一旦他们的镣铐获得了部分解脱，是不能像自由人那样以智慧和静穆而自持的，但人们再也不会因此就认为，人类今后应当世世代代承受这笔无知和苦难的遗产。他们当年的行为，除了粗暴和轻率以外，不可能有别的特点。这是一个历史事实：自由固然可因此充分推行，虚妄亦因此而缺陷毕露。人类事件中本来就具有一种急流勇退的状态，它往往会在暴风雨之后，把人类破碎的希望载入一个安全的港口。在我看来，今天的人们都已经熬过了一个失望的时代。

（卷二：68-69）

人类灵魂中的爱、道德、宗教以及政治和社会理想在雪莱诗歌中是一脉相通、合为一体的，正如他自己的激情、想象与理想一样相通。雪莱的诗剧《希腊》，其主题显而易见是自由。[1] 在《云》中，云总是自由变幻，快乐无忧，这正好象征了人类灵魂的自由天性。雪莱夫人在《雪莱夫人序1839年初版雪莱诗集》中说：

支配着他那灵魂的是使人类生活摆脱不幸和邪恶的激情，他为此而献出了他头脑的全部智力和心脏的每一次搏动。他视政治自由为实现人类幸福的直接手段，因此，新出现的有关自由的任何一线希望都能引发他比他为自己任何一种个人利益所可能感受到的更为强烈和激动的喜悦和欢喜。

（卷一：序言2）

另一首《致云雀》同样表达了人类向往自由的理想：

你好啊，欢乐的精灵！
你似乎从不是飞禽，

---

[1] David S. Ferris: *Silent Urns: Romanticism, Hellenism, Modernity*, Stanford: Stanford University Press, 2000, p. 109.

> 从天堂或天堂的邻近,
> 以酣畅淋漓的乐音,
> 不事雕琢的艺术,倾吐着你的衷心。
> 向上,再向高处飞翔,
> 从地面你一跃而上,
> 像一片烈火的轻云,
> 掠过蔚蓝的天心,
> 永远是歌唱着飞翔,飞翔着歌唱。
>
> (卷一:248)

雪莱借云雀这种鸟类在天空自由的飞翔来隐喻自己美好的政治和自由理想。在《自由颂》中,雪莱以人类原始时代为黄金时代,阐释了自由精神在历史中的消长:

> "哦,自由!如果这能够成为你的名字,
> 你是否离得开他们,他们是否离得开你;
> 如果你和他们的珍宝可以用血泪购买,
> 难道那明智而自由的人们不是已经
> 流出了眼泪和眼泪般的血?"——庄严的歌声
>
> (卷一:272-273)

此诗是雪莱有感于1812年西班牙的叛乱,采用英国式的品达体写就的。雪莱认为人本身的脆弱使其沦为别人的奴隶,人应该为了灵魂的自由与强权抗争:"我的灵魂,/把惊恐的链索抛弃,/展开歌声敏捷的羽翼。"(卷一:255-256)雪莱在《致死神》中号召人们起来反抗暴政,争取美好自由的新生活。雪莱的政治理想是建立起一个消灭暴政、人类获得真正的解放、正义得以保证、没

有人压迫人的社会。人类灵魂理应追求自由和正义，人类也应该建立一个各种人类灵魂能平等相处的理想王国："人，众多灵魂和谐一致的/灵魂，天性是神圣的自制，/全体和全体交流像大海与河流。"（卷四：223）在这里，在雪莱所推崇的宇宙灵魂中，人类灵魂在经历种种苦痛和灾难后穿越时空，为了自由和正义平等交流，和谐相处，从而完成了雪莱近似乌托邦社会的华丽转身。雪莱对社会变革和政治运动非常关心。有学者指出："在政治意义上雪莱的所有诗歌都是在寻求一个更加美好的世界以及更加美好的生活以取代旧的体制和腐败。"[1]雪莱对爱尔兰有着很深的情结。他曾亲自去爱尔兰为当地人民的解放事业摇旗呐喊，在《致爱尔兰》一诗中他写道：

> 抗击过几千年暴风、嘲笑过雷电的
> 金字塔你也能摧毁，使它化为乌有。
> 那煊赫一时、耀武扬威的孤寡君主，
> 只不过是冬天某日长出的一簇蘑菇，
> 经你的脚步轻轻一踩就会化为尘土。
> 你是胜利的征服者，时间，面对你
> 一切让路，除了"坚定的崇高意志；
> 那灵魂神圣的同情，这神圣的同情
> 先你而存在，你毁灭了，仍将存在。

（卷一：635）

爱尔兰在雪莱眼中如灵魂一样，形体或许消亡，但精神不灭。《告爱尔兰人民书》和《爱尔兰人之歌》表达了诗人的这种政治情怀和宇宙精神：

---

[1] Watson, J. R., et al.: *English Poetry of the Romantic Period Writings 1789-1830*, New York: Longman Publishing, 1992, p. 328.

> 灿烂的星星可以消失，光明的源泉
> 可以沉没于无边无涯的混沌和黑暗，
> 我们的大厦总要坍塌，大地会瓦解，
> 但愿你的勇气，爱林啊，永盛不衰！
>
> （卷一：541）

雪莱同样对弱小、贫穷人民持同情态度，在1812年3月10日写给希契纳的信中，他这样描述对纲纪败坏、巧取豪夺、严重不公的社会现实的义愤：

> 我不可能尽述那些亲耳听到的可怕的无穷无尽的暴政的例子——就连我所亲身经历的也不能（尽述）。……富人把穷人压榨到可怜卑下的地步，然而又抱怨说他们太卑下了。富人们逼迫穷人忍饥挨饿，而如果他们偷了一条面包就要绞死他们。
>
> （卷六：289-290）

不仅如此，雪莱还身体力行，扶贫济困。据记载，1817年克莱尔与雪莱夫妇定居英国马洛镇：那里"穷人很多，雪莱就给贫穷人家以帮助。他访问贫穷人家，访问一处施舍一处，使得邻近的穷人都成了向他定期领取生活救济金的人。他们按时到他家来领取津贴，而当他们生病在家时他就送款上门。有一天，人们看到他赤着双脚探望一个邻人，因为在这之前，他在路上把自己的鞋送给了一个贫穷的妇女"。甚至有时"为了帮助贫穷人家御寒，他给他们买了毛毯和毛毡。……为了防止他们随意当掉毛毯，雪莱不得不在毯子上印上'雪莱'字样"[1]。这些都体现出雪莱对穷人的关心和爱护，正如雪莱夫人玛丽在《伊斯兰的反叛》的题记中所说："我之所以要提到这些事，是因为他对于同胞们的那种无微不至的积极同情，从种种方面触动了他的思绪，并且也标志着他为民请命

---

1 石荔：《雪莱传》，石家庄：花山文艺出版社，1998年，第115-121页。

的实际行动。"（卷二：379）无怪乎在雪莱逝世后，马洛镇的居民提到他时都说："凡是他到过的每一个处所，都是神圣的。"[1]

在人类灵魂的乌托邦构想中，雪莱这样描绘理想中的新世界，那里不再暗无天日，而是光辉灿烂的天堂：

> 我们这一群精灵，
> 来自人类的内心，
> 不久前还是猥琐、阴沉、
> 愚昧，现在已像
> 纯净感情的海洋，
> 运动不息的恬静的天空。
>
> 我们来自那充满
> 神奇福祉的深渊，
> 那里的洞穴是水晶宫殿；
> 来自接天的楼宇，
> 思想在那里寄居，
> 看你们欢乐的时辰跳舞！
>
> （卷四：209）

雪莱在痛心疾首地抨击资本主义社会黑暗和堕落的同时，"更注目于人类未来社会的发展，因此在其诗作中出现了对未来的幻想、宇宙世界的幻景以及人类走向大同世界的理想"[2]。如果说华兹华斯在诗歌中表达的是一种记忆的神话，那么雪莱表达的则是一种未来的神话。有学者这样评价雪莱的理想主义思想：

---

[1] 石荔：《雪莱传》，石家庄：花山文艺出版社，1998年，第124页。
[2] 秦丽萍：《雪莱诗歌的乌托邦内涵》，《学术交流》，1999年第4期，第128页。

"雪莱一生致力理想主义思想,认为感性认识在存在中起着极为重要的作用,然而对于有着重要作用的感性认识的基础是什么,却一直未能回答。"[1]可以说几乎雪莱所有的作品都涉及人类社会未来的理想图景,尤其明显的有《麦布女王》《伊斯兰的反叛》《普罗米修斯的解放》等诗作,以及《告爱尔兰人民书》《权利宣言》《关于建立慈善家协会的倡议》等散文。关于普罗米修斯,出现了下述悖论问题:"若不以暴制暴,普罗米修斯无法解放,他的高贵品格也就无法惠及他人,如果以暴制暴,虽然可以得以解放,然而他心中的信念和理想就会坍塌掉。"[2]当凶残的暴君朱比特被推翻、普罗米修斯被解放以后,地上人间出现了新气象、新面貌、新秩序。雪莱在《普罗米修斯的解放》中借时辰精灵之口描述了未来理想社会的新图景:

> 王位上,不再有君王,
> 人与人同行,就像精灵与精灵
> 相处,没有一个男人阿谀奉承,
> 没有人蹂躏人;……再也看不见
> 人脸上刻着憎恨、轻蔑、恐惧,
> 自私自利或自轻自贱;没有人
> 发怒,也没有人发抖……
> 再没有人把嘴唇抿出虚假线条,
> 用假笑笑出舌头不屑说的谎言……
> 人类从此平等,再没有阶级、部族、
> 国家,无须敬畏、崇拜、区别
> 高低,人人是主宰自己的君王,

---

[1] Timothy Morton: *The Cambridge Companion to Shelley*, New York: Cambridge University Press, 2006, p. 124.

[2] 同上。

人人正直、高尚、聪明。

（卷四：199-202）

在雪莱看来，"政府，不过是人类堕落的徽章，腐化的标志"（卷五：322）。而《普罗米修斯的解放》所描绘的是一个没有阶级、没有国家、没有皇帝、没有压迫、没有奴役、没有战争的大同世界，是一个人人平等、相亲相爱、自由自在的人间乐园。不可否认的是，雪莱不能就其关心的社会进步、发展以及政治问题为人类指出真正可行的出路，无疑是乌托邦似的。但雪莱为人类构建的乌托邦似的社会理想使得人类的灵魂暂时有了栖息之所，而乌托邦的社会理想也正是人类灵魂最终回归宇宙灵魂的必然性选择。

第三节　上帝之爱：雪莱诗歌中人类灵魂的宗教阐释

人的灵魂在滔滔江河中除了与其他人类灵魂发生千丝万缕的关系，在宗教产生后，人类灵魂还不得不面对对灵魂起安慰作用的宗教。人类灵魂在茫茫宇宙漂泊之中总要有一种信仰或情感去导引他们，以便他们最终能顺利地回归宇宙灵魂。这种信仰就是宗教，就是神，就是上帝。在雪莱的诗歌中，雪莱公开反对基督教，宣称自己是一个无神论者，那么宗教对雪莱到底产生了何种影响？宗教对雪莱的诗歌创作有何作用？宗教在人类灵魂回归到宇宙灵魂的旅途中又扮演着什么样的角色？雪莱在人类灵魂与宗教的关系上提出了如下疑问：

难道我们的这些在被限定的范围内衡量遥远的天体之间的距离的灵魂仅仅是一些气泡？它们从一潭死水中的污物里产生出来，又简单地被重新吸收到那堆腐败的脏东西里去？你能证明这一点吗？然而，人们一向相信人类是永恒的，这绝不仅仅是一种前后矛盾的宗教的教条之一，尽管所有的宗教都将人类的永恒作为它们的基础。……当洛魁人主张

"使人类的生命完美",而有人却主张"让竖琴环绕黄金宝座",恰恰是拥有黄金宝座的人要将其半数的生灵判为永劫不复,难道"使人类的生命完美"说不比后者更好?

(卷六:205)

雪莱认为坐在黄金宝座的专制暴君将人民的灵魂囚禁,然而宗教却是人类灵魂的庇护和栖息之所,宗教可以净化人类在现世不洁的灵魂,使高尚的灵魂更加高尚。雪莱坚信人死后灵魂还会存在,这一观点与大多数宗教对人类灵魂的认知是一致的。有学者指出:"在宗法习俗的生命的感觉中,个体自己身体的死,因宗教的来世承诺而变得轻省——个人的身体有一个由另一个世界的宏伟设想来负担的死后生活,以至于人们觉得,死后的生命更为美好。"[1]雪莱自幼进入基督教学校学习,基督教文化对雪莱有着潜移默化的影响。雪莱在宗教行为上的怪异可能误导人们以为他是一个无神论者。然而,可能除了布莱克,有学者认为雪莱"必定是在英国浪漫主义的宗教研究方面最具有标志性的人物"[2]。

雪莱早期对宗教以及《圣经》的接触可从其现存最早的诗歌《猫》中窥见一斑:"痛苦的猫,/真真切切是不舒服;/我必须忠实告诉善良的人们,/因为我是有罪的人。"[3]基督教有原罪之说,即任何人都生而有罪,人类的始祖亚当、夏娃违背上帝之言犯下罪孽被逐出了伊甸园。雪莱写作该诗时仅八岁,一个年仅八岁的孩子深信人类有原罪,可见基督教对其影响之深。这亦是雪莱从小就与基督教密切接触并深受影响的佐证。

在《麦布女王》中,雪莱借幽灵阿哈苏埃鲁斯之口阐释了上帝伟大的造人与

---

[1] 刘小枫:《沉重的肉身》,北京:华夏出版社,2007年,第127页。
[2] Hoxie Neale Fairchild: *Religious Trends in English Poetry, Volume III 1780-1830: Romantic Faith*, New York: Columbia University Press, 1949, p. 328.
[3] 最新雪莱全集版的标题为"A Cat in Distress",此处为笔者翻译,与江枫译《雪莱全集版》(卷一:506)不同。英文原文参见Donald H.Reiman & Neil Fraistat: *The Complete Poetry* (Volume I), Baltiomore and London: The Johns Hopkins University Press, 2000, p. 135。

灭人的故事："'经历过无穷数无所事事的懒散/岁月,我,上帝,醒了;劳作/七天,无中生有我创造了世界;/休息,造人;然后,把他放在/乐园内,那里种了棵罪恶之树,/以便他吃了死去。"(卷三:346-347)上帝创造了天地万物,人类始祖偷食禁果被逐出乐园,从而失去永生。一方面,上帝造人之初把人类置于其细致入微的保护与照顾之下,在很多方面使其处于与自己平等的位置,人类生活在乐园中没有疾病,没有死亡,其乐融融。另一方面,人类受好奇心的驱使,在魔鬼撒旦的诱惑下偷吃了上帝明令禁止的果实而犯下原罪,被上帝逐出了伊甸园,人类于是开始了堕落之旅。显而易见,人类的命运以及灵魂的去向完全在上帝的掌控之中,人类灵魂实乃宇宙灵魂或上帝的一部分。上帝借耶稣的降生,开始了对人类的救赎。"童女生子"显示出耶稣具有人和神的共同特点,并在神学史上开创了上帝救赎人类的新时代。上帝借处女马利亚生子让人们相信,上帝其实并没有抛弃他的子民,上帝的爱是永恒的,上帝通过耶稣完成了对堕落人类的又一次救赎。然而,雪莱在《麦布女王》中认为"童女生子"毫无根据,实乃荒唐无稽之事,是"怪异而令人作呕的荒谬现象"(卷三:425)。在《驳自然神论——对话录》中,雪莱认为:"说那不受空间限制的广大无边的上帝居然会同一个木匠之妻通奸,这比某个大胆的蠢汉或痴呆的傻子去欺骗大众相信什么事还更不能使人信服。"(卷五:339)雪莱在《希腊》中直接认为"约瑟之子伟大的先知耶稣"(卷四:26)其实并非童贞女马利亚所生。在《伊斯兰的反叛》中,茜丝娜认为她"是上帝派来的儿女,/来解除千万妇女的奴役和死亡,/他们深重的罪孽都由我独自担当"(卷二:296)。这个存在于万物之上的上帝以各种各样的方式在救赎人类灵魂之中扮演着重要的角色。

　　雪莱曾在1810年11月致斯托克代尔的信里,让他帮自己找一部希伯来文专著,以此来批驳基督教的虚假存在:"希望您为我买一本符合下述条件的书:是一本希伯来文的专论,证明基督教是假的。在去年春季某期的《基督教评论》中,一个牧师提到了这本书,把它说成是无可辩驳的,但只是诡辩而已。"(卷六:16)雪莱想仔细研读此书,以找出此书中存在的非常荒谬的基督得以存在的证据并加以反驳。很明显，雪莱不仅对在基督教意义上的上帝存在的证据心存怀疑，而且对基督教的教义也深恶痛绝。雪莱对《圣经》非常熟悉，雪莱夫人玛丽在1816年雪莱诗歌的题记中曾写道："他有在夜晚向我高声朗读的习惯，就以这种方式，我们这一年一起读了《新约》、《失乐园》。"（卷一：46）而在1817年诗歌的题记中她再次说道"圣经是他的经常读物，有一大部分是在夜晚大声朗读的"（卷一：96）。玛丽记载的有关雪莱研读圣经的轶事为挖掘和阐释雪莱与宗教的关系提供了翔实的资料。雪莱对圣经的研读与专注非常执着和坚定，他认为宗教对人类灵魂具有导引作用。雪莱的这种专注性正如保罗·约翰逊所说："在追求自己的理想时，雪莱的专心致志令人吃惊。"[1]然而，雪莱后来说："我反对天启教，因为我完全相信它无力给人幸福——追其根源，可以发现谋杀、战争、不可忍；我反对自然神论完全是出于理性。我也曾经是一个自然神教徒，但从来不是什么基督徒。"（卷六：93）雪莱的这个说法以及后来他写的《论无神论的必然性》是人们判断他是无神论者、一位反基督教者的根据。事实上，雪莱并非如其所说的那样。1822年，雪莱的挚友特列劳尼问他为什么要向世人称自己为无神论者，他说："我用这个名称是为了表达我对迷信的厌恶。我接过这个称呼，就像骑士拾起手套，显示我对不义的蔑视。"[2]事实上，宗教并没有离开过雪莱的生活，诚如安德鲁·桑德斯所言："尽管雪莱拒绝了'神启'的宗教，但宗教信条仍然是他思想中的基本因素。"[3]并且，雪莱对神性深信不疑，他在1811年1月6日致霍格的信中曾说，"我要考虑你反对说神性不存在的论据"（卷六：40），并详细论述了他所理解的神性："如果我们承认灵魂是非物质的，这种力量就是超出人们理解的事物。"（卷六：40）雪莱心中的神性就是那统治宇宙万物的神秘的力，就是人类几乎无法理解却一直苦

---

[1] 保罗·约翰逊：《知识分子》，杨正润等译，南京：江苏人民出版社，1999年，第44页。
[2] 勃兰兑斯：《十九世纪文学主流》（第四分册），徐式谷、江枫、张自谋译，北京：人民文学出版社，1997年，第259页。
[3] 安德鲁·桑德斯：《牛津简明英国文学史》（下），谷启楠、韩加明、高万隆译，北京：人民文学出版社，2000年，第558页。

苦追寻的宇宙灵魂。

布兰·雪莱曾说："就无神论者的任何严格定义来说雪莱都不是无神论者。"[1]而对他自己来说，他被称为无神论者，不过是人们按照"'上帝'一词的通俗意义来理解"（卷六：235）罢了。世俗意义上的"上帝"一词在雪莱的眼中根本不是他认可的上帝，事实上应按照雪莱自己所说的，对上帝、基督教而言他是一位怀疑论者。在1811年1月12日致霍格的信中，他就说："上帝！永恒！……对于这些事情，我仍然是一个怀疑论者。要么，不管它们被说成什么样子，我都信以为真；要么，我就完全否认它们！"（卷六：49）雪莱的《论无神论的必然》表面上似乎宣称他是一名无神论者，或者至少说他对上帝的存在表现出深深的怀疑，但事实是雪莱并非否定上帝的存在。关于这一点，布兰·雪莱就认为"其《论无神论的必然》并非武断地否认基督教传统的上帝，而是认为有神论证据的不足"[2]。雪莱认为，人类必然要听从"某种更高级、更万能至上的力"，而"这个力就是上帝"（卷五：305-306）。这个上帝就是宇宙灵魂。"耶稣构想了'上帝'这个令人肃然起敬的词语来表达一种统辖道德和物质世界所有能量的神灵。"（卷五：305）雪莱在致友人的一篇书信中，再次笃信上帝的存在并将上帝置于万物之上，是无比高尚的灵魂：

难道我爱的是人，是形象化的个性吗？不！我爱一切高雅、一切优美的东西。我希望，而且热切地希望，对上帝的存在深信不疑，深信上帝是无上高尚的灵魂。通过我绵薄的努力，这灵魂也许会赐予我某种程度的幸福，因为爱情就是上帝，上帝就是爱情。你也是这么想的，你不相信没有永恒的、无所不在的灵魂。

（卷六：49）

---

[1] Bryan Shelley: *Shelley and Scripture: The Interpreting Angel,* Oxford: Clarendon Press, 1994, p. 17.
[2] 同上，第18页。

雪莱把上帝耶稣看成"一个温文尔雅、高贵威严的人，他临危不惧，处变不惊，有着自然、朴素的思想习惯，深受其信徒的爱戴与崇拜，他是沉静从容，神圣而庄严的"（卷五：314）。雪莱眼中的上帝似乎在基督教里是一个具体化的人，但他并不一味接受基督教的教义及精神，可以对它们加以谴责和批判，并由此形成自己独特的宗教观。有学者指出，"在雪莱的宗教里，想象与基督中恩典的教条是一致的"[1]。在雪莱的诗歌作品中，有宗教相关的词语如"上帝""耶稣""天堂""伊甸园""福音""十字架"等在其作品中频频出现，反映出雪莱自身独特的宗教情怀和经验结构。本尼特·威弗认为，雪莱的"本性与先知们的本性在同情心方面的相似，以及他的时代与先知们的时代的某些基本方面的相似，使得他们之间的关系至关重要"[2]。

像先知一样的雪莱曾经奔向爱尔兰的土地，向他们传达"上帝"的旨意，认为"凡是使人们为善的宗教都是善的"（卷五：365），不论它是何种宗教，来自哪里，又由谁创造。"上帝最喜欢爱和慈悲的事迹。"（卷五：367）上帝喜欢人类，是不分高低贵贱的："在上帝的眼中，心地的善良和生活的纯洁，价值远胜空虚的世俗仪式，远胜那些样样齐备、独独缺少慈善目的的活动"（卷五：372），并且"天堂的大门向着信仰每一种宗教的人们敞开着，只要他们是善良的"（卷五：366）。雪莱借此号召爱尔兰人民要遵照上帝的旨意，在人世间大量做善事，最终建成一个人人向善的幸福、美好的社会。雪莱认为："一个穷汉的价值不下于一个教士，上帝给穷汉一个灵魂，就像上帝也给他自己一个灵魂一样。慈善的上帝所喜爱的那种对他的崇拜，必然是出诸单纯热烈心意的崇拜；这种崇拜要用善的行迹来表明其虔诚，而不是依靠仪式，或者忏悔，或者葬礼，或者行列，或者奇迹。"（卷五：369）雪莱认为，宗教向善的本质是不能仅仅凭一些宗教界人士来说你是好人或坏人，是要从自己的内心或灵魂出发真正地、虔

---

1 Ellsworth Barnard: *Shelley's Religion*, Minnesota: The University of Minnesota Press, 1937, p. 264.
2 Bennett Weaver: *Toward the Understanding of Shelley*, Ann Arbor: University of Michigan Press, 1932, p. 30.

诚地做一些善事，而不是以某种宗教仪式来欺骗。"如果雪莱生活中的伟大激情之一是他对神秘的探究，那另一个无疑是他期望人类可以变得更加美好。"[1] 道德在雪莱看来比宗教更能使人类向善。弗莱系统而详细地阐释过基督教的宇宙观并将世界分成四个层次："这个等级森严的世界固定为四个主要层次：最高层次是天堂，即上帝所在的地方；其次是伊甸园……再次是我们现在生活于其中的自然环境，即神学中所谓的'堕落'的世界；最底层则是恶魔施虐的领域。"[2] 在基督教的世界观和宇宙观中，天堂居于第一层世界，是一个完美的存在。天堂是上帝居住的地方，而上帝"是一种宇宙性的普遍的存在"（卷五：303），如同宇宙灵魂，"是生物圈中囊括一切能量与智慧的中介和君临的神灵"（卷五：304）。"人类的完美与神的完美是一致的。人，通过使自己相似于上帝，最圆满地成就了他的天性；而上帝则集人类完美的一切于一身。于是，上帝成为评价人的范本，人的抽象的完美成为神的实有的完美之标志。"（卷五：313）雪莱认为，对上帝而言，死亡就是"来自于尘土的人们又复归尘土"（卷三：250）。雪莱对人类肉体消亡后灵魂的去向进行了哲理性思考，认为人类由尘土中来，死后亦回归尘土，这是人类灵魂来源于宇宙灵魂而又回归宇宙灵魂的生命循环。

有学者指出："雪莱与宗教的关系极其复杂，在继承中有反对、叛逆，在叛逆中可能有借鉴、继承。"[3] 雪莱与宗教紧密而复杂的关系也充分体现在他的神学思想里。在雪莱看来，"神性就是宇宙灵魂、宇宙精神，就是永不消亡的爱"[4]。雪莱在《麦布女王》《普罗米修斯的解放》《阿特拉斯的巫女》《告爱尔兰人民书》《刺客——一个传奇的片断》等作品中都有理想国度的意象。这些

---

[1] Ellsworth Barnard: *Shelley's Religion*, Minnesota: The University of Minnesota Press, 1937, p. 39.
[2] 吴诗哲：《诺思洛普·弗莱文论选集》，北京：中国社会科学出版社，1997年，第236页。
[3] 赵军涛：《雪莱与圣经的关系研究》，河南大学硕士论文，2007年，第27页。
[4] Carl Grabo: *The Magic Plant: The Growth of Shelley's Thought*, Chapel Hill: The University of North Carolina Press, 1936, p. 27.

作品所描绘的沙漠后来变成了绿洲，人类诞生之初的伊甸园仿佛已回归，"万物已被重新创造，和谐的/爱的火焰在鼓舞着一切生命"（卷三：359），而女王所展示的国家的真正美好之处在于：

> 狮子已忘记对于鲜血的饥渴：
> 你可以看见他和毫不畏惧的
> 小山羊，一道嬉戏在阳光下，
> 他的爪子已收敛，他的牙齿
> 已无害，习惯势力已使他的
> 脾气变得和一只小羊羔无异。
>
> （卷三：359）

在这一盛景下人们看到的是人与宇宙万物之间的和谐相处，也是艾恩丝仙女向人类展示的未来世界，这一景象也是圣经中先知以赛亚所预言的理想世界。同样，人与大自然和谐相处的景象也出现在《刺客———一个传奇的片断》的结尾，作品中所展现的兄妹二人和一条小蛇玩耍的景象象征着人类与大自然友爱、欢乐和幸福，而这正是圣经中先知所预言的理想世界的情景。圣经中所体现的宗教情怀、这种对理想境界的追求、这种信仰之光正是雪莱身上的先知精神的具体体现。雪莱奉献给劳苦大众的就是这样一个恢宏而和谐的人类未来社会的完整图景——人类社会的"黄金时代"。雪莱在致希契纳的信中屡次提到这样的黄金时代，将其笃信的黄金时代与先知们所预言的理想王国相提并论。由此可见，雪莱的这种预言天赋与其先知思想和精神是紧密相连的，原因是"一切有思想的人都有某种先知的恩赐，借着观察往事，他们大致可以预料未来"[1]。雪莱一方面关注并洞察现实社会，另一方面与宇宙灵魂沟通、交流，由此呈现出独特的先知思

---

[1] 傅理曼：《旧约先知书导论》，梁洁琼译，台北：中华福音神学院出版社，2001年，第5页。

想和精神。从这个意义上说,雪莱"首先是一位预言家,然后才是一位诗人,而他的诗歌主要就是宣传他的预言信息的工具"[1]。

第四节 灿烂之死:雪莱的灵魂[2]

17、18世纪随着科学的发展,灵魂的概念逐渐被自我所取代,自我很明显是与传统灵魂不朽的宗教信念密切相连的。人类自我、本我的旅行其实就是灵魂的旅行。从古希腊到现代社会,有很多关于自我的说法:从柏拉图、亚里士多德分别提出的灵魂三分法,到诺斯替教义的灵魂论、奥古斯丁的人的黑暗论、笛卡儿的二元论(dualism)以及弗洛伊德的心灵地图等,每一种理论都以主体经验为特征,强调自我的混乱。灵魂是有关人本性的东西,理性总是挣扎于情感和欲望之中。理性是灵魂的最高形式,为什么灵魂坠入尘世后显得落后愚昧?因为它是从天而降的,原本在上帝的庇护下纯洁的灵魂坠入尘世后与肉体结合,就产生了恶,进入尘世的灵魂内心藏有黑暗。人类灵魂为什么会苦恼不已?因为人类的情感和欲望本身是毫无止境,甚至有时是欲壑难填的。然而灵魂本身是和谐,而自我却是一种分裂的(divided)存在,灵魂必须规训情感和欲望。心理学经验的基本事实承认了灵魂的神性和不朽性;柏拉图的回忆说存在于心灵和真实之中,主体意识与潜意识分裂,而自我经验失去了真的价值。18世纪与19世纪的哲学总是围绕宗教和新科学,关于自我的主题研究逐渐兴起与繁荣。研究自我的专著有泰勒(Charles Taylor)的《自我之源》(*The Source of the Self*)和赛格(Jerrold Siege)的《自我思想》(*The Idea of the Self*)。他们在书中试图将自我的概念描绘成一个整体的概念,关注物质对自我(灵魂)的冲击力,一旦意识被孤立,物质世界很难与精神世界相切合。而现代科学和哲学也试图阐释自我的真正意

---

[1] 艾弗·埃文斯:《英国文学简史》,蔡文显译,北京:人民文学出版社,1984年,第89页。
[2] 本节部分内容已在《国外文学》2017年第4期上发表。

义。把雪莱的自我灵魂[1]单独作为一节来加以阐释是因为在雪莱短暂的生命旅程中，他的灵魂的成长、挣扎、迷惘和完善过程是人类灵魂经过洗礼之后回归宇宙灵魂的漫漫归途中的一个缩影。雪莱的灵魂在这一过程中无疑具有典型性和代表性，这种典型性和代表性体现在主体的不幸上，灵魂的孤独是人类灵魂的宿命。19世纪以来，我们总是听到"撒旦式雪莱"的称呼，也有人称他为"疯子雪莱""美丽却无用的天使""永远的孩童"[2]等。阿诺德对雪莱的评价影响很大，他说：

> 作为一个人，雪莱在许多方面都比拜伦高出许多；他有美丽又迷人的灵魂，所召唤出的洞察力，比拜伦的更加美好和有魅力。但是雪莱具有的所有的个人魅力，都无法阻止我们最终在他的作品中感觉到不可抑制的不满足，总之，是一种对合理的主题的不满足。另外，还有无法弥补的错误以及最终导致的非实在性。[3]

雪莱在他不到30岁的生命旅程中经历太多，18岁是他人生旅程中一个重要的分界点，其后十余年的生活充满了变化。但不管怎么变化，雪莱始终是"一位理想主义者和社会向善主义者"[4]。最终溺死于地中海使他获得了暂时的解脱，从而使当时社会对他的评价暂告一个段落。然而学术界对雪莱之死的研究并不是很多，资料相当有限。众所周知，雪莱患有幻想性神经质疾病，有很强的自杀情结，几次自杀未果。本节试图从心理学的角度，结合诗人的人生经历及思想变化

---

1 "自我"是精神分析学家弗洛伊德1923年提出的精神结构三大概念之一（另外两个是"本我"与"超我"），用以解释意识和潜意识的形成和相互关系。"自我"是指大部分有意识，负责处理现实世界的事情。此处借用这个概念来表达雪莱的自我灵魂在他那个时代面对现实所表现出的挣扎和迷惘。
2 Cian Duffy: *Shelley and the Revolutionary Sublime*, Cambridge: Cambridge University Press, 2005, p. 1.
3 Matthew Arnold: "Shelley", in *Essay in Criticism*, London: Macmillan and Co., Limited, 1921, p. 190.
4 Caroline Franklin: *Byron: A Literary Life*, New York: St. Marin's Press, 2000, p. 96.

还原两百多年前雪莱的真正死因：雪莱之死是敏感的诗人基于长期压抑遇到紧急境况时做出的一种隐蔽式、冲动式的自杀行为。地中海的暴风雨正好是这样一个引子，成全了他去赴那"灿烂的死"[1]。

关于雪莱之死，有"自杀"说，有"死于非命"说，甚至有"暗杀"说。"雪莱的死也是许多人迄今依然揣测不停的事情。据说他在威尔士曾经受人攻击，这个人很可能是特务人员。他死前在意大利有两次险些遭遇不测。2006年3月，塞尔维亚一家大学的学术刊物就提出，现有充分证据证明，雪莱是被英国保守力量暗杀的。"[2] 然而，由于当事人雪莱及另外两名同伴威廉斯和维维安全部遇难，雪莱之死似乎成了永远的谜。

在雪莱溺亡于地中海时，死于非命说法几乎是学术界的主流声音。然而，据后来比萨的桂冠诗人约翰·塔夫伯爵追记的那位意大利船长所言，"堂璜号"张挂着满帆沉没的原因是由于雪莱粗暴地阻止威廉斯在暴风雨中所做的收帆举动。如果塔夫伯爵记述的情况是真实的，那么雪莱当时为什么要那么做？结合雪莱的人生经历、思想变化及心理等因素，有足够的理由认为他的死不是死于暴风雨中的非命，而是诗人主动的选择，是自杀行为。布鲁姆在评价《阿多尼》时曾经委婉地指出雪莱的这种自杀倾向："不论雪莱在《阿多尼》的最后三行获得了什么样的神圣启示，那都不是任何一般意义上的宗教信念，因为它在诗人那里孕育的唯一对待自然存在的态度是一种全然拒绝的态度，而实际上，它的真正前提条件就是自杀。"[3] 然而，遗憾的是布鲁姆并没有在各种证据下深究雪莱坦然赴死背后隐藏的深层原因。

雪莱自杀说，曾经被德国的读者认可："如果有人认为歌德作品《少年维

---

[1] 原文为"A radiant death"，参见Roger Ingpen and Walter E. Peck: *The Complete Works of Percy Bysshe Shelley* (10 vols), London: Ernest Benn Limited, 1965, Vol. II, p. 363.
[2] 常耀信：《英国文学通史》（第二卷），天津：南开大学出版社，2011年，第90页。
[3] Harold Bloom: *Poets and Poems*, Philadelphia: Chelsea House Publishers, 2005, p. 140.

特的烦恼》成功,那么他就会明白为什么雪莱的早逝曾经被解读为自杀。"[1]众所周知,雪莱深受欧洲浪漫主义先驱歌德的影响,尤其是歌德的《浮士德》对雪莱诗歌拥有"灵魂的气息"的影响极大。雪莱刚死时欧洲的很多人士曾经不明就里地认为雪莱和维特一样通过自杀来解脱自己。客观地说,这一结论如今依然存在,但雪莱自杀的原因可能要比少年维特复杂得多。对雪莱之死描述较为客观的是丹麦人勃兰兑斯的世界文学史名著《十九世纪文学主流》。其中在描述1822年7月8日雪莱溺亡时,该诗提到过一位意大利船长曾在波涛汹涌的海面上见到过雪莱一行乘坐的"堂璜号"。

> 比萨的桂冠诗人约翰·塔夫伯爵在很久以后追记了那位船长之所言:"……知道他们不可能长时间和这样大的巨浪对抗,他曾尽力靠近他们。建议他们到他的船上来。他清清楚楚听到一个尖锐刺耳的声音,据推测是雪莱的声音,说'不!'……滚滚巨浪像一座座高山——一阵巨浪向那条船迎头扑来时,使他吃惊的是,那条船还张挂着满帆。'要是不愿上我们的船,看在上帝的份上,快收起你们的帆吧,不收,你们就沉了。'一个水手通过喊话筒这样大声喊。只见一位先生(据信是威廉斯)做出了降帆的努力——他的同伴,好像很生气,用力抓住了他的臂膀。"堂璜号沉没在斯佩齐亚海湾维亚雷焦以西大约10英里处,张挂着满帆。
>
> (卷七:624-625)

这一客观描述往往被雪莱研究者所忽略,雪莱在当时不仅拒绝意大利船长的施救,而且还拒绝了威廉斯降帆的努力,结果使得"堂璜号"张挂着满帆在暴风

---

[1] Susanne Schimid: *Shelley's German After Lives 1814-2000*, New York: Palgrave Macmillan, 2007, p. 5.

雨中沉没。[1] 对于不会游泳却选择经常驾驶轮船的雪莱来说，他不可能不知道在暴风雨中张挂着满帆的"堂璜号"是何等的危险，那么他却选择让"堂璜号"在暴风雨中沉没到底是为了什么？如果那位意大利船长的记述是真实的，那么，雪莱丢掉的不仅是自己的性命，还有另外两名同伴威廉斯和维维安的生命。真实情况也许谁也无法知道了。雪莱在死亡来临前内心恐惧的是什么？害怕友人因为救他而丧命。他拒绝救助，准备从容落水。再看看雪莱1822年7月4日回航前分别写给玛丽和珍妮的信，信的内容大意是希望威廉斯不要等他，先回去，因为他知道珍妮需要丈夫，他俩从未分别那么久。而在致珍妮的信中，雪莱似乎下定决心去赴那"灿烂的死"："也许，一去再不复返！再见，我最亲爱的朋友！"（卷七：511）

在这样一种极端的环境下，雪莱当时的心理状态到底是什么？他为何拒绝被援救和自救？雪莱的性格是坚强和刚毅的，不会在极端的环境下优柔寡断、不知所措和笨手笨脚。他的决定向来大胆，尤其是在极端的环境状态下，他极为镇静。拜伦曾经在和雪莱一起坐船游玩遇险时亲眼看见过雪莱的这种伟大的镇静："但是还是同一个雪莱，他具有在如此环境中可能具有的最大镇静。"[2] 心理学认为自杀者常常有神经质倾向，而雪莱患有严重的神经性疾病是众所周知的事实。其实，早在雪莱于7月1日动身去里窝那之前的几天，雪莱的幻想性神经质疾病又开始发作了，雪莱自称看见了鬼怪。[3] 心理学认为，有精神或肉体疾病、压力巨大以及有严重药物依赖的人在应激情况下更容易自杀。雪莱当时与夫人玛丽

---

[1] 有学者在雪莱死后从其外衣口袋中书翻阅的状态认为这只是一场意外事故："提到了在雪莱上衣口袋找到索福克勒斯的作品，在另一口袋里有一本济慈的诗集，这本书是打开着放在兜里的，读这本书的人好像是因为暴风雨的突然来临而中止了阅读，匆促之间把它放进口袋去的。"参见安德烈·莫洛亚：《雪莱传》，谭立德、郑其行译，杭州：浙江大学出版社，2013年，第253页。但这并不能证明雪莱在应急情况下没有主动去寻求死亡。

[2] 拜伦：《飘忽的灵魂：拜伦书信选》，易晓明译，北京：经济时报出版社，2001年，第188页。

[3] 参见雪莱：《雪莱全集》（7卷本），江枫主编，石家庄：河北教育出版社，2000年，卷七，第620页。

的关系不是很好,心中又爱恋着威廉斯的夫人珍妮而不可得,心中极度苦闷,深刻体会到理想与现实、灵魂与肉体的这种二元分裂的痛苦。雪莱给珍妮写了一系列情诗,想通过诗歌的想象而得到安慰。一年前,雪莱曾在不少诗行中表达了应赋予死亡以它应有的光荣的思想。现在看来他似乎是已经预料到了自己的结局——当他的心灵描绘出他的小艇在雷电交加的暴风雨中从人们的视野消失时,就像它在紫色的海上被最后看见的那样,然而,乌云散尽,暴风雨在它出现过的海面无迹可寻——谁会把《阿多尼》的最后一节视为预言呢?下面的注释就是当时的目击者的描述:

> 罗伯茨船长在那条船返航时曾经在莱航灯塔顶上用望远镜望它远去。他们来到离维亚雷焦海岸有一段距离的海面,一阵暴风雨从远处袭来,把他们和几条较大的船包裹在黑暗中。乌云过去之后,罗伯茨再一次眺望,发现所有其他的船都在继续航行,唯独不见他们那条小双桅船,那条船已经失去踪影。从这一刻起,罗伯茨再也不能怀疑那悲惨的事实。[1]

心理学理论认为一个场景本身就足以提供一个绝望而且绝对的行动动机,比如自杀。在唯物的科学观中,人的行为和发展可通过环境来解释。而精神病学家把自杀归结为精神反常,归结为精神分裂的冲动。无论在什么时候,只要这种在漫长时间形成的自己的无意识建立起来的特殊环境再现,这种情形就会发生。用心理学的理论来分析雪莱的自杀,认为其是敏感的诗人基于长期的压抑遇到紧急情况时做出的一种冲动式的、隐蔽式的自杀行为是完全可能的。有时,心理有疾病的人或有自杀倾向性的人看到疾驶的火车,或站在高楼处向下张望,产生自杀这种冲动是有可能的。雪莱的内心深处始终有一个结未解开,而此时的暴风雨正

---

[1] 雪莱:《雪莱全集》(7卷本),江枫主编,石家庄:河北教育出版社,2000年,卷七,第535页注释1。

好是这样一个引子,成全他去赴那"灿烂的死"。有学者认为雪莱表面上肉体的死亡成就了他一直追求的精神上的自杀:

> 雪莱的死表面上看是一场意外,然而深层剖析,可以发现雪莱在精神上对死亡是早有准备的,甚至说是欢迎的。雪莱的死亡可以从现实与理想两个层面来分析。从现实层面看,死亡固然是悲惨的;而从情感理想层面看,雪莱的死是雪莱精神层面的"自杀行为",是对理想顶礼膜拜的最高仪式,是对丑陋现实的最深鄙视,更是对雪莱一直无法适应、一直坚持反抗的现实社会的最后弃绝。[1]

那一天到底发生了什么?那一天的前后到底哪些因素导致了雪莱自杀?其实,雪莱的自杀情结在他心中由来已久,尤其是第一任妻子的溺亡"使雪莱精神上受到极大的打击,他甚至想到自杀"[2]。1815年他把对死亡的想象写进了《阿拉斯特》中,布鲁姆认为"在一定程度上说,这首诗乃是诗人写给自己的挽歌"[3]。他还认为《阿拉斯特》"像是一个死亡的舞蹈"[4]。在雪莱唯一的戏剧《倩契》中,"自杀问题是《倩契》中反复出现的主题"[5]。《倩契》还让人们洞悉人类灵魂的阴影部分。雪莱曾经写信恳求朋友代为购买一剂足以致命的"氢氰酸或苦杏仁油精",虽然他当时并没有自杀的念头。雪莱在《致拜伦勋爵》(1822年6月18日)的信中再次托人买一剂足以致命的氢氰酸或苦杏仁油精。他写道:

---

1 刘春芳:《英国浪漫主义诗歌情感论》,天津:天津大学出版社,2011年,第151页。

2 张耀之:《雪莱》,沈阳:辽宁人民出版社,1981年,第10页。

3 Harold Bloom: *Poets and Poems*, Philadelphia: Chelsea House Publishers, 2005, p. 122.

4 同上。

5 John A. Hodgson: *Coleridge, Shelley, and Transcendental Inquiry: Rhetoric, Argument, Metapsychology*, Lincoln and London: University of Nebraska Press, 1989, p. 105.

你，当然，会进入莱航的社交界：如果发现能够制备氢氰酸或是苦杏仁油的科学工作人员为我少量买点，我将认为这是对我的极大关怀。制备这类药品必须极其小心，而且应该高度提纯；我愿意为它出无论多高的价钱；你会记得有一天夜晚我们谈到过它，而且我们都表示愿意自己手里有一点；我的愿望是认真的，我希望避免不必要的痛苦，无需我告诉你我目前并不打算自杀；但是我坦白承认，能够掌握开启永恒安息寝宫之门的金钥匙对于我来说将是一种慰藉。氢氰酸作为药物使用剂量极其微小；但是一般制成品的性能较弱，缺乏治疗各种疾病而万无一失的必要纯度。一滴，甚至不足一滴，就是一剂，通过麻痹而起作用。

（卷七：507）

雪莱体质虚弱，患有多种生理性疾病和精神性疾病，疾病使得雪莱相信他只能再多活一两年。[1] 为了减轻病痛，他只能服用鸦片等止痛药物，因此他的精神疾病和梦游症伴随他一生。服用精神病药物使得他经常产生幻觉，时不时濒临发疯的边缘，以至于做出一些匪夷所思的事情来。雪莱不止一次承认，拥有一把开启永恒安息之所的金钥匙将是一种慰藉。雪莱的爱情生活多舛，一方面，哈利特为他溺水而死，雪莱回忆起不久前和她共度的甜蜜时光，感到悲痛和失望。另一方面，玛丽为她献出了至诚的心和爱，他无法摆脱玛丽的魅力。雪莱知道特列劳尼喜欢玛丽，而自己与玛丽的关系却渐行渐远："意大利对于我来说是个越来越可爱的地方……——我只是觉得缺少一些能有同感和理解我的人。是否由于家庭内交往的密切和持续，反正玛丽不能。"（卷七：618）心灵越是追求真实，也就意味着在现实中越是孤独。当一种痛苦在现实中不能化解，就只有企求心灵的安顿了。雪莱活在这个世上感到自己从未有过的孤独，连曾经那么深爱的玛丽也不能给他丝毫的安慰。为了使自己的灵魂得以休憩，雪莱有时一次服用大剂量的

---

1 Nora Crook, Derek Guiton: *Shelley's Venomed Melody,* Cambridge: Cambridge University Press, 1986, p. 73.

鸦片来麻痹自己，在朋友皮科克面前常常流露出自杀的念头，常常念着皮科克译的古希腊三大悲剧诗人之一索福克勒斯的诗句。[1] 诗句的大意是说人世中本来没有最高的幸福，我们过着如荆棘、悬崖的人生，谁能沉入死的永久睡眠中早得解脱，谁就是最幸福的人。雪莱把死当成是人生通向最后幸福的唯一途径。

特里劳尼曾说雪莱是一个几乎没有丝毫自我保护本能的人，对死亡毫不畏惧而且一定程度上还相当迷恋。珍妮在听了特里劳尼对雪莱在死亡问题上的评价后也知道雪莱有自杀倾向。对雪莱来说，死亡似乎使他能从现实的悲梦中清醒过来。雪莱试图以肉体的死亡迎接灵魂的自由，坚信死是实现灵魂自由释放的终极跳板。雪莱的自杀情结一直伴随着他，拜伦曾经这样叙述过雪莱试图自杀的情形：

> 我们曾同乘一条小船，一阵飓风将我们刮到梅莱里与圣今戈的岩石上下。我们五个人在船上——一个仆人，两名船工和我们，船只失控，很快被灌满了水。他不会游泳。我脱下我的外衣——也让他脱下了外衣，并让他抓住一根船桨，告诉他我认为（我本人作为一名游泳健将）我能救他。如果我抓住他时他不挣扎的话，——除非我们在又高又陡的岩石上撞得粉身碎骨，当时可怕的巨浪拍击着岩石。那时我们距海岸大约100码，船处于危险之中。他非常镇定地回答说："我没有考虑让人救助，我尚能救出我自己，请不要打扰我。"[2]

在这次和拜论一起泛舟日内瓦湖几乎翻船的事故中，雪莱拒绝救助，后来雪莱说：

---

[1] 索福克勒斯是古希腊著名悲剧诗人，著有《俄狄浦斯王》等。原诗翻译为："若不降生，不幸中庆享大幸，/一旦问世，苦海中惨受煎苦。/事已成事，寻归宿疾步黄泉，/策中上策，求解脱奔赴阴府。"参见安德烈·莫洛亚：《雪莱传》，谭立德、郑其行译，杭州：浙江大学出版社，2013年，第120页。

[2] 拜伦：《漂浮的灵魂：拜伦书信选》，易晓明译，北京：经济时报出版社，2001年，第188页。

"我面对这种死亡迫近的前景,体验到一种错综复杂的心情,其中掺和着恐怖,十分强烈,却并不占上风。如果我是单独一人,我感受到的痛苦就会轻一些,但是我知道我的同伴会努力救我,当我想到他的生命有可能由于救助我而遭遇不测,我就羞愧得无地自容。"隔了几年,他曾毫不痛苦地思考过这样一种结束生命的方式。特列劳尼在他落水死去之前几个月把他从一次溺毙危险中救出时,他只是说:"这是一种强烈的诱惑;要是老妈妈们讲的故事全都可信,再过一分钟我就会到达另一个世界了。"

(卷七:565-566)

就是这样一个性格有点倔强又非常自我的雪莱在他生命的最后时光再次面临溺水时,做出了错误的决定,这个错误的决定或多或少是雪莱的有意为之,从而成就了"灿烂的死"。雪莱对水和船的迷恋是远近闻名的:"雪莱生活在泰晤士河附近或日内瓦湖畔时,最大的乐趣就是划船,他的一生有相当一部分是在水上度过的。离他居住处不远的河流、湖边、海边全都锚泊着他的船。"(卷一:448)他许多优秀的诗歌就是在船上完成的:"雪莱上船时,身边总带着纸,《生命的凯旋》大部分都是航行或者漂浮在不久便吞没了他的那个海上写成的。"(卷一:500)问题是雪莱不像拜伦,虽然那么爱好水和船,但他始终没有学会游泳。雪莱面对自己的一次次溺水,几次都接近死亡,却坦然地认为生命是一大神秘,死亡才是揭开这个大神秘的唯一途径。他最终于1822年7月8日溺亡于地中海,用自己年轻的生命揭开了神秘生命的那道黑色帷幕。"诗人自杀表达了诗人对信念的绝对忠诚,表明诗人拒绝在虚妄的信念中生活。"[1]雪莱对大海情有独钟,对水的迷恋最终成就了雪莱,他选择了隐蔽地溺亡于地中海。有学者这样评述雪莱之死:

---

1 刘小枫:《拯救与逍遥》(修订本),上海:上海三联书店,2001年,第55页。

是否是一阵突然而至的来自西南的飓风颠覆了满帆的小舟，正如大副所担心的，或者其他船只在暴风雨中把它撞沉，我们无从知道这些可能的答案，我们对哈利特怎么以及为什么溺死都比被地中海的海水淹没雪莱的头颅都要知道得多。我们想知道的是雪莱死时是否想到了溺死的哈利特。同样是风，一直是雪莱美的象征的西风，最终淹没了他。[1]

海德格尔曾经指出人存在的两种情态：（1）被抛性，人与世界经常联系在一起，人的出生是一种"被抛入世界的状态"，意即人的生存情景并不由自己创造出来，而是一个事实；（2）沉沦性，指人经常不经意地被世界的日常琐事所缠绕，以至心灵陷堕在无关紧要的事务中，这种沉沦表现为人的闲谈、好奇及两可。海德格尔指出，人混迹于这个世界，由于人的被抛性，人的本真存在丧失。要突出人的本真存在，人必须突破被抛性，体验到人的自由，人不单是被过去界定，人还可以成为"将来"。对于本真的人而言，他前面永远有新的可能性。要摆脱沉沦性，人要正视自己的责任，不要让自己的生命在虚无及无意义的事务中虚耗掉，人要对世界甚至自己的生存承担自己应有的责任。因此，我们知道雪莱为什么能够直视生活中的恶，从而积极反抗。人常常感到自己的有限，这种有限来自对死亡的焦虑，来自窘迫的焦虑。雪莱在对人的思考中认识到只有正视生命的恶，并积极反抗，才能够打破人的有限，进入无限的领域。生命最本质的必然是死。众人常以沉沦于日常生活的方式躲避死亡，而雪莱对死亡有正确的认识，不是给它以幻想，而是接纳。他把此在抛回到本己的能在中去，使此在可以自由地选择自己，达到真正的存在。死是此在必然要遭遇的，只要此在继续存在，它就不得不承担起死存在的方式。面对死亡，雪莱悟到了死对此在不是偶然的存在，而是此在注定的命运，是不可克服的，唯有敢于面对死亡，才能达到生存之

---

[1] Ernest Raymond: *Two Gentlemen of Rome: The Story of Keats and Shelley*, London: Cassell & Company Ltd., 1952, p. 230.

无蔽,那就是真。因此,他觉得只有正视现实的恶,才能找回失落在社会中的自己本身,获得自由。由此可知,雪莱以反抗的方式对待现实的恶,是为了拯救自己,获得彻底的自由。

苏格拉底认为,真正的哲学家一直在练习死,从死亡观这个角度来说,雪莱称得上是一位哲学家。雪莱对哲学无比热爱:"处身于一个哲学和友谊的环境中,我得以从令人郁闷的孤独中解脱出来,他们重新点燃了我心中即将泯灭的生命之火焰。我觉得自己好像进入了天堂,在那里没有生命的终结,只有生命的短暂。一想到生活的艰辛,我的心就沉了。"(卷六:427)雪莱在自己短暂的人生中致力争取人类自由,他在诗歌中把自己化身为云、云雀、西风来传播这一理想。雪莱把自己比作云,变化但不死。在雪莱的灵魂中,自我是分裂的,在布莱克的诗歌中"我"就是"原子",而灵魂就是那黑暗中的原子,而雪莱却自比为云雀、风和爱弥儿,在自己的灵魂中看到了他人的心灵:"像面对明镜,从我自己的内心/我已经看到了,其他人的心灵。"(卷一:341)

有学者认为,"死亡是雪莱诗歌中的核心主题,也是雪莱明确清晰的重要观点"[1]。雪莱经历过太多亲朋好友的生离死别。诗人在《无题》中营造出了一个充满了死的景象和气息的世界,唯一的光明之源月光映出了一个苍白的女性,一种恐惧的死亡之美跃然纸上。此诗无论从题目、诗歌本身的内容还是表达风格上都比较隐晦,是雪莱关于自己的第一任妻子哈利特投河自杀的神秘诉说。《悼范妮·葛德文》是诗人写的悼念第二任妻子玛丽妹妹范妮的诗歌。范妮与她的姐姐一样,也深爱着雪莱,但苦于没有机会表达,最后用死亡来证明。经历坎坷的雪莱在面对亲朋好友一个个离他而去时感叹道:"苦难啊——哦,苦难/这世界对你总是太宽。"(卷一:78)范妮的死表明雪莱身边的女性往往命运悲惨,离他越近受到的伤害越大。在《西风颂》中雪莱将孕育着新生命的种子比喻成"一具具僵卧在坟墓里的尸体"(卷一:177),生与死如新与旧这对矛盾共存于同一

---

[1] Laura Claidge: *Romantic Poetry: The Paradox of Desire*, London: Cornell University Press, 1992, p. 159.

事物中。旧事物中蕴藏着新事物的种子，此消彼长，这正是诗人对宇宙万物发展变化规律的诠释。毫无疑问，雪莱在《西风颂》中对死亡的态度是一种哲学家的态度。同样，在《断章：长眠完成生命》中雪莱通过"胎儿安息在子宫里"与"尸体，长眠于坟墓"推理演绎出"我们开始在终止处"（卷一：432）。就肉体生命而言，一个生命的诞生意味着另一个生命的结束，有了灵魂的存在，生死就是这样无限循环往复。

在《咏佛罗伦萨美术馆达·芬奇的美杜莎》中，雪莱看到了死亡"恐怖的摄魂夺魄之美"（卷一：195），可怕的死亡被赋予永恒的生命力，终结了生命的死亡却孕育着生命。在《哀歌》中，雪莱感叹时间的无情流逝："哦，时间！哦，人生！哦，世界！"时间、人生和世界一样都是无情的，凸显人类生存的悲凉。在《无常》中，美丽的云彩会随夜幕的收拢消失得无影无踪，如同灿烂的生命会随着死亡的降临而失去往日光彩。在稍纵即逝的生命中，不只有甜美的享受，更有捉摸不定的痛苦和深不可测的命运，它们常常令人在尚未体会到生活的喜悦和生命真谛时便遗憾地溘然长逝。为此，诗人在结尾处大声感叹："万古不变的，却唯独有无常。"[1] 与短暂的生命相对的，正是万古不变的"无常"，即"死亡"。此诗表达了雪莱人生短促且难以把握的观点，但其中还是蕴含着他对生命的热爱之情。诗歌中每一句都跳动着生命的欢乐与力量，表现了诗人超脱的死亡哲学观。而另一首《死亡》也同样酣畅淋漓地表达了雪莱的死亡哲学观："尘土归于尘土——我们也就死亡。/我们所爱的一切、所珍视的一切/都必定凋零毁灭，像我们自己一样；/这就是我们有生者的无情命运。"（卷一：307）雪莱认为，死亡无处不在，连我们人类自身都是死亡，诚如《圣经》所言，人源于尘土，死后也归于尘土，雪莱的死亡观在这个层面上又具有宗教的意味。雪莱还在《论来世》中认为死亡是"人类无尽的忧郁、悲凉之源"（卷五：254）。由此可见，雪莱的死亡观既有柏拉图式的超然，又有叔本华式的悲凉。

---

1 Roger Ingpen and Walter E. Peck: *The Complete Works of Percy Bysshe Shelley (10 vols)*, Vol. I, London: Ernest Benn Limited, 1965, p. 203.

雪莱认为生命是一个大神秘，死亡是揭开这个大神秘的唯一手段，是一种解脱，一种能接近真理、回归到宇宙精神的最佳路径。大海可以看作是爱、睡眠和死亡的宇宙，雪莱对大海情有独钟，却不会游泳，几次想溺水而死以追求生命的完整。[1]雪莱有恋水症。在雪莱疾病缠绕的肉体和充满疲惫的灵魂中，思索的时辰犹如溶入遗憾之水的生命之泪；从自然之钟滴落下来的飞逝的时光，是一种哭泣的忧郁和不安，犹如落入水中的阴影，在吞噬着诗人。到了生命后期，雪莱反复谈及死亡，对死亡的沉思也就是对自由的沉思。这种对死亡的兴趣加速了雪莱的心灵变形，使得他想早日去赴那"灿烂的死"。雪莱之死不是死于暴风雨中的意外，而是雪莱的有意选择。[2]他主动溺水而死，在水的变化中见到了死亡，似乎体会到了赫拉克利特对水的直觉：死亡便是水本身。水成为死亡的邀请，是我们前往本源的物质的隐身之所。水在雪莱的无意识中是一种基本物质的存在，是宇宙的生命，是导向自身的归宿。死亡是首次真正的旅行，死是宇宙秩序和宇宙生命的组成部分。死亡有智慧，超越生命也是一种智慧、一种伦理。在《论来世》中，雪莱以近似科学的态度阐释死后灵魂的去向：

　　　　这些物质都会变化、腐朽，都会转变为其他的形态……降临世间之前我们可曾存在过？这种可能性颇难想象。每种动物或植物的繁衍都有一种变其周围的物质为一种自身相似物的力量。这是一种规律，也就是

1　雪莱遇水险象环生：第一次航海去爱尔兰的时候遇险，和玛丽乘坐敞篷船穿越英吉利海峡时遇险，在梅勒瑞和拜伦一起乘船时遇险，跟威廉姆斯一起时也至少有一次水上遇险。"死在大海上这一想法一直萦绕在雪莱的心头。一天下午，他带着威廉姆斯太太和她的孩子，乘坐自己的小船来到海湾。雪莱突然从幻想中惊醒，用快乐和坚定的声音喊道：'现在让我们一块解开伟大的谜团吧！'"参见约翰·阿丁顿·西蒙兹：《雪莱传：天才不只是瞬间完美》，岳玉庆译，南昌：江西教育出版社，2014年，第135-136页。

2　有学者认为："雪莱不可能接受主动而明显的自杀方式以结束生命。""雪莱选择死亡的方式是隐蔽的，他坚决不学游泳，拒绝求生的技巧，对他来说，死亡是一种隐蔽的快乐与追求。他采取以拒绝求生的方式来追求死亡，这样他的死才不会背上懦弱的罪名。"参见刘春芳：《英国浪漫主义诗歌情感论》，天津：天津大学出版社，2011年，第158页。

说，某种基本物质粒子之间的关系要经历一种变化，这些物质粒子会重新组合。

（卷五：256）

雪莱在《阿拉斯特》的结尾处表达了其赴死的决心，同时该诗最后的几行也表达了他对英年早逝的遗憾。雪莱以他自身的光芒和精灵气质为宇宙的美贡献了一分力量：

>当颜色已经褪去，那一副已被
>无情的风折磨过的最美的面容，
>也不会独自活在这简陋的歌曲。
>不必用高雅的诗韵哀悼那不复
>存在的生命，或用绘画的悲痛
>和雕刻以软弱的形象去表现它
>已经冷却的魅力。艺术与言辞，
>世上的一切形式都太脆弱无力，
>不足以用来哭泣使它们的光辉
>全都黯然失色的损失。这悲痛
>太深，难以诉诸眼泪，当一切
>突然同时失去，当一个非凡的
>曾以自身的光为宇宙增添美的
>精灵，留给尚存者的不是哭泣
>和呻吟，也不是对于一种执着
>希望的感情骚动；而是苍白的
>绝望和冷漠的宁静时，自然那
>庞大的结构，人间世事的罗网，

生与死,全都不再和以往一样。

(卷二:60-61)

在《阿多尼》中雪莱认为,人最终都会死亡,但只有纯洁的灵魂将回到它原来的火热的源泉,并进入永恒,和大自然以及宇宙精神融为一体。雪莱在诗中还表达了对永恒的坚定信仰,认为死亡才是通向更高境界的途径,尘世无论多么美丽,也不能和永恒的光辉相比。阿多尼在召唤我们前往那美和永恒之所在,阿多尼的灵魂宛如天上的一颗星,从永恒之地发出明亮的光。"《阿多尼》的最后几行可以理解为他自己溺水而死的预言。至少可以说,这一思想在他的诗中反复出现是非常奇特的。"[1]雪莱正是以诗歌为媒介,穿梭于人类与宇宙之间,通过人与宇宙之间的角色互换与互喻,让死者从不可逆转的线性时间中重新汇入宇宙自然的生命循环时间。雪莱的诗歌充盈着"永恒的灵魂的气息"。雪莱通过对死亡的追寻与主动选择在暴风雨里溺海而死,完成了自己华丽的转身。威廉斯夫人在谈起雪莱时说他像个精灵,谁也不知道他什么时候来什么时候走,也不知道他从哪里来到哪里去。雪莱自身就是一个精灵的存在,同时他"像诗人一样容易激动,像英雄一样勇敢,像妇人一样温柔,像少女一样羞怯,像莎士比亚笔下的爱瑞尔一样轻捷"[2]。雪莱深知生命渺小,死亡不可回避,表现出对肉体的摒弃,寻找灵魂的寄托:"我却早已学会以轻蔑的态度/对待拘束着灵魂的血肉桎梏,/而灵魂渴望把握黎明的翅膀,/在它生命的火焰诞生的地方/飞翔,摆脱尘世黑夜的

---

[1] 雪莱的诗歌中至少有四首描述了这一奇特现象。在《阿拉斯特》中,"一阵心血来潮让他登上小船,/在阴沉的海滩独自会见死神";《自由颂》的结尾也有同样的声音:"我的歌由于翅膀无力而停歇,/曾支持它飞翔的伟大声音的回响/消失在远方上空,像刚为泅渡者铺路的海水,/在汹涌起伏的波涛中已把他溺毙,/在被淹没的头颅周围发出咝咝的声息。"在《无题——写在那不勒斯附近心情抑郁时》中有"直到那死亡像睡眠悄悄降落,/直等到在温馨的空气中,/觉着面颊发冷,听海洋在我/渐死的头颅上送来最单调的音波"。参见约翰·阿丁顿·西蒙兹:《雪莱传:天才不只是瞬间完美》,岳玉庆译,南昌:江西教育出版社,2014年,第134-135页。

[2] 勃兰兑斯:《十九世纪文学主流》(第四分册),徐式谷、江枫、张自谋译,北京:人民文学出版社,1997年,第260-261页。

卑劣。"（卷一：639）雪莱认识到人生的悲剧性结局，却用乐观向上的生命意志来战胜这种悲观。他从生命的轨迹出发，给予未来很多期盼，期盼属于自己的那片自由广阔的天空与海洋。雪莱认为，死亡并非生命的终结，而是一种自我解救，是生命的升华，是通往灵魂永恒的幸福之路。有学者比较委婉地把雪莱之死评价为"自杀"："雪莱的死是历史上最富积极意义的'自杀'，是最有战斗力、最纯洁的死亡。这种'自杀'捍卫了雪莱的情感理想。雪莱的死在本质上是有意之举，是主观上对生命的弃绝。"[1]

雪莱的死像神灵的宠儿，或者像希腊神话中的英雄。雪莱最为崇高的品性是"一种无穷能量的释放；一种灵魂内部力量的解放和膨胀。"[2]雪莱充盈着灵魂气息的诗歌总是那么缥缈虚幻，似乎离他生活的时代太远，理解他诗歌及其思想的人寥寥无几，正如勃兰兑斯在评价拜伦和雪莱时所说的那样：

> 拜伦的诗曾为他赢得了数以千计的朋友和仰慕者；他和歌德共同分享着文艺殿堂至尊的位置；他开始给欧洲大陆打上了他的精神印记。雪莱则在前进的道路上超越他的时代太远。群众愿意追随一个比他先进二十步的领袖，但是，如果这位领袖和他们相隔一千步，他们就会看不见，因而也不会跟在他后面，而任何一个文坛海盗只要愿意，就可以向他射击而不受惩罚。[3]

1812年1月10日雪莱在《致威廉·葛德文》的信件中说："诗歌的崇高意义，高尚而显达的成就，世界的改宗，世界上居民的平等权利等等，对我来说，是我的灵魂之灵魂。"（卷六：235）雪莱灵魂中的灵魂就是像天使一样向他天

---

[1] 刘春芳：《英国浪漫主义诗歌情感论》，天津：天津大学出版社，2011年，第168页。

[2] 约翰·阿丁顿·西蒙兹：《雪莱传：天才不只是瞬间完美》，岳玉庆译，南昌：江西教育出版社，2014年，第132页。

[3] 勃兰兑斯：《十九世纪文学主流》（第四分册），徐式谷、江枫、张自谋译，北京：人民文学出版社，1997年，第307页。

使一样的听众吟唱着他的诗歌,有时曲高和寡,让他心力交瘁。但雪莱热爱人类,即使人类对他投以冷眼;雪莱更爱大自然,他为此倾注了他全部的想象力,这种想象力是那么富有诗性。雪莱对大自然的想象并不囿于它们的外形,而是直击灵魂深处。他笔下的云、太阳、星星都有人类一样鲜活的生命。在《阿多尼》中,诗人死去的身体和悼念他的人如风中的云一样随风而去,只有走进诗人雪莱灵魂的读者才能随着诗人的思绪飞扬。雪莱一生都与大海为伴,连死亡也是。也许,如果雪莱还活着,他可能认识到他"解开事物面纱后,却发现其背后不是他所期望的美丽"[1]。雪莱死后他的墓碑上面镌刻着利·亨特引自莎士比亚《暴风雨》的三句碑文:"他的一切并没有消逝/只是经历了海的变易/已变得更富丽而神奇。"(卷七:540)雪莱的死亡正如他自己所描绘的《云》:"我变化,但是,不死。"(卷一:247)从这个角度来看,雪莱并没有离我们而去,他不到30岁生命的肉身死亡引领着其灵魂在海的变易中变得更加富丽与神奇。雪莱之死诠释了他对生命的理解,体现了他的宇宙精神,使其灵魂挣脱了肉身的桎梏,永存于天地宇宙间。

---

[1] John A. Hodgson: *Coleridge, Shelley, and Transcendental Inquiry: Rhetoric, Argument, Metapsychology,* Lincoln and London: University of Nebraska Press, 1989, p. 93.

第三章

大海：流溢于星空的宇宙灵魂

在浪漫主义诗歌理论里，自然、情感和想象是支撑其理论框架的三个支点。前面两章从自然和情感的支点谈及灵魂的自然属性和社会属性。在雪莱诗歌中，毫无疑问，无论是动物、植物的灵魂，还是人的灵魂，都是灵魂的具体化问题，是"多"而不是"一"。每一个灵魂不管是水滴还是江河，最终都会汇入大海，而大海将是各种灵魂的回归之地。雪莱诗歌中的大海意象就是宇宙灵魂，就是西方哲学的逻各斯，就是《易经》中的太极图，就是中国哲学道教中的无。雪莱诗歌中的宇宙灵魂[1]与大自然的关系、宇宙灵魂与世界精神、宇宙灵魂与雪莱的科学精神、宇宙灵魂与文学艺术创作的关系将是本章讨论的主要内容。

诚然，迄今灵魂问题不管在科学领域、宗教还是哲学思想上仍然悬而未决。古希腊物质循环论认为世界的本原是物质，由气、火、土和水构成一个循环的物质系统。现代科学认为宇宙起源于大爆炸，混沌初开，世界就显现出来，于是就有了宇宙之光。宇宙之光如同宇宙灵魂，就是理智之光，更像亚里士多德的理智灵魂说。理智不可能存在于没有灵魂的东西中，把理智放在灵魂里，于是世界就

---

[1] "宇宙灵魂"这个概念在柏拉图的《蒂迈欧篇》（*Timaeus*）中被称为"the World Soul or the *anima mundi*"，参见Francesco Pelosi, *Plato on Music, Soul and Body*, translated by Sophie Henderson, Cambridge: Cambridge University Press, 2010, pp. 12, 73, 85, 190; Robin E.van Löben Sels, *A Dream in the World: Poetics of Soul in Two Women, Modern, and Medieval*, New York：Brunner-Routledge, 2003, pp. 38, 74。而在普罗提诺看来最高的是"太一"，"太一"之下是神圣理智，神圣理智流溢出宇宙灵魂，因此，在普罗提诺的思想里面，宇宙灵魂居于第三层次。雪莱在其作品里喜欢用"Soul of the Universe"来表达宇宙灵魂之意，在哲学上他所宣称的宇宙灵魂不是普罗提诺所说的宇宙灵魂，更接近普罗提诺的"太一"，也接近于柏拉图的世界灵魂（the World Soul），在科学上雪莱的宇宙灵魂概念更接近德谟克利特的主张，以及现今科学正在研究的暗能量和暗物质问题。雪莱诗歌中的宇宙灵魂的英文表述是"the Universal Spirit""Soul of the Universe""the soul of the Universe"，通常由"Power（万能的力）""the one（一）""Necessity（必然性）""God（上帝）""Deity（神性）""sea（大海）""sun（太阳）"等词替代。

有了"一"与"多"。"一"就是宇宙灵魂,而"多"则是一个个个体灵魂。在《灵魂论及其他》中亚里士多德说:

> 我们认为所有一切知识都是美妙而可尊敬的,但其中的这一类,比之于另一类,或凭其更精确的标准,或由于其所关涉的题材,为较高贵而更惊奇,恰就显得较为美妙而更可尊敬。于这两方面而言,我们在诸先进知识中,举出灵魂(生命)这论题加之研究,可说是学术上的首要功夫,又因为灵魂的一个含义,恰是动物生存的原理(基本),这一论题的研究(学识),会当于真理总体(普遍真理),尤其是对于自然的认识,做出充实的贡献。[1]

从亚里士多德对灵魂的认识中可以看出,灵魂问题其实就是关于生命的本原的认知问题,因此应当把研究灵魂的学问放在首要位置上。当今科学对量子以及量子力学、量子意识、量子纠缠的研究似乎让人们看到了量子与灵魂有着某种关系。生命可能仅仅是一场幻觉,那么限定生命的长度而不是灵魂的时间是否也是一种幻觉呢?人类的肉身从出生到死亡这个过程,犹如由一帧帧静态胶片组成的电影,在播放过程中让人很明显地感受到时间的存在。灵魂如水,水无形,其形见于容器,随容器形状不同而异。是否时间也可以借助运行发展的事物存在?对于不同的事物时间流逝的快慢是否不同?时间与空间应该是密不可分的,没有时间的空间就失去了存在的意义,与不存在无异。没有空间的时间也会被极度收束,类似于光。时间与空间的关系好比灵魂与肉体的关系。时间(灵魂)具有无限性,空间(肉体)具有有限性。

中国哲学的开山之作《易经》中就有大到极大、小到极小的哲学思想,小即时间,大即空间。宇宙灵魂小到极限,大到极限,就是"太一"。灵魂是圆形

---

[1] 亚里士多德:《灵魂论及其他》,吴寿彭译,北京:商务印书馆,1999年,第43页。

的，肉体是线性的。灵魂是暗物质或隐性物质，肉体是明物质或显性物质。现实可能仅仅在观测下才得以存在。量子理论统治并决定着微观世界，是现今大多数科技如手机芯片、激光灯的发展基础。量子世界的物质本来就具有波粒二相性，决定了世间万物的多样性、随机性和必然性。根据量子力学定律，外在世界与我们自己的主观感受之间的界限是很模糊的。当物理学家观察原子或光子时，他们的观测结果将取决于实验方式。从这个意义上说，万法唯心，心外无法，粒子具有自由意志。康德认为是人在影响事物，而不是事物在影响人。雪莱在《含羞草》中揭示，人类只能认识事物的表象，这与康德的思想是一致的。远离上帝或宇宙灵魂的人类不可能认识到事物的真实情况，人类只能认识事物的表象。雪莱笃信必然性，坚信人的身体之外还存在灵魂，而且灵魂时刻幻想着逃离身体的桎梏。宇宙灵魂，在雪莱看来就是必然性，就是上帝，就是"太一"，就是太阳，就是大海。万事万物从宇宙灵魂（大海）流溢出来形成一个个个体灵魂（水滴），每一个个体灵魂在尘世（江河）中必然经历炼狱等生命的旅程，个体灵魂只有在尘世的江河中才能得以净化，才能回归到宇宙灵魂（大海）中去。整个宇宙就整体性而言，抛弃了笛卡儿的二元对立，形成一个以宇宙灵魂为中心的闭合系统，这个系统包含真、善、美。美就是基于情感的美学，善就是基于爱和意志的伦理学，真则是基于逻辑的科学与哲学。一般来说，忙忙碌碌的人很难接近真、善、美，因为他们的灵魂得不到片刻的休息。只有诗人、哲学家和神学家等才能走进真、善、美的大门：

> 现世（可见世界）与超验的意义世界（不可见的世界）之间的中介者就是诗人，通过诗的象征，人的生命在这个异己的世界中领承到绝对的神圣。在诗化了的世界，绝对价值时时处处都内在于人的生命。[1]

---

1 刘小枫：《拯救与逍遥》（修订本），上海：上海三联书店，2001年，第53页。

于是,作为诗人的雪莱说:

> 我是一只巨眼,全宇宙都凭借着我,
> 看见他们自己,认识自己的神圣;
> 一切器乐的优美,一切诗韵的谐和,
> 一切艺术的辉煌或是自然的光明,
> 一切预言,一切医术,全都属于我……
> 胜利和赞美,当然该归属于我的歌。
>
> (卷一:283)

雪莱宣称诗歌的伟大,它包罗一切知识,其语言来自天堂。其实,在诗歌的另一头,核心问题是,诗人怎么做好可见世界与不可见世界之间的中介者?灵魂在其中起到了举足轻重的作用。灵魂如果被身体拖进了可变的领域就会迷惘而混乱;灵魂如果能进入沉思的状态时被叫作智慧,而智慧就是灵魂的助手。在雪莱看来,灵魂可见的美就是绝对的而且永远是同一个美,就是智慧美、知性美。由灵魂传递出来的那些活灵活现的神话似的情景,不是外界模象的投影,而是具有自律性的灵魂自己独立产生的。所以,要想了解灵魂"活跃的光"就必须依靠我们的想象:

> 你啊,活跃的光,你以霓虹的色彩
> 装扮这赤裸的世界;在海上
> 在陆地、在空中,你荣光的
> 精灵,把真理传播给这
> 奇妙世界拥挤黑暗中的一切形体
> 你啊生命的火焰
> 神奇的思想,在万物这有生

> 有死的躯壳中，燃放着扑不灭的光辉
>
> （卷一：349）

灵魂如这"扑不灭的光辉"，给予宇宙万物以永恒的生命。正如当今的量子力学可能会改变人们固有的世界观，即人类的主观意识（灵魂）是客观物质世界的基础。雪莱认为，想象属于宇宙灵魂，存在于宇宙之中，大自然以及一切真、善、美的东西都能激发诗人无限的想象：

> ……哦，想象力，
> 也像你的光辉！从陆地从天宇，
> 从人类的幻想之海洋的至深处，
> 像通过上千个分光镜和反光镜，
> 充满这宇宙以荣耀的灿烂光明，
> 以它反射的电光仿佛以许多的
> 阳光般的利箭射杀谬误那虫豸。
>
> （卷三：166-167）

雪莱一生对灵魂的追寻体现了他灵魂永恒轮回的朴素思想。同时，他为了实现自己有关人类大同的社会理想，从早期追求个人趣味发展到后期关注生命存在和灵魂不灭的问题，直到最后构建了自己的灵魂诗学。诗唯有与灵魂保持亲密的关系，才可能维持与超验世界的关系。雪莱狭义的灵魂诗学的图式可以表述如下：在灵魂（艺术家）与自然（世界）的观照中或者在没有自然的参与中，通过阅读等方式生出"想象"，通过"情感"把想象的东西用道成化身的语言表达出来，就形成了作品，从而泽被其他灵魂（读者），最终形成一个循环，一个封闭的圆——灵魂（艺术家）、自然（世界）、作品、灵魂（欣赏者）在这个图式里，作者和读者的灵魂都可以归为个体灵魂（情感），他们之间的沟通和交流通过作品来完成，而他们中最核心的就是宇宙灵魂（想象力），是看不见却时时刻刻处处存在的宇宙灵魂。对于浪漫主义来说，想象的地位很高，对于古典主义、理性主义和现实主义来说，情感的地位可能更高。因此，灵魂诗学是浪漫主义的典型特征。

第一节　宇宙灵魂与泛灵的大自然

古希腊哲学家泰勒斯认为"水"是万物的本原，天上是水，而地则像一个圆盘漂浮于水之上，万物生于水而归于水。水其实就是灵魂。泰勒斯还认为万物都有灵魂，灵魂不是超自然的精神实体，它作为一种活动的原则、生命的原则，普遍存在于万物之中。[1] 另一位古希腊哲学家阿那克西美尼认为，事物的本原是"气"，他说："我们的灵魂是气，这气使我们构成整体，整个世界也是一样，有气息和气包围着。"[2] 古希腊哲学家简单而朴素的观点表明大自然充满了如水如气的灵魂，而且这些灵魂还在运动之中，这种运动有自身的规律和秩序。毕达哥拉斯认为，宇宙万物的本源是"数"，整个宇宙包括天体的大宇宙和人的小宇宙都体现着一种数的和谐。受毕达哥拉斯的影响，赫拉克里特认为宇宙的本源是"火"，火最能引起事物的运动和变化，甚至可以化身万物，其依据是"逻各斯"（logos），也就是宇宙灵魂，是事物的对立统一，大自然从对立统一中产生和谐。从泰勒斯的灵魂说到赫拉克里特的逻各斯都认为宇宙是由有生命、有灵魂的有机体构成的，并且处在有秩序的运动之中。柏拉图把朴素的古希腊自然观升华到理念论，认为在现实之外还有一个理念的世界。现实世界模仿理念世界，是理念世界的模本或影子。柏拉图还认为，天体能够不停地自我旋转，与灵魂有关，万物生成和毁灭的皆是灵魂。宇宙灵魂是作为运动的起因，也是生成和谐的因素，宇宙灵魂包含宇宙秩序。笛卡儿认为大自然同时存在两个实体：心灵和物

---

[1] 全增嘏：《西方哲学史》（上卷），上海：上海人民出版社，1987年，第34页。
[2] 北京大学外国哲学研究室：《西方哲学原著选读》（上卷），北京：商务印书馆，1982年，第18页。

质，它们互不相干。不难看出，从古希腊有机论的大自然观到以笛卡儿二元论为代表的机械论自然观，都有对灵魂的论述。笛卡儿的理论后来受到斯宾诺莎的批判。斯宾诺莎认为实体只有一个，那就是上帝，上帝即自然，从而确立了实体与自然的直接统一，宇宙灵魂与个体灵魂的统一。雪莱受斯宾诺莎的影响很大，尤其是斯宾诺莎的物质概念在雪莱的精灵概念中体现得非常明显，他对宇宙和大自然的认识有着泛神论的观点。一个神力，一种精神，无处不在的精灵，这些就是雪莱哲学和信仰的主要原则。像他钟爱的柏拉图一样，雪莱相信宇宙拥有灵魂。他对霍格说，"上帝"一词可以被宇宙灵魂代替。这里的神不是上帝，而是宇宙灵魂。在雪莱看来，天地之间，自然万物，是宇宙灵魂之载体。凡描写自然的作品，无不体现了作者以超乎尘俗之灵视，通达天地之灵魂，融入宇宙精神之中的思想。诗人是大自然的观察者、爱好者和崇拜者。在英国浪漫主义诗人中，华兹华斯表现出来的是对一切永恒的自然现象的爱，这种爱虽然也带有自然灵魂的烙印，但几乎是毫无灵感的单纯模仿；济慈作品中自然几乎占据其全部的感官世界，栖身于一个中立的地带，缺乏冷静的思考；雪莱对自然充满激情，是一种充满诗意的激进主义。雪莱诗歌中的大自然都有灵魂，雪莱在《致——》一诗中描述了大自然到处都充满了灵魂这种可爱的灵物。因此，雪莱的作品在当时很少被人们理解和接受。雪莱认为，宇宙间的一切都是相通的："在那普照一切的太阳光里，/宇宙万物都仿佛浑然一体。"（卷一：469）一方面雪莱对自然刻画得极其精确，极富于科学精神，另一方面他把自然描写得符合他的思想和解释。雪莱的自然作品充满了泛神论。雪莱自己也在诗歌中提及露水如灵魂，《尤根尼亚山中抒情》一诗就充分表明大自然充满了宇宙精神。

　　灵魂似水，水的无形及其渗透性使得大自然界的万物有了灵魂，又犹如宇宙精神，如阳光普照大千世界，"广泛运行着一种生命与活力的/精神，无休、无止，永不衰败"（卷三：338）；柏拉图认为创造者所创造的宇宙有灵魂和躯体。躯体由水、气、火、土四种元素组成，并且还在宇宙中心放置了灵魂，灵魂不仅流溢在整个宇宙，而且还从中心扩散出去。[1] 于是，宇宙灵魂像一个圆形物体旋转做自我运动：

> 在整个这丰富多样的永恒宇宙，
> 灵魂是唯一的元素：经历无数
> 年代而始终成为重如山岳毫不
> 动摇柱石的是活跃而有生命的
> 精神。每颗谷粒，整体或局部，
> 都有知觉，最渺小的原子也都
> 包含一个爱与恨的世界；从而
> 引起了善与恶，真与伪，意愿、
> 思想与行动，以及，各种痛苦
>
> （卷三：315）

柏拉图认为宇宙是有灵魂、有理性、有生命的东西构成的一个整体。灵魂给予整个物质世界生命。没有灵魂，肉体的存在显然就没有任何意义，于是雪莱说："人由灵魂和肉体构成，以成就/崇高的业绩，展开幻想的翅膀/翱翔，不知疲倦而且无所畏惧。"（卷三：316）在肉体与灵魂的关系中，柏拉图认为灵魂高于肉体，并对肉体起支配作用，这一灵魂优先的观点对后世有很大影响，几乎成了西方哲学首先要回答的问题。受柏拉图影响的雪莱在人的构成中，也把灵魂放在了首要的位置。

雪莱出生在乡村，对大自然，尤其是各种植物的名字、历史以及它们的生活特点非常熟悉。他曾在致霍格的信中，描述了意大利比萨的各种植物。奥登（W. H. Auden）却认为雪莱不擅长描写经验的东西，只关注自己的内心世界。

---

[1] 柏拉图：《柏拉图全集》（卷三），王晓朝译，北京：人民出版社，2002年，第284页。

雪莱曾游历过欧洲很多国家，他的诗歌毫无疑问凸显了一些异域特色，雪莱珍视这种异域色彩对人类灵魂指向的确定性。[1] 雪莱笔下的自然风景有一个显著特点那就是自然风景的流变性。自然的精灵，有着灵魂的本质："到处都渗透了一种精神，/有思想然而沉默的生命。"（卷一：478）精神在雪莱看来就是灵魂，时时刻刻处在运动与流变之中，一年四季的变化与更替，花的凋谢……与华兹华斯描绘的自然的宏大静谧相比，雪莱的自然通常是躁动的，是一个不断运动、不断流溢的世界。叶芝曾在《雪莱诗歌的哲学》（1900）一文中指出了雪莱诗歌对自然描写的神秘性："雪莱把不断出现的河流、洞穴看成是一种远古的象征。"[2] 雪莱说："大自然是诗人，它的和谐，比最神圣的诗篇更能使我们的精神屏息惊叹。"（卷七：27）雪莱反对漠视自然，认为这是"缺乏对于美的意识，而缺乏这种意识也就是缺乏心灵的创造能力"（卷七：196）。自然让人类追求美的天性得以彰显，在自然中可以找到一切美的、高贵的东西，人类可以与之交流。在雪莱看来，"凡是没有沾染奢侈淫逸的人，都会步入田野，走进森林，呼吸春天那欢乐、清新的气息，或是从秋的韵味、秋的声音中捕捉一种甜蜜、哀婉的情绪。这种情绪是神圣的，它令温柔的心得到升华"（卷五：305）。整个宇宙是由无处不在的灵魂构成的，其中任何一个灵魂的改变都会影响整体。宇宙中存在一种神秘的力，这种力就是宇宙灵魂和世界精神，我们被包围和浸淫在这种力之中："犹如悬在空气里的一把无声的竖琴，在气流的轻微流动中，那无语的琴弦感到了随时可至的神力的降临。"（卷五：305）

雪莱在《西风颂》中向人类展示了西风具有的丰富启示性以及西风破坏者、保护者的双重角色："不羁的精灵，你啊，你到处运行；/你破坏，你也保存，听，哦，听！"（卷一：178）风在这里可以被理解为灵魂。于是《西风颂》就

---

[1] 雪莱游历过英格兰、苏格兰、威尔士、爱尔兰、法国、瑞士、德国、意大利，他的游历散文主要是见于1814年、1816年和1818到1822年的一些信件。参见Benjamin Colbert, *Shelley's Eye: Travel Writing and Aesthetic Vision*, Aldershot, Hants, England; Burlington, VT: Ashgate, 2005, pp. 5, 91.

[2] W. B. Yeats: "The Philosophy of Shelley's Poetry" (1900), repr. in *Essays and Introductions*, New York: Macmillan, 1961, pp. 65-95.

成了不甘寂寞的灵魂的自语。《西风颂》既写了天、地、海中西风的猛烈扫荡，也写了诗人自己如西风般的倾诉，更有西风预言式的升华。诗歌里有大量魔怪和精灵的词语。从这个意义上说，西风与"太一"之间的相似度非常高。"太一"流溢出理性，理性流溢出灵魂，灵魂流溢出物质。人的本质是灵魂，灵魂来自"太一"。雪莱用"你"和"精灵"来称西风。他自己的灵魂也和西风一样高傲、飘逸、不驯。华兹华斯的诗歌中也有世界万物都有灵魂的思想："每一种存在形式都被赋予……/一个积极的原则：——无论离/感官和观察多么遥远，它存在于/所有的事物、自然、星星……之中，/在树上，在花中，在每一块鹅卵石中……/在水流中，在看不见的空气中。"[1]

雪莱在短暂的人生里一直追求生命的完整性，追寻灵魂的神秘性。他在《勃朗峰》中再次宣称万物的灵魂特性，如水的灵魂在宇宙中流溢："无穷无尽拥有万物的宇宙，从心灵/流过，翻卷着瞬息千里的波浪，/时而阴暗，时而闪光，时而朦胧，/时而辉煌，而人类的思想源头/也从隐秘的深泉带来水的贡品。"[2] 人类思想的源头在雪莱看来就是那宇宙灵魂，它流溢出大自然的个体灵魂，而来自大自然的声音总有一种神奇的力量："阿尔夫的骚动、高亢、苍凉，再没有/什么声音比它更加强劲；永不/休止的运动与你同在，你是永不/消歇的音响的通途：令人目眩的峡谷……"[3] 面对大自然，雪莱感受到了宇宙灵魂："当我凝视着你，我仿佛置身在/非凡奇妙的梦境，审视我自己/独特的幻想，我自己的，我的/人类心灵，不再消极，现在给予/也接受迅速更替着的影响和印象/和四周的万物进行不间断的交流。"[4] 人类灵魂的拯救之道就是必须保持与大自然的密切关系：

---

1 William Wordsworth: *The Prelude* (1799, 1805, 1850) edited by Jonathan Wordsworth, M. H. Abrams, Stephen Gill, New York: Norton, 1979, Book VIII, pp. 290-294.
2 Roger Ingpen and Walter E. Peck: *The Complete Works of Percy Bysshe Shelley (10 vols)*, London: Ernest Benn Limited, 1965, Vol. I, p. 229.
3 同上，第230页。
4 同上。

> 有人说一个遥远的世界的光辉
> 会在睡梦时来探访灵魂，说死亡就是
> 睡眠，说它众多的形态为醒着的活人
> 繁忙的思想难以想象；我抬头仰望：
> 难道，是某种万能的力已经揭开了
> 遮掩生与死的帐幕？[1]

"某种万能的力"在雪莱看来就是流溢于天地之间的宇宙灵魂，它能解开人类的生死之谜。大自然就是充盈着灵魂的存在，而人与自然因为有了灵魂的存在才有可能和谐相处，才能实现精神的交流："安恬的信念：人与自然，正是由于/这样的信念，而有可能和谐相处。"（卷一：38）雪莱在对大自然景物的描写中，在面对大自然的沉思冥想中，借助创造性的想象，实现了和大自然的精神交流。雪莱认为，万事万物有始有终，尤其是人类有生有死，有消有长，周而复始，只有"力，却遗世独立，安居在宁静的境域、/遥远、安恬、不可企及"（卷一：39）。这种力就是万能的力，就是宇宙灵魂，而"勃朗峰仍然在向高处发光：——力/就在那里，那多种景象多种音响/许多生和死的力，宁静而庄严"[2]。正是这种力也就是宇宙灵魂支配着大自然，支配着人类思想。有学者认为"勃朗峰所呈现出来的力量好像并不是某种绝对的超验感，而是雪莱多种情感与思想构成的混合性概念"[3]。

在《一个孤独的漫步者的遐想》中卢梭认为：

> 观察者的心灵越是敏感，在于自然的壮丽伟大和谐交融时，就会有越强烈的狂喜油然而生。在这样的时刻，他的感知就会被一种深深的和

---

1 Roger Ingpen and Walter E. Peck: *The Complete Works of Percy Bysshe Shelley (10 vols)*, London: Ernest Benn Limited, 1965, Vol. I, p. 230.
2 同上，第232页。
3 Spencer Hall: Shelley's "Mont Blanc", *Studies in Philology*, 70: 2 (1973: Apr.), p. 199.

快乐的出神所笼罩,在一种极乐的自我消解状态里失去自我,沉溺于美的秩序的广阔空间里,并在其中感受到他与自然美浑然一体了。所有个人的目的全都离他而遁去,他看到和感到的不再是具体的事物而是万物的整体。[1]

人类灵魂作为自然的观察者与大自然交融,最终也将汇入宇宙灵魂之中。雪莱正是把自然审美对象当成抒发情怀和传达思想的工具。大自然的万事万物都能在人类的灵魂之中找到其对应物,宇宙灵魂如"一首歌谣",存在于大自然中。是爱把人类灵魂和其他大自然的灵魂结合在一起,宇宙灵魂如太阳流溢出的光辉一样普照万物。人类只有用平静的心灵去感受大自然的灵魂甚至宇宙灵魂的存在。雪莱说:

> 当我们在自身思想的幽谷中发现一片虚空,从而在天地万物中呼唤、寻求与身内之物的通感对应之时……我们降临世间,我们的内心深处存在着某种东西,自我们存在那一刻起,就渴求着与它相似的东西。……它是一面只映射出纯洁和明亮的形态的镜子;它是在其灵魂固有的乐园外勾画出一个为痛苦、悲哀和邪恶所无法逾越的圆圈的灵魂。这一精魂同渴求与之相像或对应的知觉相关联。当我们在大千世界中寻觅到了灵魂的对应物,在天地万物中发现了可以无误地评估我们自身的知音(它能准确地、敏感地捕捉我们所珍惜,并怀着喜悦悄悄展露的一切),那么,我们与对应物就好比两架精美的竖琴上的琴弦,在一个快乐的声音的伴奏下发出音响,这音响与我们自身神经组织的震颤相共振。……因此,在孤独中或处在一群毫不理解我们的人群中(这时,我们仿佛遭到遗弃),我们热爱花朵、小草、河流以及天空。就在蓝天

---

1 Rousseau: *Reveries of the Solitary Walker*, translated by Peter France, Harmondsworth: Penguin, 1979, p. 108.

下,在春天的树叶的颤动中,我们找到了秘密的心灵的回应:无语的风中有一种雄辩;流淌的溪水和河边瑟瑟的苇叶声中,有一首歌谣。它们与我们灵魂之间神秘的感应,唤醒了我们心中的精灵去跳一场酣畅淋漓的狂喜之舞,并使神秘的、温柔的泪盈满我们的眼睛。

(卷五:234-236)

雪莱自幼热爱大自然,在他心目中,自然界的一切都有灵魂,都有一种神性[1],具有某种精神和气质。雪莱对人类和动物的同情使得他"对自然的感情变成一种热切的追求,并且赋予它以奇妙的独创特色。这在英国诗歌中是前无古人的"[2]。后来雪莱旅居意大利时,如画的自然风景更成了他灵感的源泉,《云》就是他描摹自然景物中较成功的一篇:

> 从海洋、从江河,我为焦渴的花朵,
> 带来清新充沛的甘霖,
> 我用凉阴遮蔽绿叶,当他们都息歇
> 在中午午休时的梦境,
> 我从翅膀摇落下露滴,去唤醒那些
> 鲜嫩萌蘖,甜美蓓蕾

(卷一:244)

全诗共六节,篇幅较长,雪莱运用异常生动绮丽的词语、轻灵优美的句子,通过比喻、拟人等多种修辞方式,从不同角度、不同侧面描绘了云的情状:轻

---

[1] 哈曼认为,从大自然和历史里感知上帝的声音,上帝通过自然向我们传递声音,这是一种古老的神秘信仰。参见以赛亚·伯林:《浪漫主义的根源》,吕梁等译,南京:译林出版社,2011年,第53页。
[2] 勃兰兑斯:《十九世纪文学主流》(第四分册),徐式谷、江枫、张自谋译,北京:人民文学出版社,1997年,第268页。

柔而顽皮，善良而坚强，飘逸而多变，柔媚而辉煌，似乎每时每刻都在变幻，每时每刻让人产生美的遐想。同时，诗人还错落有序地描写了多种与云有关的自然景物，营造出一个晶莹明朗、纯洁恬静而又丰富多彩的大自然：积雪的枕垫、空中的楼阁、庄严的闪电、咆哮的雷霆、金色的朝阳、绯红的晚霞、轻捷滑行的月亮、拥挤奔突的繁星。诗的最后一节，雪莱把自己的灵魂与云的灵魂融为一体，骄傲地宣称："我原本是那大地和水所育的亲生女，/也是无垠天空的养子，/我往来穿行于陆地海洋的一切孔隙；/我变化，但是，不死。"（卷一：247）

云的灵魂是大自然灵魂的一部分，更是宇宙灵魂的一个缩影，自由自在，穿梭于万事万物之间，变化无常却不会死去，这正是灵魂的本性和特征。人类灵魂也如云的灵魂一样，自由自在，不会消亡。从宇宙灵魂流溢出的灵魂，包括大自然的灵魂，在雪莱看来是永恒不灭的。雪莱在写给济慈的悼念诗《阿多尼》中再次表明《云》中"变化，但是不死"的理念："我们所知的大千世界，一切不灭。"（卷三：211）雪莱心中的大自然，从天空的云到大地的勃朗峰，从大地的勃朗峰到有着鲜明生命的云雀，都有着灵魂的特性。云雀是一种黄褐色小鸟，筑巢于地却狂喜高飞，边飞边鸣，直冲云霄，清晨飞升，入夜始还。正是这小小的生命触动了雪莱的诗情。在《致云雀》的开篇，雪莱直呼：

你好啊，欢乐的精灵！
你似乎从不是飞禽，
从天堂或天堂的邻近，
以酣畅淋漓的乐音，
不事雕琢的艺术，倾吐你的衷心。

向上，再向高处飞翔，
从地面你一跃而上，
像一片烈火的轻云，

掠过蔚蓝的天心，

永远是歌唱着飞翔，飞翔着歌唱。

（卷一：248）

    雪莱以非常优美流畅的文字、新奇而富有深意的比喻赞美自己心目中的大自然精灵，将飞速上升的云雀比作"一片烈火的轻云，/掠过蔚蓝的天心"；将边飞边鸣的云雀比作"昼空里的星星"；只闻其声，不见其形，雪莱对于这一大自然的精灵，有着无比的遐想："整个大地和大气，/响彻你婉转歌喉，/仿佛在荒凉的黑夜，/从一片孤云的背后，/明月放射出光芒，清辉洋溢遍宇宙。/我们不知你是什么，/什么最和你相似？"（卷一：249-250）云雀，你到底是什么？

像一位诗人，隐身

在思想的明辉之中，

吟诵着即兴的诗韵，

直到普天下的同情

都被未曾留意过的希望和忧虑唤醒；

像一位高贵的少女，

居住在深宫的楼台，

在寂寞难言的时刻，

排遣为爱所苦的情怀，

甜美有如爱情的歌曲，溢出闺阁之外。

像一只金色萤火虫，

在凝露的深山幽谷，

不显露出行止影踪，

把晶莹的流光传播，

在遮断了我们视线的芳草和鲜花丛中

（卷一：250-251）

雪莱将云雀比作隐身在思想明辉之中的诗人、幽居深闺以歌解愁的少女、传播晶莹亮光的流萤以及输送芬芳的玫瑰。云雀，这一大自然的精灵，在这里，与诗人心灵相通。通过转向大自然，雪莱"找到一种秘密的交感同我们的心灵相应"。诗中处处写云雀，字里行间却又时时流露出诗人自己的影子。云雀与诗人的灵魂相通，是诗人精神境界与艺术思想的负载者。云雀的振翅高飞、鄙离尘土体现了诗人执着奋进、弃绝世俗的态度。云雀的形象体现了诗人不求私利，只为唤起人间的爱与同情的高尚情操。雪莱在云雀身上尽情抒发自己的理想，而同时诗人的情绪又是感伤的，因为他清楚地看到了高飞在上的云雀与徘徊于地面的自己之间的距离是那样遥远。这就是雪莱理想与现实的差距，于是诗人在对云雀的歌颂中也夹杂了疑虑、询问和叹惋之情，这使得整首诗的情调由开头的轻快明朗渐渐转入含蓄清峻。

在雪莱生命的最后时光里，他对大自然的态度远离了年轻时的激情高昂，回归到一种平淡宁静的状态。写于1822年的《小岛》承载了诗人远离尘世，作为宇宙伟大和声中的一个音符和自然融为一体，自己的灵魂能像大自然的灵魂一样回归到宇宙灵魂之中的希望：

有一座小岛，绿草如茵，

仿佛是精美的镶嵌珍品，

点缀着秋牡丹和紫罗兰，

上有鲜花、绿叶的屋顶，

是夏季的气息把它编织成；

无论是阳光、阵雨、微风，

都穿不透那些乔木青松——

每一棵都是宝石的雕件；

四周是湛蓝的波涛万顷，

和白云青山一同砌成：

一片蓝汪汪湖泊的深渊。

（卷一：492）

　　如茵绿草、秋牡丹和紫罗兰、乔木青松、湛蓝的波涛、白云、蓝汪汪的湖泊，这一系列的风景是那么清爽，那么悦目，那么协调，大自然的美和宁静使人心情欢悦，从喧嚣拥挤的尘世中超脱，进入一个绝对自由、清新的世界。雪莱借用小岛这个大自然的形象慰藉他饱经风雨的灵魂，把小岛当成自己灵魂的休憩地：夏的气息将鲜花、绿树编织成屋顶，乔木青松仿佛是支撑它的栋梁，再饰以绿草密叶，这小小的岛屿便成了一座小屋，它是如此牢靠，可以遮风挡雨。然而，诗人将波涛、白云和青山比喻成围绕小岛的深渊，这就暗示了小岛与外界的隔绝，强调了小岛自身灵魂的绝对宁静和封闭性，从而与雪莱自身灵魂的孤独相呼应。雪莱将幻想附着在小岛这一自然景物之上，把它变成了他头脑中的精神乐园，只有在这里，诗人才能避开世俗的纷扰，忘掉人间的忧烦，陶醉在和谐安静的氛围里，沉浸于自己美妙的幻想中，与大自然的灵魂心心相印，从而完全融汇于宇宙灵魂之中。在雪莱看来，人类必须抛弃人类中心观，拥有宇宙整体观，才能与宇宙万物和谐相处，人类灵魂才能真正找到栖息之所，才不会无家可归，才能回归精神家园，才能与神所代表的精神融为一体。这里的神，如海德格尔所言就是"自然规律，是自然之大道，是运行于世界整体内的自然精神"[1]。人类应该把大自然和宇宙当作一个神殿和一种秩序来加以热爱，热爱大自然就是热爱人类自身，热爱整个宇宙生态整体才是真正地热爱大自然。艾比认为：

---

[1] 王诺：《欧美生态批评：生态学研究概论》，上海：学林出版社，2008年，第89页。

对荒野的爱远远不只是对没有得到的东西的渴望,还是对大地忠诚的一种体现。只要我们真的用眼睛去看,就不难发现:大地承载着我们并供养着我们,它是我们应当永远记住的唯一家园,是我们永远需要的唯一乐园。要是我们真正配得上这个乐园,我们就能理解:原罪,真正的原罪,就是为了满足对这个自然乐园的贪欲盲目地破坏它。[1]

面对工业的发展对人类精神家园的摧残,人类必须与自然达成和解:

雪莱,不像拜伦,并不把自然视为武器,而看成是他的琴。他爱自然,对她庞大宏伟的气势和形象毫不畏怯,对各种奇异而强大的自然力熟悉而亲昵,他觉得宇宙是他的家。他想象自己与各种天体交往以为乐,他会为了那些天体的美和生命而心旷神怡,就像有些人会由于毋(勿)忘我花和玫瑰的美而陶醉入迷。

(卷七:568)

雪莱在自然中常常试图完成对生命的重塑:

雪莱的精魂翱翔在它的上空,吮吸着大森林蒸发的清香,看着叶片上折射的绿光,听着来自各种星球的音乐。但是在他心目中,地球并不是各种物质混合而成的实心球体,而是一个有生命的精灵。

(卷七:570)

---

[1] Edward Abbey: *Desert Solitaire: A Season in the Wilderness*, New York: Simon & Schuster Inc., 1990, p. 167.

第二节　宇宙灵魂与世界精神

　　从历史来看，浪漫主义的一个显著特征就是提倡人类回归大自然，回归到原始的自然状态。这一方面反映了他们对资本主义社会的城市文化和工业文化的厌恶，另一方面也与当时流行的泛神论有密切的联系，人与自然在情感上的共鸣在浪漫派诗歌中表现得非常突出。卢梭首先提出回归大自然的理念，提倡人类走向自由和谐的世界精神或宇宙精神。宇宙灵魂所体现出来的精神可称为宇宙精神或世界精神。浪漫主义者一方面崇拜大自然的荒野、群山、大海、暴风雨等，另一方面也着迷于秘传的宗教、幽灵、鬼怪、梦魇等古怪奇异的事物。雪莱就是这样在痴迷于大自然的同时又深受哥特艺术包括建筑和小说的影响，因为雪莱相信浩渺宇宙中一定存在一种神秘的力可以联通万事万物，这就是宇宙灵魂或宇宙精神。在雪莱的诗歌中，宇宙精灵（the Universal Spirit），就是宇宙灵魂（Soul of the Universe），就是自然精灵（Spirit of Nature），就是必然性（Necessity）。雪莱相信，宇宙之中有一种力量在支配宇宙的运动，这个力就是宇宙灵魂。它所体现出的宇宙精神或世界精神蕴含在西方传统哲学中毕达哥拉斯的"数的和谐"以及柏拉图的"理式"中。华兹华斯也在思考宇宙精神，在《自然景物的影响》中他写道："无所不在的宇宙精神和智慧！/你是博大的灵魂，永生的思想！/是你让千形万象有了生命，/是你让它们生生不息地运转！"[1]宇宙精神在华兹华斯眼中无处不在，它使生命多姿多态。

　　在雪莱对大自然的描写中，精灵是他爱用且用得很宽泛的一个字眼。精灵可以指精神，可以指某一抽象概念的人，可以泛指各种事物的灵魂，也可以指如字面所示的精怪和神灵。雪莱既不是无神论者，也不是泛神论者，"他没有呈现宇宙的物质的力量"[2]。最能激发雪莱灵感的不是那种具体的、易于被感知的大自

1　华兹华斯：《华兹华诗选》，杨德豫译，桂林：广西师范大学出版社，2009年，第126页。
2　Peter Butter: *Shelley's Idols of the Cave,* Edinburgh: Edinburgh University Press, 1954, p. 148.

然，而是来自宏伟和遥远的事物，来自浩渺的宇宙。这个宇宙的本体是灵魂，回归自然就是回归宇宙灵魂，回归宇宙精神，宇宙万物都受它的指引："最细微的粒子也是在做预定的/虽然是不可见的工作，在服从/宇宙精神的指引。"[1] 由此看来，静寂的自然中充溢着这种迷人的宇宙精神。在《赞智力美》中雪莱认为人类发展的智力，不过是智力的影子，宇宙之中存在一种神秘威严的力，那就是宇宙灵魂，隐匿于宇宙灵魂之中的就是那宇宙精神：

> 有一种不可见的力量威严的身影，
> 虽不可见却飘浮在人群中，
> 翅膀似夏季花间潜行的风，
> 凭这多变的翅膀访问纷乱的人境；
> 像透过山巅松林的月色闪烁不定，
> 用闪烁的目光巡视人们
> 每一张面孔，每一颗心；
> 像黄昏时分的色彩与和谐的声音，
> 像星光下铺展开的云霓，
> 像对逝去的音乐的记忆，
> 像由于美而可爱的一切，
> 又由于它的不可思议而更珍贵可亲。
>
> 美的精灵啊，你在哪里？是你以
> 你的色彩把神圣光辉赋予
> 你照临的人类思想和形体。
> 为什么抛弃我们的国家悄然离去，

---

[1] Roger Ingpen and Walter E. Peck: *The Complete Works of Percy Bysshe Shelley* (10 vols), Vol. I, London: Ernest Benn Limited, 1965, p. 110. 雪莱在此处用"the Universal Spirit"来指宇宙灵魂或宇宙精神。

使这阴暗的泪谷陷于荒凉、空虚?

请问,为什么太阳光不能

永远在山川上空编织彩虹?

为什么显现过的事物一定会凋零?

(卷一:29-30)

  一般来说智力是一种理性、一种力量、一种抽象的概念,然而在雪莱看来,智力却成了宇宙灵魂的影子,力量威严的身影,是不可多得的美的化身。它有花间夏风一样轻巧的翅膀,有林间月色一样明慧的目光;它隐浮于人群之中,访问纷乱的人境,巡视每一颗心灵;它无处不在,明察秋毫,却又不易被人发觉,让人执着地追求、热烈地崇拜。风,多变的翅膀,月色,色彩与和谐的声音,云霓以及记忆这些自然和非自然的意象渗透在大自然和人类经验之中。宇宙灵魂流溢出来的"神圣光辉"不仅赋予"人类思想和形体",还赋予大自然以灵魂的特征,从现代科学观来看,不可见的宇宙暗物质很可能就是灵魂。"显现过的事物一定会凋零"表明灵魂飞逝,只留下肉体的躯壳。在雪莱看来,音乐是最为美妙的宇宙精神之音。人类只有在理性和宇宙灵魂的指引下,才能迎来自我的新生。

  《麦布女王》这首诗题名为"带有深深的魔幻力量,像飘飞的梦幻,也像是精灵的梦想"[1]。毫无疑问《麦布女王》的核心主题就是宇宙灵魂,那存在于万事万物的必然性的信条:"自然的精灵!满足一切的力量,/必然性!你,宇宙万物的母亲!/不像人类错误的上帝,不要求/祈祷或赞美。"[2] 在雪莱看来,宇宙中的每一个物体都有它自己固有的位置,在宇宙灵魂(必然性)的统摄下和谐相处,雪莱把它称为"伟大的神"和"太一",而诗就是这种永久精神的圆满表现。宇宙精神是一种创造的力量,最直接的表现就是善:"每一种从远古汲取

---

[1] David Duff: *Romance and Revolution: Shelley and Politics of a Genre*, New York: Cambridge University Press, 1994, p. 58.

[2] Roger Ingpen and Walter E. Peck: *The Complete Works of Percy Bysshe Shelley* (10 vols), Vol. I, London: Ernest Benn Limited, 1965, p. 111.

至善美德的/意志的事件,能够不被你认可、/不为你预见,哦,宇宙的灵魂!"[1]善,其基础就是存在于自然和谐之中的爱。这种爱,不是儿女情长的私欲,而是激活宇宙的生命之花。爱能使我们看到人的灵魂里最深沉和最多样化的运动,而正是在这大善之追求中,雪莱众生平等的宇宙精神才得以充分表现。雪莱就是这样一位对整体合一专注的诗人,他把人看作大自然的一部分,人类与动植物甚至大自然的一切应该是平等共生的。雪莱的这一思想克服了机械论和二元论,崇尚和谐的一体,具有当今生态整体主义的雏形。雪莱拥有纯净的宇宙情怀,以对宇宙精神的体悟,凭借自身的精灵气质创造出了充盈着灵魂气息的诗歌作品,从而构建了自己诗歌的灵魂王国。

雪莱是唯物主义和18世纪启蒙思想的继承者。雪莱描写自然,将自然拟人化、精灵化,这和他的灵魂诗学相关。宇宙间的一切都是相通的,雪莱正是通过观照自然景物来表达内心的情感。雪莱热切地欣赏大自然和田园景色,是因为他在大自然中感受到了内在的情感和理想。或者不如说,是他把自己内在的情感和理想投射到自然景物之中,大自然的灵魂与人类灵魂中的情感和思想糅合在一起。柏拉图哲学中的真实的世界就是一种理念,其中充满宇宙精神。如果宇宙灵魂被看成"一"[2],那么由宇宙灵魂流溢出的宇宙精神就是"多",大自然的万事万物在"多"中和谐生存,人类也只不过是"多"中的一部分。因此,人类要寻求真理,必须摒弃事物的表象,用灵魂与宇宙直接对话,才有可能直达真理。雪莱的《颂天》《赞智力美》等诗歌充分反映了雪莱追求真理、探索宇宙奥秘的情怀。雪莱在《爱的哲学》中,赋予大自然中"波浪""泉水""阳光""高山"等以人的特点,它们像人一样不仅有生命,还有永不消亡的灵魂。这些大自

---

[1] Roger Ingpen and Walter E. Peck: *The Complete Works of Percy Bysshe Shelley* (10 vols), Vol. I, London: Ernest Benn Limited, 1965, p. 110. 雪莱在此处使用"Soul of the Universe"来指"宇宙的灵魂"。

[2] 雪莱受柏拉图和新柏拉图主义的影响,在他诗歌里面出现的"最终的力"和"一",不是指一个人,而是所有美、真和爱的非人类的源头。参见Carl Grabo: *The Magic Plant: The Growth of Shelley's Thought*, Chapel Hill: The University of North Carolina Press, 1936, p. 206。

然的存在物就是一种精神的体现。宇宙中的万事万物都有灵魂，这体现了雪莱的泛灵论思想。关于人的灵魂，深受柏拉图思想影响的雪莱认为它开始是完整的，雌雄同体，与肉身结合之后灵魂就分裂成两个，于是人类灵魂总是在寻求它的另一半。人的灵魂追求完整和完美的特点在大自然中也一样。大海和太阳是"一"的象征，"多"总是向"一"汇合，所以泉水流入河水，河水汇入大海，万物融于一种精神，一种宇宙精神："在大地和海洋交会的地方/有无数的大海粼粼波浪/在我们的脚下轻柔地喧响，/在那普照一切的太阳光里，/宇宙万物都仿佛浑然一体。"（卷一：469）

宇宙灵魂在精神上表现为人类所向往的宇宙精神或世界精神，或许这种万物归一的宇宙精神将如乌托邦一样永远无法企及。自进入文明社会以来，科学技术的进步与发展一方面带给人类无比丰富的物质财富，另一方面却使人类灵魂越来越远离起初的本真和善良。诗歌、小说等文学作品中的宇宙精神，无疑对人类灵魂最终走向真、善、美的理想世界有着非同寻常的意义。雪莱诗歌中的宇宙精神还体现在其审美先锋主义思想上。有学者指出：

> 从历史的长河来看，所谓的审美先锋主义思想是以浪漫主义为源头的，雪莱就是最早的代表人物之一，其思想体系主要表现在三个方面：首先，诗人是精英；其次，未来主义和乌托邦是他着力渲染和向往的目标；其三，他的诗歌反映了其浪漫主义的自由观。诗和哲学历来都是人类理性与智慧最为集中和精彩的表达方式，是开放在读者面前的人性之花。诗是感性的极致，伴随着诗人炙热的情感，成为歌咏生活的最高语言艺术，而哲学是高深莫测的理性的顶峰，把二者绝妙地糅合在一起便是诗意的最高成就。在这方面雪莱的把握恰到好处，这也使他的诗歌得以长久流传。[1]

---

[1] 李维屏、张定铨：《英国文学思想史》，上海：上海外语教育出版社，2012年，第317页。

第三节　宇宙灵魂与雪莱的科学精神

在科学的历史上如培根和歌德这样的作家和诗人不是很多,在诗歌中能表述科学观点且贯穿始终的诗人就更为稀少。有学者认为:"对科学和诗歌有相同兴趣的少数作家当中,几乎都同意没有哪一位主要的英国诗人可以在这一方面严肃地挑战雪莱。"[1]雪莱对科学与对自然同样地热爱,在他看来,宇宙间的一切都是相通的。他对自然的描写与刻画是极其精确的,极富科学精神。雪莱对科学的痴迷使他崇尚理性并对认识世界的唯物论有了一定的基础。雪莱的科学精神与他拥有的宇宙情怀以及他坚信的宇宙灵魂是密不可分的。有学者在比较雪莱与华兹华斯后认为:

> 雪莱对于科学的态度恰恰与华兹华斯相反。雪莱喜欢科学,而且在其诗歌作品中多次流露出科学所提示的思想。科学对雪莱而言就是欢愉、光明与和平的象征。化学实验室之于雪莱正如山峦之于华兹华斯。不幸的是在这方面对雪莱的评述太不近于雪莱的心智了。他们认为这是雪莱个性中一种无足轻重的怪僻。其实这正是他思想的主要特点之一,而且始终贯穿在他的诗歌里。假如雪莱晚生一百年,到20世纪再降临到世界上来,他肯定会成为化学家中的牛顿。[2]

雪莱年轻时对天文学、化学以及电的兴趣几乎众人皆知,他在信件中多次提及培根、达尔文、牛顿等人的名字。他的好朋友霍格曾经描述雪莱在牛津大学的宿舍,那里除了书本还有很多与化学实验有关的器皿,甚至还有望远镜和发电机。这些科学工具在他的宿舍到处都是,仿佛他的主修专业是化学。雪莱这样一位敏感的浪漫主义诗人在科学和思想上的深度,有学者认为在当时英国浪漫主义

---

[1] Desmond King-Hele: *Shelley: His Thought and Work*, London: Macmillan, 1984, p. 167.
[2] 同上,第165页。

诗人中无人可匹敌：

> 看起来轻灵飘逸的雪莱实际上投射的恰恰是科学家的宇宙，是风、潮汐、电和火山喷发等自然力作用下流动不居的原子世界。雪莱的宇宙不断演化发展，这个过程不是任意随机的，而是按照人们可以理解但又无法施以较大影响的物理定律进行。在历史必然性的支配下，那宇宙是一种自然的而非审定的秩序。雪莱在三位诗人中思想性最强，表述也最清晰有力。[1]

那么，雪莱对科学的痴迷如何影响他的诗歌创作，科学精神如何转化为感性的诗歌，其与他的宇宙灵魂有何联系，科学对雪莱这样一名诗人兼哲学家凸显了何种新的价值，这些将是本节讨论的内容。

科学在雪莱的思想中占据重要的地位，是构建雪莱的理想社会不可缺少的因素。雪莱主张人们应该学习科学和法律，完善道德规范，构建一个和谐的自然环境。雪莱较为成功地把科学与形而上学结合在一起。18世纪末科学发展突飞猛进的时候也正是英国浪漫主义运动蓬勃发展之时。在当时的英国，18世纪的科学思想主要是牛顿的科学观点。传统文学观认为英国浪漫主义是反对科学的，然而事实却并非如此。当时的人们认为科学可以征服自然，促进社会的商业化，促使人类去追逐金钱，加速人性的堕落。人们对科学的这一认识与浪漫主义对人性、个性、主体性的宣扬是背道而驰的，包括雪莱在内的一些浪漫主义诗人承认科学技术能促进社会的进步，并将科学的元素融入他的诗歌之中。其实，雪莱在学校接受的科学训练是有限的、不系统的。不过幸运的是，雪莱在伊顿公学上学期间认识了皇室医生和皇家学会会员林德（James Lind），此人曾作为海军外科医生来过中国。林德对雪莱的影响超过了任何其他人，林德在雪莱最敏感的年龄引导和

---

[1] 玛里琳·巴特勒：《牛津精选：浪漫派、叛逆者及反动派——1760—1860年间英国文学及其背景》，黄梅、陆建德译，沈阳：辽宁教育出版社，1998年，第195页。

教育他。通过他，雪莱接触了柏拉图思想和葛德文进步的政治思想，从而形成了自己的早期思想。除林德外，对雪莱的科学观有着最重要影响的还有三位人物：沃克（Adam Walker）、达尔文（Erasmus Darwin）和戴维（Humphry Davy）。但雪莱很少主动提及这三位对他影响颇深的科学家，对于戴维的作品《化学哲学因素》一书也只是进行了简单的评注。由于科学知识丰富，雪莱的作品中往往带有当时各种科学知识的烙印。如在《普罗米修斯的解放》里，雪莱就诗意地描述了有关月球的科学知识，其中包括月相、月震、引力、离心力、粒子波长和红外线等。雪莱在《驳自然神论》中认为：

> 宇宙中最大的运动，与那些最微小的运动一样，都受着不可避免的法则的严格的必然统制。这些法则便是宇宙中可感知的效果的不可知的原因。这些法则的效果构成了我们知识的界限，这些法则的名称则是表示我们无知的别名。在这些之外或之上，再去假定某种存在，无非是创设第二个多余的假设，用以解释已经由运动法则和物质本质解释了的现象。我承认这些法则的本质是不可理解的，但是假设有一个神的话，反倒加添一个不必要的困难，它不但不能使所要解释的困难减少，却需要新的假设来阐释他自身所固有的矛盾。
>
> （卷五：348）

雪莱眼中的法则就是宇宙灵魂，它统摄着整个宇宙包括人类的各种活动，宇宙中的一切都要遵循它的导引和制约，不管是运动或静止的物理世界，还是心灵的运动。"《普罗米修斯的解放》中如果没有科学精神的提及，将丢失一半的锋芒。"[1]雪莱在《驳自然神论》中还认为："吸引和排斥的法则，欲求和厌恶的法则，就足以解释道德世界和物理世界的每一个现象。"（卷五：348）在雪莱看来，吸引、排斥、欲求和厌恶等法则都是宇宙灵魂的外在表现形式。雪莱对

---

[1] Desmond King-Hele: *Shelley: His Thought and Work*, London, Macmillan, 1984, p. 155.

物理学中电流和磁铁的特性非常熟悉,并把这些物理现象与人的思维活动联系起来。有学者认为雪莱表达了一种生态思想,这种思想深刻地联系物质与心灵,即心智和谐地联系着创造了并翼护我们的地球。这使得雪莱对宇宙有全面的、综合的看法,也使得他的诗学发挥一种自然理论的功能,作为他建构诗性的实在原则,即感知的和现象的动力共同参与对实在的建构。[1] "雪莱虽然拒绝了达尔文刻板的风格主义,但正是达尔文向他展示了怎么在诗歌中科学地描绘云、风和风暴:《云》和《西风颂》更多应归功于达尔文而不是华兹华斯。"[2]《云》充分体现了雪莱对大自然细致科学的观察精神:"我原本是那大地和水所育的亲生女,/也是无垠天空的养子,/我往来穿行于陆地海洋的一切孔隙;/我变化,但是,不死。"(卷一:247)"大地和水所育的亲生女"是指地球与水蒸气的结合,水蒸气通过一粒灰尘凝结成云。"陆地海洋的一切孔隙"就是指地球上的江河小溪。"我变化,但是,不死"不仅把自然物云的形状、大小、颜色和状态都写了出来,而且写出了云的灵魂与宇宙灵魂的不灭特性。变化,但不死,永远在变化,永远不会衰竭。诗人写的不仅仅是云,同时也是写诗人自己灵魂的不死,是雪莱在诗学上所指涉的想象力的不朽。在《苍天颂》中,雪莱所颂扬的苍天就是神,就是宇宙灵魂:"什么是天什么是你?/你只是它无限的一粒;/什么是太阳和星星?/是精神整体的部分/运行是精神的本能。"(卷一:176)天的概念,天的多样性和模糊性,上帝的概念,以及宇宙中原子的双重属性,天是崇高的关键词,具有神性,诗歌中的"云和星",反映了雪莱对语词的物理学思考,是典型的雪莱式的诗学。

有足够的证据表明雪莱的《含羞草》的创作也应归功于达尔文。在《含羞草》中,雪莱对多种植物的精细描写体现了他的科学精神。在雪莱看来,电可以看作地球的精灵(灵魂):"水和电都非常相似,像灵魂一样,水蒸发了,电就

---

[1] 徐凌:《雪莱与科学》,《自然辩证法通讯》,2007年第2期,第64页。
[2] Desmond King-Hele: *Shelley: His Thought and Work,* London: Macmillan, 1984, p. 164.

进入了大气层上方，水分子以闪电形式回到地上。"[1] 雪莱继承了柏拉图关于灵魂的看法，他认为"哪儿存在着运动，那儿就显然有心灵在运行。宇宙的现象表明力的活动不属于不动的物质"（卷五：345）。柏拉图认为，一切运动的根源是灵魂，因此星体运行的根源也是灵魂，每一个星体都有灵魂。推动整个宇宙的灵魂是最高灵魂，它给整个宇宙注入理性的秩序和运动。每一个灵魂都是不朽的，因为永恒的运动是不朽的。凡推动别的事物或为别的事物所推动的都可能停止运动，也就停止生存。只有自我运动的事物永远不会停止运动，灵魂的运动就是一种自我的运动。在基督教神学家看来，宇宙的原动力是上帝推动的，是上帝之爱的力量。它不仅统治人间的一切，也是支持宇宙存在的力量，是超越时空的，是永恒的。而对于世人来说，灵魂的运动也来源于爱，爱则来源于最终目标的善。循环时间与直线时间同时在宇宙中存在，其关系可以解释宇宙的永恒性，那就是线性时间在某一时刻终止并不是整个直线时间的结束，而是另一段直线时间的开始。就这样时间往复循环，永不消亡。比如，人在尘世肉体生命的结束换得了灵魂生命的永恒。

雪莱认为，宇宙灵魂可以流溢出许多小的灵魂，这些小的灵魂小到一只蚂蚁，大到一个星球，掌管着星球的运动。而人类灵魂是以神自身作为模型和样板来创造的，因而最接近所谓的神。灵魂是人的主宰，与大宇宙一样，人是一个小宇宙。人们对隐形的宇体结构及宇宙内一种自身能量大于宇体阻力的隐形物质没有了解，而这种物质及物质团在隐形的宇体结构中是自然不守恒的。它们是显形物质的起源及宇宙动态的灵魂。所有显形物体在没有隐形灵魂物体的作用下能量都是守恒的，一旦隐形灵魂物体参与作用，能量守恒将会被打破。所有个体灵魂均来自宇宙灵魂，包括人类灵魂。雪莱认为：

> 至少是，如果我们承认灵魂是非物质的，这种力量就是超出人们理

---

[1] Peter Butter: *Shelley's Idols of the Cave, Edinburgh:* Edinburgh University Press, 1954, p. 149.

解的事物。由此说来,既然这种启迪理论如同我所描绘的那样,这种力量是有限的,那么在此之外,必然有某种东西影响其一切活动和一系列过程的发展。就好像它瞬息万变,定能变至无穷;……必终结为一种存在,这种存在就可能是所谓的神性。如果这种神性如此影响灵魂的活动,这些灵魂关注的又是小事,那么为什么它不是宇宙的灵魂?基于什么原因,它不能同人的灵魂相类比?[1]

雪莱认为,必然性存在于宇宙的每一个领域,不管是物质世界还是精神世界,这是世界上最伟大的法则。万事万物"都会变成为自然那一条伟大/链条中的一环"(卷三:291),存在之链源于拉丁文 *"scala naturae"*,它起始于柏拉图和亚里士多德,成熟于中世纪,用来阐明所有无生命和有生命物质的层次结构,据传这个结构是由神发明的。整个链子从神开始往下有天使、国王、人、动物、植物、矿物等。存在之链有宇宙的秩序性和系统性,像链条一样一环扣一环,从微观世界的物体到宏观世界的物体,无所不包。人类为链条的中间环节,起着承上接下的作用。每一根链条上似乎都流动着一些如磁铁、电、光等精妙神秘的物质,雪莱将它们统一到宇宙灵魂中来,链条中的神在雪莱看来就是宇宙灵魂。宇宙灵魂绝不是雪莱的创造,古希腊的柏拉图等人就有相关论述。宇宙灵魂包含宇宙精神,这种精神像流体可连接所有物质,不灭的宇宙灵魂统摄着整个存在之链。必然性就是宇宙灵魂,就是世界精神,就是宇宙万物之母:"自然的精灵!满足一切的力量,/必然性!你,宇宙万物的母亲!"(卷三:340)雪莱否认基督上帝的存在,并指出基督教以宗教为工具对人进行控制和剥削。雪莱提出了必然性的理论。必然性指世界上所有事物之间都有因果关系。这种因果关系是世界上的一种普遍规律,这种必然性主宰世界的一切:

---

1 Frederick L. Jones: *The Letters of Percy Bysshe Shelley* (2 vols), Vol. I, London: Oxford University Press, 1964, p. 39. 此处雪莱用 "the Soul of the Universe" 来指 "宇宙灵魂",与在《麦布女王》中使用的 "Soul of the Universe" 有一点细微差别。

告诉你,有些把那朝生暮死的

一叶脆弱的小草也当作一个

无边宇宙的生命体,

有些把宁静空气中

最微小的颗粒当作自己高楼

大厦的看不见的微生物,

思索、感觉,也像

人类一样生活;

他们的爱憎与好恶也像人的,

产生出规范着他们

精神状态的规则;

在他们躯体内,引起最轻微

运动的极小的搏动

也既定而不可避免,

就像支配星球滚滚

运行的神圣的规律。

(卷三:297)

  雪莱进一步指出,必然性的法则是"有生命的"和"不可抗拒的"。概括地说,雪莱一方面运用了科学的相关理论即因果性否定基督上帝的存在,大力提倡科学的传播,以挽救人们于迷信之中,呼吁人们用科学知识来武装自己,并创造一个属于自己的光明未来;另一方面,雪莱自己也对科学深深着迷,投身于科学的探索之中,科学与自然一样,总有一种永恒的法则,那就是宇宙灵魂,来解释一切。科学知识可以把人解放出来,同样,科学也可以让人们憧憬未来美好幸福的生活。雪莱表达了他对人类光明前途的信心,坚信被压迫的人终将获得自由和解放。美德、理性和自由是构成人类幸福的要素。人与自然的和谐包括健全的社会，而科学将是健全社会中不可缺少的一部分。

无论在生活中还是在诗歌里，太阳都是雪莱的喜爱之物。太阳这个象征在《生命的凯旋》中表现得淋漓尽致，诗人看到了所有事物的上升并向太阳致敬，太阳的光是那么模糊，但没有完全隐藏。卢梭告诉我们，生命之车的光在进入永生的世界后，阳光的形象有强烈的烧尽后化为水的形态。太阳的能量以各种形式表现出来，成为整个系统中所有运动和生命的源头。太阳象征着宇宙精神，还象征着宇宙灵魂，它散发光和热。地表的水受热蒸发，变成水蒸气。水蒸气上升到空中遇冷形成极小的小水珠。这些小水珠汇集成云。小水珠变成大水珠下落成雨。太阳的光和热影响大自然中植物和动物的生长活动。没有如太阳一样的宇宙灵魂，宇宙就会失去平衡，万物将不存在。地球上的万事万物接受太阳的恩泽。

雪莱在《勃朗峰》中描写的那种"万物隐秘的力"支配着宇宙和人类的思想。雪莱冥想的"力"就是宇宙灵魂，是一个存在于我们中间看不见的、隐藏的力量，勃朗峰无疑给了雪莱心灵的回应。雪莱似乎没有看到勃朗峰顶，那里隐藏着雾和雪，然而他试图借助勃朗峰探讨心与物的关系，让人们看到一个永恒的宇宙。宇宙灵魂有着再生和毁灭一切的力量。雪莱在《麦布女王》的注释17里发出这样的质疑：

> 全部的人类科学可以归结为这样一个问题：智能和文明带来的好处怎样才能和自由与自然生活纯洁的欢乐和谐一致而并行不悖？我们怎样才能在享用现在已和我们生活的千丝万缕交织在一起的体系所提供的方便与利益的同时摈弃它的弊病？
>
> （卷三：430-431）

雪莱的科学观是建立在人类伦理道德之上的，科学应该为人类的幸福服务。在《麦布女王》中，"欢乐与科学已开始出现在地球上"，一个全新的地球生命产生了：

> 虽然晚了一些，毕竟，欢乐
> 与科学已开始出现在地球上；
> 和平鼓舞心灵，健康使躯体
> 复壮；疾病与欢乐不再混淆；
> 理智与感情终止对抗和争斗；
> 摆脱枷锁的心灵在整个地球
> 施展无往不胜的能力，执掌
> 对一个广袤领地的统治大权；
> 各种形态的物质，都把力量
> 奉献给全能的心灵，帮助它
> 从黑暗的矿山发掘出真理的
> 珍宝，点缀它安宁的乐园。
>
> （卷三：364）

一些文学评论家提到或解释了雪莱诗歌中出现的科学元素的现象，但很少有人研究科学元素在雪莱诗歌中的意义。在《麦布女王》中，我们看到了科学的辉煌和强大，这说明科学与浪漫主义诗歌不是二元对立的——科学可以与浪漫诗歌并存。雪莱认为，科学处理的对象是暂时的、有限的、变化的、非永恒的，可见的世界是一个模本、一个影像，没有永恒性，灵魂会尽力去捕捉那些显现出来的超验的存在。雪莱将科学真理的阐述和宇宙灵魂结合在一起。科学元素与雪莱的诗歌和政治思想紧密相连，这一点主要体现在想象力上面。对科学在诗歌创作中的分析表明，在想象力的发挥上科学元素起到了明显的作用。雪莱的预言、诗意的幻想与科学的诗在最基本的层面上是一致的，而且在形式上也有一定的科学性解释，人们期待科学与诗意的想象成为现实。在《麦布女王》中，雪莱试图创建一组诗和注释的相互关系。在诗歌的叙事中,在科学解释的帮助下,神秘的宇宙显得平易近人。随着科学知识的传播,天文知识扩大了人类的想象范围,诗歌的意象更加丰富。总之,科学使想象更生动、丰富和真实。

雪莱认为,诗歌和宇宙灵魂有一样的地位,诗是神圣的,一切知识皆源于它。诗歌,尤其是诗歌中的想象力是一切真知的来源。雪莱还进一步说道:

> 科学已经扩大了人们统辖外在世界的王国的范围,但是,由于缺少诗的才能,这些科学的研究反而按比例地限制了内在世界的领域;而且人既已使用自然力做奴隶,但是人自身反而依然是一个奴隶。一切为了减轻劳动和合并劳动而作的发明,却被滥用来加强人类的不平等,这应该归咎于什么呢,可不是因为这些机械技术的研究在某种程度与我们所有的创造能力还不相称吗?而创造力却是一切知识的基础。
>
> (卷五:482-483)

创造力在雪莱看来就是想象力,想象力在某种程度上比知识更重要,而必然性借助想象力在宇宙中创造出万事万物:

> 下面是一整个宇宙,
> 直到想象力也难以
> 超越的最远的那条遥远边线,
> 有难以计数的星球,
> 在错综复杂的运动,
> 却始终遵循不变的
> 永恒自然规律。
>
> (卷三:290)

雪莱关注社会的不公以及人类社会的未来。他预测，科技在造福人类的同时也会破坏自然生态环境，破坏人与自然之间的和谐。只有在诗歌的引导下，充分运用科学的方法，才能创造出自由、进步、和谐的世界。因此，雪莱认为只有用诗歌的智慧来统摄和指导科学，科学才能为人类谋取福利从而最终进入真、善、美的世界，这与雪莱的宇宙灵魂思想是高度一致的。诗歌是人类想象力的高度结晶，反映了人类思维和意识的统一性，科学只不过是人类意识统一性中的一个环节。所以，雪莱认为诗是一切真知和思想的来源，甚至把诗歌的作用与上帝创造世界相提并论。在诗歌中，科学的重要性来自于美德和自然，没有科学只能导致人性的腐败。华兹华斯把科学当成浪漫主义的敌人，而雪莱则认为科学和诗歌可以和谐相处，共同为人类的幸福贡献力量。从雪莱在《含羞草》《云》《麦布女王》《普罗米修斯的解放》等作品中对科学元素的探索我们不难看出，科学可以与英国浪漫主义诗歌融合。此外，科学作为社会进步的促进力量也给浪漫主义诗歌带来了诗意，科学因而成为形成英国浪漫主义诗人政治或哲学思想不可忽略的因素。在雪莱看来，科学与诗歌是可以完美结合的。诗的功能之一就是把科学作为科学的艺术化，而科学的作用之一就是把诗歌作为诗歌的科学。对自然科学而言，它的发展，可以被富有想象力的诗歌所启发。首先，诗歌离不开想象，诗歌的想象力可以为科学的发展提供重要启示，促进科学发展。其次，诗歌给人诗意的视觉，没有科学诗歌也不能走向它的正确目标。虽然科学可以开阔人的视野，但是只有诗歌才能丰富人的内在世界。没有诗歌的指引，没有诗歌的情怀，科学可能会失去它在人与自然和谐关系中的平衡作用。雪莱用诗性框架来统摄科学，甚至像宇宙灵魂一样统摄整个宇宙，为人类提供了一个诗性的视野。

第四节　宇宙灵魂与雪莱的灵魂诗学[1]

在《镜与灯：浪漫主义文论及批评传统》中，美国著名学者M. H. 艾布拉姆斯用镜子和灯来比喻文学创作的模仿论和浪漫主义的表现论。艾布拉姆斯论及浪漫主义诗人主体创造性时用灯来比喻诗人的心灵，然而为何这盏"灯"可以源源不断地发光并照亮作者和读者的心灵，他并没有给出问题的答案，反而是在《镜与灯》的序言里，艾布拉姆斯提出了文艺批评的四个坐标。这四个坐标是世界（universe）、艺术家（artist）、作品（work）和欣赏者（audience）。他还用三角形来设置这四个坐标，把作品放在三角形的中间，其他三个坐标是三角形的另外三个点，并阐释三角形中四个坐标的彼此关系。最后他总结道："虽然任何像样的理论或多或少考虑到了这四个要素，然而我们会看到，几乎所有的理论都明显地倾向于其中一个因素。"[2] 柏拉图以来的文艺理论都或多或少偏向其中的一个点，因而呈现了诸多批评流派。诚然，他的这种分析不无道理，但对于文艺作品创造的主体即作者来说，在其写出自己的作品后，从读者反映批评的角度来看"作者已死"。宣告"作者已死"是在尼采"上帝之死"哲学命题后文艺批评中的又一里程碑事件。在艾布拉姆斯提出的文艺批评坐标的四个支点失去了作者这个支点后，批评似乎陷入迷惘之中。然而，从人类学的角度来看，作者和读者都是人，既然作者死了，读者还能独善其身？所以，"作者已死"的命题是一个伪命题。作者依然存在，作者和读者沟通的桥梁就是作品，而不管是作者还是读者的灵魂都在作品中交汇。因此，灵魂应纳入文艺批评的坐标，在世界、欣赏者（灵魂）、作品、艺术家（灵魂）这四者中，艺术家（欣赏者）或者作者（读者）应升华为"灵魂"，从而浪漫主义也可把"灯"（表现说）上升到"灵魂"

---

[1] 本节是从狭义的角度，即美学和文学理论的角度，来探讨雪莱的灵魂诗学。
[2] M. H. Abrams: *The Mirror and Lamp: Romantic Theory and the Critical Tradition*, Oxford: Oxford University Press, 1971, p. 7. 笔者翻译时参考了郦稚牛、张照进、童庆生译《镜与灯：浪漫主义文论及批评传统》，北京：北京大学出版社，2004年，第5页。下文不再赘述。

这一不灭的源源不断照亮世界也照亮自身的诗学体系中来。以灵魂观照事物进行创作，灵魂可以沟通创作主体（作者）与接收主体（读者）。莎士比亚之所以伟大，是因为他的灵魂与大多数人达成了一种心灵的默契。有些作家这些人喜欢，另外一些人不喜欢，也是这个道理。因为创作主体与接收主体之间无法达到灵魂的相通、心灵的默契。在雪莱看来，宇宙间的任何事物都有灵魂。他给予物质世界一颗灵魂和一种说话的噪音，他认为宇宙间各种天体不仅是显性的物质混合体，而且是隐性的生命的精灵。雪莱认为："诗歌的任务不是简单地创造形象，而是以'一'的意象创造永恒的形式。"[1]因此，诗人的任务就是要与不同的灵魂沟通，感它们之所感，发它们之所发。其实，宇宙间的各种灵魂无不在诗人的成长过程中影响他，使他形成自己的哲学思想和艺术理念。

  宇宙的起源，万事万物的本原即"始基"（arche）（也叫原理）的问题和灵魂的问题都是人们苦苦追寻答案的命题。古希腊科学家和哲学家泰利斯（Thales）认为万物之始基于水。水成了比邻地中海的哲学家对大海的想象的产物，大自然的许多可见的事物始于水，死后又复归于水。在现代科学看来，水是生命中必不可少的元素，有多种存在形态，可以永恒循环，歌德在诗歌中把水的这一自由和永恒的特性比作灵魂。毕达哥拉斯学派认为，万物之始基归于火。毕达哥拉斯还强调万物数的和谐，赫拉克利特则强调逻各斯。很显然，水与火都具有流变的特点，赫拉克利特试图通过逻各斯这种秩序来规范这种流变。到了后来，柏拉图提出理念论，从混沌到宇宙，从无到有，从无序到有序，无序也是一种存在。从无序到有序借用了神，于是神就成了宇宙灵魂的原型。古希腊哲学里的神就是理智者，就是"一"，与古希腊神话中的神不一样，神话中的诸神还是"多"。这里的神与后来基督中的上帝不一样，这里的神就是雪莱提到的必然性，就是宇宙灵魂，是"一"。西方传统宇宙论认为，宇宙中的一切天体运动处于和谐的环境之中，一定有某种神秘的力在支配着这种和谐的运动，这个神秘的

---

1 K. D. Verma: *The Vision of "Love's Rare Universe": A Study of Shelley's Epipsychidion.* Lanham, Md.: University Press of America, 1995, p. 28.

力犹如人的灵魂支配躯体一样。这个神秘的力就是雪莱在《勃朗峰》中提到的"力"（Power），就是宇宙灵魂或者说是生命的本源。没有灵魂就没有和谐，整个宇宙就是有着鲜活生命的和谐世界。

宇宙灵魂统摄着整个宇宙，与宇宙的起源相比，人类和文学的历史很短。有了人之后才有了文学，文学毫无疑问是人的文学，文学里也有灵魂。从某种意义上说，文学史就是人类灵魂的发展史。然而，从文学艺术的角度来看，自古希腊到18世纪，柏拉图和亚里士多德的模仿论几乎统治了文学批评领域。柏拉图的模仿理念，亚里士多德模仿事物内在本质和规律，但都忽略了诗人自身。而浪漫主义文学却强调对个体个性和灵魂的张扬，关注心灵以及相关的各种能力，尤其是想象力。华兹华斯和柯勒律治被认为是英国浪漫主义前期文艺理论的杰出代表，他们推崇表现说的典型范式理论，主张诗歌来自诗人的心灵。华兹华斯认为，诗歌是诗人情感的自然流露；柯勒律治除对华兹华斯的理论有进一步的阐发外，还以植物生长的比喻创立了文学创造的有机说，强调想象力在诗歌创作中的作用，并论述了诗歌创作中的主客观问题。柯勒律治的文学理论对雪莱的诗学理论有着深远的影响。

雪莱的灵魂诗学在文学理论层面上主要是柏拉图主义和英国18世纪道德哲学的融合物。一方面，柏拉图强调文艺创作的灵感说，认为灵魂是对真、善、美的理式世界的回忆，即比较完善之人在尘世的美的引发下对真、善、美世界的直接回忆，强调了人的不朽灵魂从不完善的现实美中去创造带有普遍性的理式美。这种理式美通常是不可及、不可见的。另一方面，雪莱继承18世纪的道德哲学，强调诗歌应该有道德教化功能，正如有学者指出的那样："在雪莱看来，诗不仅是实现道德完善的中介和认识万物的起点，它还能敞亮或创造出一个美丽的宇宙从而予此岸苦难人生以慰藉，因此，诗人就必然是一切人类活动的先锋。"[1] 万物有灵论不仅是雪莱自然观和宇宙观的核心，更是他灵魂诗学的基础。万物有灵论

---

[1] 张旭春：《雪莱和拜伦的审美先锋主义思想初探》，《外国文学研究》，2004年第3期，第81页。

也是雪莱想象论的基础。文学乃至艺术或多或少都会触及人的灵魂，诗歌尤其如此。因此，从这个意义上说，诗人毫无疑问就是灵魂的歌手，诗歌就是灵魂发出的歌声。古往今来，无数艺术家都致力塑造各种人物形象，揭示各种灵魂。古希腊艺术作品如雕塑和诗歌都充分体现了灵魂的这一特征——精致、优美与和谐。在艺术作品的创作中灵魂或者说心灵起着非常重要的作用，尤其在诗歌创作中，因为诗歌的"全部素材全来自心灵，它的所有产品也都是为了心灵而创造的"[1]。

灵魂具有想象的特征，而想象的概念最早可以追溯到古希腊的品达（Pindar）。他认为，通过想象虚假的事物也可以被人们当成真的东西："俄底修斯其实并没有经历这么多的苦难，我相信他的声名是靠荷马的诗来的。荷马的想象和技巧有无限魅力；诗人的艺术迷惑了我们，使我们把虚假的事当真了。"[2] 这是关于想象的较早的看法。后来普罗提诺认为想象是艺术家创作的重要因素，提高了艺术家的创作主体地位。培根（Francis Bacon，1561—1626）也非常重视想象的作用，在人类学术的三分法中，他把诗歌纳入想象中，并提出了创造性想象的特征在于"放纵自由"[3]。英国经验主义学派霍布斯将情感与想象联系起来构建了经验派美学，后来成为浪漫主义诗论的一部分。洛克认为，人的大脑好似白纸，幻想与想象是紧密联系的，进而提出了"观念的联想"理论。联想主义心理学体系的创始人哈特利从神经病学和生理学的角度指出了知识的源泉是感觉。休谟也强调想象是记忆的形式。柯勒律治有机联想主义继承和发展了哈特利的机械联想主义。A. 杰勒德（A. Gerard，1728—1795）在《天才论》（*Essay on Genius*）一书中论述了天才与想象、想象与判断的关系："没有判

---

1 M. H. Abrams: *The Mirror and Lamp: Romantic Theory and the Critical Tradition*, Oxford: Oxford University Press, 1971, p. 52.
2 中国社会科学院外国文学研究所：《欧美古典作家论现实主义和浪漫主义》，北京：中国社会科学出版社，1980年，第8-9页。
3 培根用心理学的方法来分析审美活动，并把人类学术分为历史、诗和哲学三大门类，把人的理解分为记忆、想象和理智三种类型，认为历史涉及记忆，诗涉及想象，哲学涉及理智。参见朱光潜：《西方美学史》（上卷），北京：人民文学出版社，1987年，第202-203页。

断，想象有可能过度，但是，如果没有想象，判断将可能一无所知。"[1]

在整个西方文学发展史上，只有到了浪漫主义时期想象在艺术创作中的重要作用才被加以突显和重视，其理论才得到系统阐释。英国浪漫主义前期诗人威廉·布莱克（William Blake，1757—1827）把想象力推到至高无上的地位，认为想象来自于神，想象具有神性，诗人通过想象可以感受世界的无限和永恒。在他的诗歌里随处可见那飞腾的想象及其背后隐含的深刻内涵。"华兹华斯提出关于创作的一条理论就是想象力的作用。他认为任何作家都必须能在外界的刺激停止消失的情况下，能通过想象这'内在的眼睛'（inward-eye）在脑海中重新见到激动人心的鲜明景象。"[2] 华兹华斯所言的内在的眼睛就是人的灵魂，就是人的灵魂回忆起他自己在天国时的美好，从而在现世生活中产生联想。柯勒律治在《文学生涯》中用植物生命和生长的观念来比喻想象理论在艺术创作中的创造性和有机过程："最理想的完美诗人能使人的全部灵魂活跃起来，使各种能力互相制约，同时发挥其各自的价值与作用。他到处散发一种和谐一致的情调和精神，促使各种混合并进而溶化为一，所依靠的则是一种综合的神奇力量，这就是我们专门称为想象的力量。"[3] 他还认为："诗的天才以良知为躯体，幻想为外衣，运动为生命，想象力为灵魂——而这个灵魂到处可见，深入事物，并将一切合为优美而机智的整体。"[4] 在柯勒律治看来，诗歌如果没有想象，就不成其为诗歌，想象如灵魂一样无所不在，只有通过想象，诗歌才与科学一样有其存在的价值。关于想象的分类问题，他在《文学生涯》第十三章中指出："我把想象分为第一位的和第二位的两种。我主张，第一位的想象是一切人类知觉的活力与原动力，是无限的'我存在'中的永恒的创造活动在有限的心灵中的重演。第二位的想象，我认为是，第一位想象的回声，它与自觉的意志共存，然而它的功用

---

1 让·贝西埃、伊·库什纳、罗·莫尔捷、让·韦斯格尔伯：《诗学史》（上册），史忠义译，南昌：百花洲文艺出版社，2002年，第468页。
2 郑敏：《诗歌与哲学是近邻——结构—解构诗论》，北京：北京大学出版社，1999年，第91页。
3 王佐良：《英国诗史》，南京：译林出版社，1997年，第269页。
4 同上。

在性质上还是与第一位的想象相同的，只有在程度上和发挥作用的方式上与它有所不同。它溶化、分解、分散，为了再创造；而在这一程序被弄得不可能时，它还是无论如何尽力去理想化和统一化。它在本质上是充满活力的，纵使所有的对（作为事物而言）本质上是固定的和死的。"[1] 柯勒律治当然反对华兹华斯对想象与幻想不加区分的观点。柯勒律治关于想象的论述对雪莱产生了重大的影响。雪莱把柯勒律治的想象论和柏拉图的理念论结合起来，创立了自己的诗学体系，这一体系最引人注目的就是灵魂诗学。柯勒律治关于想象的第一种分类是针对人类而言的，雪莱把它扩展到了整个宇宙。雪莱认为："人不仅是一个道德或思维的存在，还是一个富有想象力的存在，并且是一个卓越的富有想象力的存在。"（卷五：291）雪莱认为，想象是人类的天然禀赋，人类有了想象可以拥抱广阔无垠的天地，诗歌就是想象。济慈也认为，诗人只有凭借想象，才能看到一个真、善、美的世界，并进而创造出反映真、善、美的纯净艺术。济慈在1818年2月3日的信中说："诗应当是伟大而又不突出自己，应能深入人的灵魂，以它的内容而不是外表打动或激动人。"[2] 他还在给兄弟的书信中谈到他只描写他想象的东西。莫里斯·鲍勒（Maurice Bowra）曾在其论文集《浪漫主义的想象》开篇中说道："如果想用一个特点把浪漫派与十八世纪诗人区别开来的话，就要到他们所赋予想象的重要性和他们对想象所持有的特殊看法上去寻找。"[3] 不难看出，英国19世纪浪漫派的主要诗人都很注重文学尤其是诗歌创作中想象的作用，把文学由模仿（mimesis）转为表现（expression），其中占据重要地位的无疑是想象。而想象是灵魂的一个重要特征，灵魂或者心灵的活动是现代心理学中意识和潜意识的研究范畴。雪莱认为想象可以创造新的东西，爱默生认为美的艺术在于创造而不在于模仿。这种主体性的创造就是浪漫主义的主观性，是来自

---

[1] 刘若端：《十九世纪英国诗人论诗》，北京：人民文学出版社，1984年，第61页。
[2] 王佐良：《英国诗史》，南京：译林出版社，1997年，第315页。
[3] 利里安·弗斯特：《浪漫主义》，李今译，北京：昆仑出版社，1989年，第79页。

心灵或灵魂的东西,涉及心理学的无意识领域。无意识肇始于笛卡儿[1],后来的卢梭和尼采都强调无意识是人类最伟大、最基本的活动。柯勒律治的《沮丧》(Dejection: An Ode)一诗充分表明了人类灵魂以及无意识在诗歌创作中的巨大作用:"啊,从灵魂深处喷出/一道光,一团辉煌,一层夺目的云彩/笼罩着大地——/来自内心的甜蜜而铿锵的声音,/它是所有美声、生命及元素的源泉!"[2] 灵魂中的想象在柯勒律治看来就是人类精神活动的内在意识,在哈兹列特看来艺术和做梦同样在部分地满足受压抑的欲望。歌德的《少年维特的烦恼》是他梦游无意识的产物。柯勒律治的《忽必烈汗》据他后来证实完全是梦幻白日梦的历程。灵魂在这些浪漫主义诗人中以梦的形式完成了作品的创作,而有关文学与梦的关系与后来精神分析学创始人弗洛伊德的看法如出一辙。弗洛伊德关于无意识和意识的冰山比喻[3],以及本我、自我、超我的论述更是证明了梦或者无意识在艺术创作中的重要作用。这样浪漫主义灵魂的想象论就有了现代心理学的影子,而灵魂的想象论中充盈着雪莱在道德上提倡的善的因子。

荣格在《心理学与文学》(1930)一文开篇就说:"显然,心理学作为对心理过程的研究,也可以被用来研究文学,因为人的心理是一切科学和艺术赖以产生的母体。"[4] 在《心理学与文学》中荣格将艺术作品分为两种类型:心理模式和幻觉模式。一为从人类悲欢的意志和经验领域中攫取素材的"心理型",它没有超出心理学的理解范围;另一种是源自人类心灵最深处集体无意识的"幻觉型",它来得凶猛又怪诞,一下子把传统价值和美学形式的标准击得粉碎,并且

---

[1] 笛卡儿在1637年发表的《方法论》中就提到无意识,指出精神不包括意识无法觉察到的一系列大脑物质活动。但其概念是由英国神学家拉尔夫·柯德俄斯在《宇宙之真正的推理系统》(1678)中首次提出的,他从神秘主义的"生命的感性"角度提出了"无意识"概念。

[2] M. H. Abrams: *The Norton Anthology of English Literature* (6th Edition), Vol. II, New York: W. W. Norton & Company, 1993, p. 368.

[3] 弗洛伊德认为人的精神活动好像冰山,只有很小部分浮现于意识领域,具有决定意义的绝大部分都淹没在意识水平之下,处于无意识状态。

[4] 朱立元、李钧:《二十世纪西方文论选》(上卷),北京:高等教育出版社,2002年,第341页。

不光是幻觉型作品的作者深入人生的上述黑暗领域，先知、领袖和启蒙者亦然。荣格还认为作品超过了作家，就像孩子超过了他的母亲，故不是歌德创造了《浮士德》，而是《浮士德》创造了歌德。[1] 荣格的集体无意识理论阐释了伟大艺术的奥秘，如果再进一步的话，艺术创作的奥秘就是灵魂的奥秘，灵魂的奥秘就是人类有可能找到一条道路以返回生命的最深的泉源。心理模式是"心理艺术作品的题材总是来自人类意识经验这一广阔领域，来自生动的生活前景"。幻觉模式是"来自人类心灵深处的某种陌生的东西，它仿佛来自人类史前时代的深渊，又仿佛来自光明与黑暗对照的超人世界"[2]。幻觉模式不是"使我们回忆起任何与人类日常生活有关的东西，而是使我们回忆起梦、夜间的恐惧，和心灵深处的黑暗——这些我们有时半信半疑地感觉到的东西。的确，除非它生硬可感，绝大多数读者是不欢迎这类作品的，甚至文学批评家也拿它感到为难。但丁和瓦格纳为艺术创作的幻觉模式铺平了道路"[3]。

幻觉模式的创造是一种真正的象征，是宇宙灵魂在文学艺术上的一种表现，是一种隐秘的存在，带有几分晦涩的玄学和神秘主义色彩。"一旦它们被意识到，它们就故意向后退避，把自己隐匿起来。正因为如此，它们自古以来一直被人们视为神秘的、不可思议的和具有欺骗性的东西。它们把自己隐匿起来不让人们看清自己的本来面目，而人们也出于恐惧而远离它们。人们用理智的盔甲和科学的盾牌来自我保护。人类的启蒙也许源于恐惧。白天，人们相信宇宙是井然有序的；夜晚，他们希望保持这一信念以抵抗包围他们的对于混乱的恐惧。然而，会不会真有某种充满生气的力量活动于我们日常的世界之外？……我们会不会是在自欺欺人地认为我们掌握和控制着我们自己的灵魂？"[4] 人类灵魂作为宇宙灵魂的一部分与宇宙中存在的其他灵魂有相通之处，越是伟大的人物，或者越是幻

---

1 朱立元、李钧：《二十世纪西方文论选》（上卷），北京：高等教育出版社，2002年，第340页。
2 同上，第343页。
3 同上，第344页。
4 同上，第347页。

觉艺术的创造者、先知们、预言家们、领袖们和启蒙者越接近宇宙灵魂的内核和其精神，因为宇宙灵魂无所不在：

> 对于今天尚未开化的原始人来说，这个黑暗世界是它的宇宙画面中一个不容置疑的组成部分。只有我们才拒绝承认它，因为我们害怕迷信，害怕形而上学，因为我们努力要建造一个更安全、更容易把握的意识世界，在这个世界中，自然法享有成文法在文明国家中享有的地位。然而，即便在我们中间，诗人们仍然随时捕捉到活动于黑夜世界中的各种各样的形影——精灵、魔鬼和神祇。他知道，远达人类尽头的目的性，对人类来说也就是创造生命的奥秘；他对于生命过程中那些不可理解的事件有一种不祥的预感。总之，他从那个对野蛮人和原始人造成了深深恐惧的精神世界里，看见了某种东西。[1]

这种"东西"存在于诗人的创造力里，又似乎来自诗人的想象，这种想象无比高远，直抵宇宙灵魂的源泉。"正是这种想象变形的提升力量让我们能容纳如上帝一样的终极视域，正是这一视域揭开了那遮掩、燃烧和摧毁强烈爱的那层面纱。"[2] 想象对于诗歌的创造是如此重要，雪莱在他的诗歌理论体系里把诗歌与上帝相提并论，他认为："当习以为常的印象不断重现，破坏了我们对宇宙的观感之后，诗就重新创造一个宇宙。"（卷五：486）。法国著名哲学家、科学家和诗人加斯东·巴什拉（Gaston Bachelard）在艺术创作层面上也把想象提高到神和上帝的位置，他认为想象甚至可以创造宇宙："想象拥有树的整合能力，它是树根和树枝。它生活在大地和风中。想象之树是难以觉察到的

---

[1] 朱立元、李钧：《二十世纪西方文论选》（上卷），北京：高等教育出版社，2002年，第347页。

[2] Andrew J. Welburn: *Power and Self-Consciousness in the Poetry of Shelley*, Houndmills, Basingstoke, Hampshire: Macmillan, 1986, p. 166.

宇宙之树，它包括并创造宇宙。"[1]艺术家需要用想象或神话来赋予艺术作品以意义。因此，艺术家创作出的作品在本质上是艺术家的灵魂向其他人类灵魂说话，也就是完成创作者与读者灵魂的对话。而对于整个宇宙来说，诗人的创造来源于自己广泛的阅读。大自然的启示以及生活的经验，这些与自己内心深处灵魂的碰撞就会产生诗歌，诗歌起源于人类最深层、最隐秘的灵魂之光，这种灵魂之光可以被诗人隐约地通过眼睛和心灵观察和感受到，诚如雪莱在诗剧《倩契》前言中所说：

像这样一个故事，如果在叙述中能向读者呈现出相关当事人的所有各种感情，他们的希望和恐惧，他们的信心和疑虑，他们各不相同的利害、苦痛、据以行动和彼此影响然而都为了一个惊心动魄的目的而共同合谋的观点和意见，则可以成为一束照彻人心最阴暗隐秘洞穴的明光。

（卷四：246）

对想象的重视是英国浪漫派和所有浪漫派的特征，有学者认为："当浪漫派诗人用激发和扩大'想象'来为诗歌的社会功能定位的时候，他们其实就已经给自己赋予了审美先锋而非政治先锋的角色。在雪莱和拜伦的思想中，这种审美先锋主义思想具体体现为三个方面：对诗人'立法者'和'精选的读者群'的身份定位；未来主义和审美乌托邦冲动；诗化生命和审美表演。"[2]通过创造性想象的能力，浪漫派诗人可以透过事物的表象直达灵魂的最深处。了解一部文学作品就是了解作者的灵魂，而作者也是为了展示其灵魂而创造的。一部作品就是一个有生命作者的灵魂的印记。作者与读者通过作品得以产生灵魂的撞击，从而最终把诗作为直接通向灵魂的透明窗口。雪莱更看重思想性在艺术性上的表达，他

---

1 Richard Kearney: *Poetics of Imagining: Modern to Post-modern*, New York: Fordham University Press, 1996, p. 94.
2 张旭春：《雪莱和拜伦的审美先锋主义思想初探》，《外国文学研究》，2004年第3期，第81页。

说:"有一些作家模仿前辈作家,虽然掌握了他们的形式,却缺乏他们那种精神;因为前者是他们生活在其中的那个时代的产物,而后者却是他们自己心灵中难以言传的电光。"(卷四:90)雪莱模仿太阳把生命和灵魂注入物质内:"大自然的精灵!不。/你的精髓渗透万物,搏动在/不论贵贱的每一颗人心。"(卷三:308)古希腊和古埃及神话的喷泉、洞穴、象征性动物在雪莱的神话创造中随处可见,尤其是洞穴意象象征着雪莱试图给人类的来生打开一扇门。灵魂摆脱血肉之躯的束缚和禁锢,如何追寻失去的本初纯洁状态,进而通过大自然或者人类达到灵魂之间的对话,于此文学作品无疑是一剂良药或者说一种媒介:"灵魂不必因为担心在别人/心灵里引不起期待的回应/而压抑它自己率真的乐音,/接触到大自然的艺术作品/会和谐地沟通人心与人心。"(卷一:468)米勒认为,每一部文学作品的魔力就在于其背后都会隐藏着一些永远不被人知晓的秘密,这与雪莱谈及的创造的威力"深藏在不可见的人性之中"多么的相似。萨特在《想象心理学》中认为:"美的价值只在于想象,它的结构涉及对世界的虚无。"[1]雪莱重新发现了柏拉图,他对美的态度异常复杂,有时甚至相互冲突。他的理想的美就是永恒的完美状态,就是人类灵魂在宇宙灵魂的导引下通过想象去追求那如梦如幻的"太一"之美。雪莱认为:"诗歌想像之所以美、所以新,并不是因为组成这种想像的各个部分先前不存在于人的头脑或不存在于自然界;而是因为由它们组合成的整体和我们感情和思想的源泉及其当前的状况之间存在着某种可以理解的优美的类似之处。"(卷四:91)雪莱认为诗歌不是单纯的模仿,而是对有感觉的物体做出的情感反应。他说:

> 诗人是足以感化他人性格的内在力量和那种能够激发并支持这种力量的外在影响结合的产物;他不是其中之一而同时是两者。每一个人的心灵,就一方面而论,在外界所有的自然和人为的对象的影响下,在他接受而作用于意识的每一句话每一种暗示的影响下,不断被改造着;意

---

[1] Jean-Paul Sartre: *Psychology of Imagination*, London: Methuen, 1972, p. 254.

识是一面镜子，反映着各种形象，那些形象则在意识之中构造出一个形象。

（卷四：91）

形象思维、想象、多义性、隐喻和能触及人类心灵应该是文学的若干基本特征，最后一点是雪莱灵魂诗学的核心，那就是触及人类的灵魂。文艺创作绝不应该仅仅表现在新批评所重视的文学内在性语言及修辞上，更应表现为灵魂对社会现实的超越性想象上。"雪莱作为诗人就像永恒的精灵和想象力的工具，诗人在这里不遗余力地揭开现实的面纱，而我们说熟悉的现实世界正是那道面纱。"[1] 雪莱早期诗歌中内容多为如何抗拒孤独，他在《阿拉斯特》中所描绘的孤独是"一种像梦一样的景象"[2]。在《阿拉斯特》中，雪莱借女神来窥视人类身体的灵魂，这个女神就是美的代表，也是人类灵魂幻化出的想象力。《阿拉斯特》再次把人类灵魂、宇宙灵魂（伟大的母亲）和竖琴融入自己的想象力中：

……像那挂在一座
荒凉庙宇拱顶久被遗忘的竖琴，
期待你，伟大的母亲，期待你
吹拂琴弦，使我的歌随轻柔的
风声、森林与海的运动、各种
生命实体发出的声音悠扬起伏，
赞美黑夜白天，赞美人的深心。

（卷二：34）

---

[1] K. D. Verma: *The Vision of "Love's Rare Universe": A Study of Shelley's Epipsychidion*, Lanham, Md.: University Press of America, 1995, p. 14.
[2] Thomas R. Frosch: *Shelley and the Romantic Imagination: A Psychological Study*, Cranbury: Associated University Press, 2010, p. 72.

雪莱再次明确了诗歌的创造过程犹如一种神奇的力去吹拂那竖琴的琴弦。雪莱认为，想象是诗歌的本质，他在《为诗辩护》的第一段就指出诗歌就是想象的表现，诗歌不能用推理和逻辑来分析和验证，而只能通过想象，把思想和情感融入想象，从而达到影响和感染读者、最终改变人的心灵的目的。诗歌如果没有想象就会束缚人的心灵，诗歌只有依靠想象，才能克服物质社会的弊端，直达人类灵魂的深处。想象力在雪莱的诗歌创作中起着举足轻重的作用，不管是在《西风颂》、《麦布女王》还是《普罗米修斯的解放》中，雪莱所描述的内容毫无疑问都是他非凡想象力的产物。诚如E. S. 杰米施甘所说："雪莱喜欢辽阔，他的想象高到超星球的高度，深到黑暗的深渊，钻进了含有宝藏的大地。这一切给予诗以宇宙一般的宽度和幻想的色调。"[1]

雪莱的想象的最大特点就是将具体的无生命的事物幻化为有生命和精神的东西，如在《爱的哲学》里就把天空、泉水、海洋幻化成具有某种精神的事物。这种特点也体现在《普罗米修斯的解放》《勃朗峰》《赞智力美》等许多诗歌中。雪莱认为，诗歌具有教人向善的能力，诗歌可以改造人心，改造社会，最终实现人类社会的乌托邦理想。雪莱认为"诗的作用却是经由另外一种更为神圣的途径"（卷五：460），通过这种途径，就能发现和发展人的想象力，从而最终实现诗歌在道德教化中的作用："想象是实现道德上的善的伟大工具；而诗则作用于原因，以求有助于结果。"（卷五：461）因为"要做一个至善的人，必须有深刻而周密的想像力；他必须设身处于旁人和众人的地位上，必须把同胞的苦乐当作自己的苦乐"（卷五：460-461），这样才能更具道德人性。"诗以不断使人感到新鲜乐趣的思想来充实想象，因而扩大想象的范围。"（卷五：461），"诗增强的人类德性的机能，正如锻炼能增强我们的肢体。"（卷五：461）所以诗要起到教化作用，本身就必须有丰富的想象。布鲁姆对雪莱的想象力有如下评价："雪莱的天赋既不适合于叙事，也不适合于直截了当地比喻，写于1817年下半年的《三行诗》（断章）和《阿森那女王》，以及几个月后完成的《伊斯兰

---

[1] 杰米施甘：《雪莱评传》，杨周翰译，《文史哲》，1956年第6期，第68页。

的反叛》,都证明诗人已经回到了他真正的路上,即只单独研究想象力。"[1] 布鲁姆还说:"雪莱的诗歌中没有任何可攀爬的阶梯,而在布莱克的诗歌中则比较多。在他那里,更多的是想象的存在状态。"[2] 雪莱出色的想象力在布鲁姆看来是雪莱作品之所以取得成功最重要的因素。然而,值得注意的是:"在雪莱成熟的诗歌中,语词与事物、美学与道德能达成和解,虽然有点自相矛盾。"[3] 在《两个精灵:一则寓言》中,雪莱向我们展示的最精确的是亚当梦的景象:

> 我见到那种景象,也听到那种音响,
> 我仍愿在黑暗的暴风雨里遨游,
> 安详,在我心头,光明,在我四方,
> 会使黑夜变为白昼!
> ⋯⋯⋯⋯
> 有人说,在晴朗、干燥的黑夜里,
> 死亡之露在沼泽地里入眠,
> 旅行人可以听到甜蜜的低声絮语,
> 这会使黑夜变为白天
>
> (卷一:293—294)

雪莱喜爱阅读哲学著作,他不喜欢也很少阅读历史题材的作品,他也"从不为他改革的梦幻寻找时间和空间基础,那些梦幻也就仅仅是愿望,并不含有历史的真实"[4]。"与拜伦不同,雪莱没有'历史想象力',他对教皇之都罗马毫无

---

1 Harold Bloom: *Poets and Poems*, Philadelphia: Chelsea House Publishers, 2005, p. 123.
2 同上,第126页。
3 Richard Cronin: *Shelley's Poetic Thoughts*, London: The Macmillan Press Ltd., 1981, p. 223.
4 勃兰兑斯:《十九世纪文学主流》(第四分册),徐式谷、江枫、张自谋译,北京:人民文学出版社,1997年,第300页。

兴趣。"[1]雪莱描写的风景具有灵魂的特点，同样他刻画的多数人物也都是某种抽象形象。不管是《麦布女王》中的女王，还是《普罗米修斯的解放》中的普罗米修斯，他们都不是简简单单的一个人，而是一种精神。雪莱在《普罗米修斯的解放》中认为诗人是内在力（internal powers）和外在影响（external influences）共同作用的产物，在诗人所处的时代之外，诗歌创作的共性更多来自诗人的心灵。雪莱说："我的角色形象，有许多都取材于人类心灵的各种活动，或表现那些心灵活动的外在行动。"（卷四：89）布鲁姆认为《阿拉斯持》"仍然一直是雪莱真正的代表作，而他的那些最优秀的诗篇都是来自于此"[2]。这些诗篇虽然主观性很强，但雪莱的伟大之处正是他无比丰富的想象力。霍尔姆斯认为雪莱的诗剧《希腊》代表了"英语世界之中亲希腊主义的经典表述"[3]，此诗与《普罗米修斯的解放》一样，"几乎完全是幻想和神秘主义"[4]的产物。雪莱的想象力展示的是宇宙的统一性和直达真理的视域。《伊斯兰的反叛》完全是在想象性的寓言中开始的，全诗结构比较松散，用词晦涩难以理解，跳跃性强。有学者认为："它抽象地飘浮在空中，除了其中的人物性格模糊缺乏血肉，它又被扩展到了如此庞大的规模，以至于要把它读完都成了繁重的任务，而这是一项很少有人完成的任务。"[5]雪莱最后的作品《生命的凯旋》中卢梭幻化成诗人想象的先驱，诚如雪莱在《阿拉斯特》"前言"中所说，只有想象才能拯救身处孤独而又无德的人生，只有想象这种力量才能"唤醒某些人间精英对于其影响的感受能力，并使之达到极其灵敏程度再以突然的黑暗把他们扑灭的那位神灵，也为敢于无视其存在，不以其统治权威为然的庸碌之辈，注定了一种迟缓的逐渐中毒腐败

---

1 乔治·桑普森：《简明剑桥英国文学史（十九世纪部分）》，刘玉麟译，上海：上海外语教育出版社，1987年，第23页。
2 Harold Bloom: *Poets and Poems*, Philadelphia: Chelsea House Publishers, 2005, p. 123.
3 Richard Holmes: *Shelley: The Pursuit.* London: Quartet Books, 1976, p. 678.
4 同上。
5 勃兰兑斯：《十九世纪文学主流》第四分册，徐式谷、江枫、张自谋译，北京：人民文学出版社，1997年，第308页。

的毁灭"[1]。

　　雪莱是"一个乌托邦，笃信金色时代"[2]。雪莱的哲学无比庞杂，甚至不成体系，但雪莱一直在苦苦追寻真理，追寻的方式是通过炼金术（alchemy）的神秘主义，通过阅读哥特小说的兴奋劲，通过对他那个时代不断涌现的新兴科学的接纳，通过阅读休谟（Hume）、洛克（Locke）、贝克莱（Berkeley）等经验主义者的书籍，通过各种方式远离当时政治腐败的迷宫，通过对古代哲学家的智慧以及同时代浪漫主义崇高信念的吸收而体现的。他吸收和消化上述知识，把它们加以变通，融入自己的诗歌及其他作品创作。雪莱知道有一种力驱使他走向诗歌，这种力就是宇宙灵魂，就是《阿多尼》中追求的必然性，即使以死亡为代价也在所不惜。雪莱本身就是一个精灵，他关注的是事物的灵魂和事物的本质，其诗歌也关注的是生命的精神和灵魂，而不是外在的形式。然而，人们往往忽略雪莱思想的另一个重要方面，那就是谨慎和怀疑："其心灵最深层的特征就是他的怀疑主义。他在理智上的矛盾冲突比他为之不安的唯物主义和他极度的唯心主义都更具有根本性。"[3]在吸收古人的伟大智慧中，毫无疑问的是他系统研读柏拉图并继承了他的思想，他的诗歌洋溢着柏拉图主义。"雪莱不是虚假的柏拉图主义者，而是在怀疑传统中一贯的柏拉图主义者。"[4]然而，有学者指出："雪莱哲学的中心冲突在于他的经验主义和柏拉图主义之间。"[5]雪莱复杂思想的发展轨迹表明雪莱总是在唯物主义和唯心主义之间摇摆，有学者把他思想上的矛盾性归结为一种心理分裂：

1　雪莱：《雪莱全集》（卷二），江枫主编，石家庄：河北教育出版社，2000年，第30页。此处神灵指宇宙精神，指至善至美，引用句中的代词神灵一词后面的"其"皆指神灵。

2　Carl Grabo: *The Magic Plant: The Growth of Shelley's Thought*, Chapel Hill: The University of North Carolina Press, 1936, p. 424.

3　Harold Bloom: *Poets and Poems,* Philadelphia: Chelsea House Publishers, 2005, p. 121.

4　Donald H. Reiman and Sharon B. Powers: *Shelley's Poetry and Prose (A Norton Critical Edition)*, New York, W. W. Norton & Company, 1995, p. 522.

5　同上，第524页。

雪莱在作为一个诗人的发展过程中，一直在努力颠覆诗人心中的意象，以便获得更为根本的文字表达，不过雪莱从没有真正达到这一目标。情感和传达情感的工具相互干扰，自然形象的选择越来越偏爱于那些已经趋于消失的东西，尤其是在视觉和听觉的范围内。心灵总是对世界抱怀疑主义的态度，在无数的暗示和联想中，现实的一切都不过是幻影。雪莱总体上是一个唯心主义者，但却对唯心主义的形而上基础抱怀疑态度，而他一直都是一个怀疑主义的唯物主义者，或者更确切地说，他实际上是一个幻想家，但却赋予了这幻想某些唯物主义的前提，即认为他的想象是荒诞不稽的。这并不必然地自相矛盾，但却是一种心理分裂。[1]

雪莱受柏拉图影响的体现，最明显不过的是他在很大程度上继承了柏拉图有关想象和灵感的理论。雪莱指出诗人就是祭司，他能够对常人不可领会的灵感加以阐释，诗的产生主要来源于灵感，灵感的产生犹如神一样不受个人主观意识的控制，它不靠苦功和钻研，完全靠神力相助："我们被包围在一种力之中，犹如悬在空气里的一把无声的竖琴，在气流的轻微流动中，那无语的琴弦感到了随时可至的神力的降临。"（卷五：305）大自然中这种不可思议的神秘的力就是上帝，就是宇宙灵魂，它推动无机物进入有机物，从有机物到最高的生命。灵魂是生命之根，总是遗失在黑暗中。生命的魔力依赖于难解的神秘之物，这个活力是一切生命的源泉，也是一切真、善、美的源泉。作为哲学家和诗人的雪莱探测的正是深度黑暗中的灵魂："当无所不在的造物主的气息掠过他的躯体时，便产生了天国的乐曲。"（卷五：306）雪莱用"他灵魂的慧眼看见有灵魂的星球旋转在太空"，并用他敏感和不朽的灵魂拥抱着全宇宙。雪莱一方面承认柏拉图关于诗歌是神力给予的理念，另一方面也认为在大自然的刺激下通过诗人的主观性，外加神力的相助诗是可以产生的。"雪莱对想象的理解一方面使他理解了现实世

---

[1] Harold Bloom: *Poets and Poems*, Philadelphia: Chelsea House Publishers, 2005, p. 138.

界具体万物之上的信念，同时又将自己的理解用于证明改变世界的尝试。"[1]雪莱强调灵魂和想象在诗歌创作中的伟大作用，从而摆脱了因循守旧、拘泥于形式、晦涩沉闷的新古典主义诗风。"雪莱的哲学不是社会环境的产物，或者很明显也不是知性产物，而纯粹是他自己思想的产物，是一种梦的幻觉。"[2]这再次说明了雪莱的诗歌与他本人一样独特，即充盈着灵魂的气息。雪莱没有能力去理解现实世界，只能在观念的世界中创造世界，因此，雪莱心中的上帝就是宇宙灵魂，雪莱对上帝的接受在这个意义上是不矛盾的。宇宙灵魂体现在真、善、美中，这是人类永远追求的目标。事物的真对人类来说不是那么容易求得的，真就是指事物的本来存在状态。对于文学创作而言，真就是直抵人类灵魂的诉求，通过自由率真的情感表达，呈现人生百态。真就是人类灵魂在经过滔滔江河洗涤之后最终回归纯真的宇宙灵魂。善，从根本上来说，就是爱。这爱，不是一己之私、一物之欲，而是与宗教情怀相通的普世情怀。见之于文学创作就是人道主义和生态伦理主义。普罗提诺认为，灵魂有专门识别美的能力，那些超越的诸美，是任何感官都无法感知的，唯有灵魂不借助任何工具可以看见它们。感觉物体的美与心灵相关，归根结底与神圣相关。灵魂若不美，就不可能看见美，如果你想要看见神和美，自己必须首先变得虔诚，变得美。善与美是同一的，神，实在的首要者，没有任何性质，是绝对单一的，即是绝对的善，也是绝对的美。[3]雪莱一方面赞扬了诗歌的伟大功绩，另一方面对雕刻、绘画等其他艺术形式也给予关注与赞美，并强调人的灵魂在艺术创作中的重要作用：

---

1 Simon Haines: *Shelley's Poetry: the Divided Self*, London: Macmillan Press Ltd., 1997, p. 95.

2 Donald H. Reiman and Sharon B. Powers: *Shelley's Poetry and Prose (A Norton Critical Edition)*, New York, W. W. Norton & Company, 1995, p. 512.

3 参见普罗提诺：《论自然、凝思和太一：〈九章集〉选译本》，石敏敏译，北京：中国社会科学出版社，2004年，第5、10、12、18、109页。普罗提诺还认为灵魂里有一种深刻的凝思活动指向凝思对象，就产生一种果子，这样，爱就产生了，这爱渐渐成为充满自己的视线，就像自身中包含自己形象的视觉。

> 因为，在那个时代，用文字表现的诗是与其他艺术同时并存的，所以若问哪一种艺术发出光辉，哪一种艺术接受光辉，这是无聊的问题罢了，因为所有的光辉都好像从一个共同的焦点出发，而照遍后世最黑暗的时代。……凡是其他艺术对人类的快乐和完美有所贡献，那里我们就永远发觉有诗存在。
>
> （卷五：462）

雪莱这里提到的"共同的焦点"（a common focus）就是诗歌创作中的灵魂问题，以及后面提到的"人类的快乐和完美有所贡献"无不是诗歌或文学的功能。艺术强调殊途同归，文学也一样，应该指向人类灵魂的快乐和完美。诚如雪莱在广义的诗艺中表明的那样："诗是神圣的东西。它既是知识的圆心又是它的圆周；它包含一切科学，一切科学也必须溯源到它。它同时是一切其他思想体系的老根和花朵；一切从它发生，受它的润饰。"（卷五：483）雪莱的这种诗学思想是一种广义的诗学思想，也是艺术创作和人类思想的秘密之所在。这样诗人是哲学家的说法就不足为怪了。然而，雪莱广义的诗学在韦勒克看来，它使"诗歌在哲学、道德、艺术的笼统综合中彻底地失去了自己的身份"[1]。伟大诗人莎士比亚、但丁、弥尔顿等不管在诗歌里用不用格律，有没有节奏，只要他们能深入事物的灵魂，其文字也将"具有真实生命的形象，来揭露宇宙万物间的永恒相似"（卷五：457），雪莱誉其为"力量最为崇高的哲学家"（卷五：457）。雪莱说明了"狭义的诗与一切它的规律及美之形式有着同一的根源；人类生活所提供的素材都可以按照这些形式而予以编排，而这就是广义的诗"（卷五：489）。雪莱对诗歌定义的宽泛化使得诗歌作为文学艺术的一个门类的界限更加泛学科化。一些学者表示担心甚至反对，然而这恰恰是雪莱对诗歌理论的伟大贡献。在当下的话语语境中，我们不得不佩服雪莱的先见之明。

---

1 Rene Wellek: *A History of Modern Criticism:* 1795-1950, London: Jonathan Cape, 1955, p. 125.

宇宙灵魂，或者说宇宙精神，作为宇宙万事万物之源，本身具有一种博大的心灵空间，也是一种精致的绝对理念，毫无疑问会融入人类文学艺术的创造之中，是历代艺术家和作家最为重视的因素。在文学艺术创作中对宇宙灵魂的追寻体现在对真、善、美的追求中。"灵魂从宇宙中心扩散到各处，直抵宇宙的边缘，无处不在，又从宇宙的外缘包裹宇宙，而灵魂自身则不断运转，一个神圣的开端就从这里开始，这种有理性的生命永不休止，永世长存。"[1]《蒂迈欧篇》中有柏拉图关于心灵的描述和解释，柏拉图认为天才的创造就是灵魂的扩展和流溢。诗人融入"太一"，流溢着。雪莱认为"一个诗人浑然忘我于永恒、无限、太一之中；所以在他的概念中，无所谓时间、空间和数量"（卷五：454）。诗人无疑是宇宙精神的承载者之一，是真、善、美的化身。诗人自己的灵魂与宇宙灵魂交融，从大千世界和个人经验中顿悟出世界精神，追寻人类理想的真、善、美，并用语言把它表达出来，传递给其他人的灵魂。

艾布拉姆斯在其名著《镜与灯：浪漫主义文论及批评传统》中用镜子和灯来比喻文学创作的模仿论和浪漫主义的表现论。在浪漫主义的诗人主体创造性上用灯来比喻诗人的心灵，但关于为何这盏"灯"可以源源不断地发出光芒并进而照亮作者和读者的心灵，他并没有给出问题的答案。反而是在《镜与灯》的序言里艾布拉姆斯提出了文艺批评的四个坐标，并用三角形来安排这四个坐标，把作品即阐释对象摆在三角形的中间，世界、艺术家和欣赏者则分别是这个三角形的三个点，并阐释了它们彼此之间的关系。艾布拉姆斯提出的那盏"灯"也许总有油尽灯枯的时候，而雪莱的灵魂诗学试图去解决艾布拉姆斯那盏"灯"的能源（源头）问题，把作者（读者）升华为"灵魂"这一具有源头的主体性，从而以灵魂直接对事物进行观照，进行创作。雪莱的灵魂诗学在美学和文学理论层面上如图二、图三、图四所示：

---

[1] 柏拉图：《柏拉图全集》（卷三），王晓朝译，北京：人民出版社，2002年，第287页。

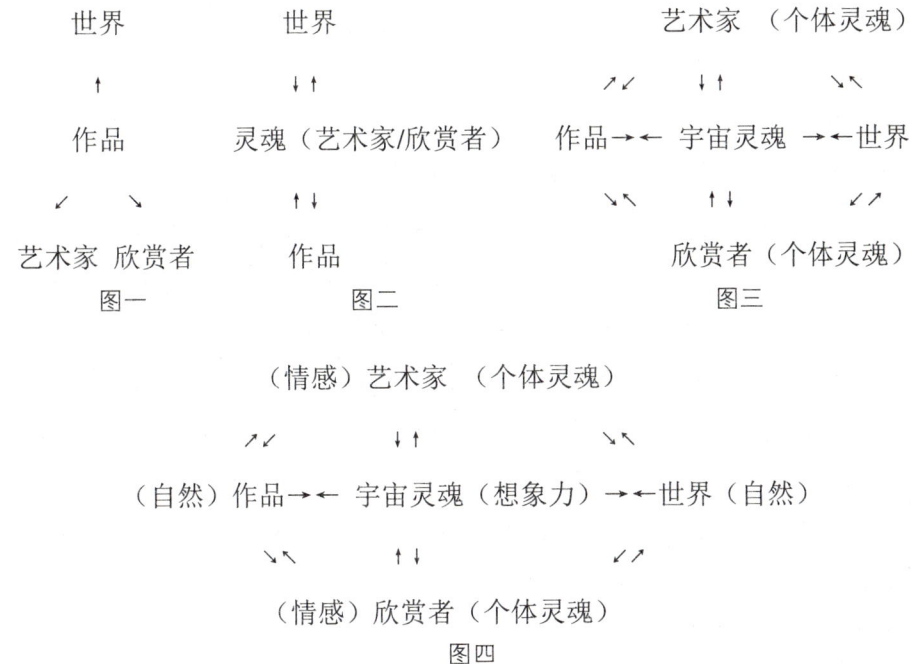

图一是艾布拉姆斯在《镜与灯》中提出的文艺批评的四个坐标。他认为任何一件艺术品都要涉及这一坐标的四个要素：作品、艺术家、世界和欣赏者。作品居于这三角形坐标的中心，而且从古至今几乎所有的文艺理论都或多或少包含这四个要素。然而，令人遗憾的是，几乎所有的文艺理论都明显倾向于其中的一个要素，于是，阐释艺术品就有了两大类评价方式：一是用作品与另三个要素分别发生的关系来阐释作品的价值；二是只孤立地研究作品本身，不研究它与其他三个要素的关系。由此，在艾布拉姆斯理论的框架下，就有了作品与世界发生关系的"模仿说"（Mimetic Theories），作品与欣赏者发生关系的"实用说"（Pragmatic Theories），作品与艺术家发生关系的"表现说"（Expressive Theories），以及孤立研究作品的"客观说"（Objective Theories）。根据这一图示，自文学诞生以来的文艺理论就有了始于柏拉图、亚里士多德的"模仿说"，

接下来就有了始于贺拉斯以指向欣赏者快感为本质的"实用说",再接下来就是贬低欣赏者、抬高艺术家始于19世纪初浪漫主义的"表现说",最后是孤立研究作品的始于新批评的"客观说"。艾布拉姆斯的文艺批评的四个坐标理论无疑具有划时代的意义,影响深远。然而,如何使模仿说、实用说、表现说和客观说以及孕育其中的四个要素和谐统一起来一直是学术界思考的问题。本书试图引进灵魂这一要素来修正和完善艾布拉姆斯的上述文艺批评理论。于是就有了进一步的图式,即本书提出的图二、图三、图四。图二把艺术家和欣赏者都统一到灵魂这个要素上来,因为艺术家和欣赏者属于人的范畴,人都是有灵魂的,因此这一图示里有三个坐标,即灵魂通过与自然接触直接创造出作品,艺术家就是欣赏者,欣赏者也是艺术家(读者就是作者,作者就是读者),艺术家和欣赏者在创造作品时可以实现共谋。图三把宇宙灵魂置于坐标中心,万事万物皆由它而来,人的灵魂也是如此,更何况文学创作。各个坐标围绕宇宙灵魂,彼此联系,在宇宙灵魂的统摄下,且受制于宇宙灵魂。图四把浪漫主义的自然、情感和想象力融入图三,构建了以自然为维度(基础)、以情感为经度、以想象力为核心的球形物体,想象力位于中心(核心)并向四周散发开来,源源不断地给自然的维度和情感的经度输送能量。在这一图示里,最核心的要素就是宇宙灵魂(想象力),没有它,其他几个要素就不复存在。宇宙灵魂(想象力)就是雪莱所推崇的神秘的力,就是上帝,就是"一",就是无所不在的必然性。在灵魂(艺术家)、世界(自然)、作品(可以被看作人造的自然)、灵魂(欣赏者)这个闭环里,艺术家和欣赏者的灵魂都可以归属到个体灵魂(情感)中来,它们之间的沟通和交流通过作品来完成,其存在和运行都是在最核心的宇宙灵魂(想象力)的统摄之下,并受其制约与影响。这四者中灵魂可以沟通创作主体(艺术家)与接收主体(欣赏者),这样就把浪漫主义的诗学理论"灯"(表现说)上升到"灵魂"这一源源不断照亮世界也照亮自身的浪漫主义诗学体系中来,从而成功构建出雪莱的灵魂诗学体系。

结 论

灵魂的问题迄今仍是一个困扰人类的悬而未决的问题。古希腊先哲亚里士多德曾告诉我们应当把研究灵魂的学问放在研究一切学问的首要位置，因为在他看来对灵魂问题的研究似乎就是对全部真理的认识。两百多年前，雪莱就认识到了灵魂与原子的某种密切联系。当今科技日新月异，灵魂的问题或许与宇宙中的暗物质、暗能量和量子等有关，但灵魂的问题，实际上是生命的问题，是宇宙的问题，也是哲学的问题，在对生命及宇宙的研究中，灵魂是不可或缺的维度。

雪莱自幼就开始了对灵魂的思索和苦苦追寻，其诗歌也处处充盈着灵魂的气息。然而，雪莱及其作品的评价经历两百多年的沉淀，起起伏伏，褒贬皆有。其中部分原因就是雪莱思想的复杂性以及他内心生活的高度纯洁性。对雪莱思想影响至深的有柏拉图主义、基督教，来自葛德文等人的政治正义及激进思想，来自斯宾诺莎、休谟和洛克等人的经验主义，以及当时的科学研究状况和政治生态环境。因此，先验论者把他当成一名柏拉图主义者，社会学主义者认为他是一名改革家，素食主义者认为他是一名素食的生态学家，理性主义者认为他是一名无神论者，神秘主义者认为他是一名象征主义大师。有学者认为"对雪莱思想影响最深的当属《新约》和柏拉图"[1]。雪莱在《新约》中体会到了暴政下人民的苦难，也找到了人类善的秘密——爱，这些东西和他了解的柏拉图主义结合起来就形成了自己的思想。但不管怎样，雪莱"在伟大的诗的时代写了最伟大的抒情诗剧、最伟大的悲剧、最伟大的爱情诗、最伟大的牧歌式挽诗，以及一批许多人认为其形式、风格、意象和象征性都是无与伦比的长诗和短诗"[2]。这种对雪莱的

---

1 J. R. Watson: *English Poetry of the Romantic Period Writings 1789-1830*, New York: Longman Publishing, 1992, p. 301.
2 《简明不列颠百科全书》编辑部：《简明不列颠百科全书》（第八卷），北京：中国大百科全书出版社，1986年，第732页。

高度评价不仅仅是针对其诗艺,更多的是针对雪莱的思想而言的。雪莱的思想异常复杂,有时甚至自相矛盾。有学者认为,在英国浪漫主义诗人中,可能除了布莱克,雪莱是"在思想上最自相矛盾的一位诗人"[1]。雪莱一生博学多思,是英国浪漫主义时期所有诗人中"探索最深"[2]的一位。这种探索毫无疑问当属雪莱对灵魂孜孜不倦的探索。灵魂问题几乎可以说是雪莱思想及其作品发展演变的基本线索,构成了雪莱一生的发展轨迹。雪莱对灵魂的追寻与考问与其追求至善、至真和至美的情怀是高度一致的。

本书挖掘出雪莱复杂独特的思想源于其生命灵魂的深处,从而为雪莱诗歌的创作演化和思想的嬗变过程给出了合理的解释。灵魂如水,存在于宇宙的万物就像小小的水滴,整个宇宙就如那汪洋大海。灵魂如水,其形体因时因地发生变化但不会消亡,犹如能量转换,灵魂的实质未变。把灵魂如水的特点纳入文学理论和文艺批评中,尤其是浪漫主义诗歌理论里,就非常贴切。自然、情感和想象是支撑浪漫主义的诗歌理论框架的三个支点。雪莱诗歌的灵魂因素通过这三个支点融入主题、哲学和文学理论中,从而构建了雪莱的灵魂诗学体系,它属于广义的诗学范畴。雪莱的灵魂诗学体系深受柏拉图灵魂学说的影响,因此其灵魂诗学不仅具有哲学和宇宙论层面的双重含义,也具有独特的美学意义。

雪莱的灵魂诗学在哲学层面上可归纳为万事万物从宇宙灵魂(大海)流溢出来形成每一个个体灵魂(水滴),每一个个体灵魂在尘世(江河)中接受历练,最后再回归到宇宙灵魂(大海)中去,这样就形成了一个闭环系统,万事万物因灵魂而无限循环,永生永恒。雪莱所歌颂的个体灵魂,都有灵魂自身轮回的特点。雪莱关于个体生命灵魂的不朽性、完美性和灵魂轮回的看法无疑继承了古希腊哲人柏拉图的思想。在亚里士多德的三种灵魂层次中,人类灵魂毫无疑问是最高形式的灵魂,包括营养灵魂和感觉灵魂,更重要的是其有理性的特点,这也决定了人乃是万物之灵长。人是宇宙万物不断演化的结果,其灵魂也如水滴一样

---

[1] Nora Crook, Derek Guiton: *Shelley's Venomed Melody*, Cambridge: Cambridge University Press, 1986, p. 136.
[2] 王佐良:《英国诗史》,南京:译林出版社,1997年,第271页。

存在于宇宙之中。人的灵魂的自然属性与动物灵魂、植物灵魂一样属于个体生命的核心组成部分。作为自然个体的人的灵魂进入尘世中就构成了江河，就有了各种欲望，于是在江河中就有了人类灵魂追求至真、至善、至美的欲望与理性的对抗，进而人类灵魂就在道德、爱、政治和宗教领域表现出挣扎、迷惘、彷徨和美好等各种情感。

普罗提诺认为灵魂在完成它的任务和功能后会重返源泉，而知性就是灵魂的运动。因此，人类灵魂在经历了尘世中的种种磨难后必然要回归其源泉——宇宙灵魂。然而在当今物欲横流的时代，个体灵魂受制于物质环境，试图通过外在的、可见的物质来度量他人，于是在追逐物质财富的过程中忘记了自己的灵魂，感受不到生命的温度和美好。人类灵魂在滔滔江河中经历坎坎坷坷、凶涛恶浪，怎样才能不迷失在尘世中快乐地奔向和回归宇宙灵魂？在情感的维度里需要得到更多的关注，甚至需要拯救，灵魂才能回归自身的本真。当人类仰望苍穹面对浩渺无垠的宇宙时能感受到自身灵魂的安宁与幸福吗？人类灵魂中的美好德行如爱、仁慈、公正等能帮助人类在尘世中找到幸福吗？人只有在回归宇宙灵魂之旅中减少对物质的攫取，让自己内心的情感复活，才能回归自然，回归古希腊迷狂和快乐的酒神精神。在如今物质横欲、道德滑坡的社会中，人类只有凭借灵魂的力量，才能与之抗争；只有重视与灵魂密切相关的世界，才能重返尤其是工业革命以来离近代人渐行渐远的精神家园，恢复人类和这个世界的和谐关系。雪莱在其诗歌中进行的道德和政治方面的改革，无不是诗人在灵魂的感召下所进行的对芸芸众生灵魂的改造。但现实是残酷的，雪莱的这种"非世俗性"的灵魂注定了他的孤独，这使得雪莱的诗歌从早期主要致力社会改革逐渐过渡到中期主要阐释自我、探讨自我再生的主题，从而最终使得年轻的诗人走到了其诗歌创作的成熟期。这一时期的诗歌主题从自我逐渐演变成精神自我，雪莱将此比喻成创造世界的宇宙灵魂，其后期作品中的世俗世界几乎完全让位于永恒世界。在雪莱看来，灵魂是人之枢纽，要提升人的道德境界，必须从灵魂教化、泽被灵魂开始，并通过爱来彰显人类道德中的善，逐渐完善，最终回归到宇宙灵魂宁静的幸福状态。

宇宙灵魂是"一"而不是"多"，宇宙灵魂作用于更低级的植物灵魂和动物灵魂就变成了"多"。宇宙之中"太一"是空无一物的，因为万物皆由它而生，所以"太一"就是逻各斯，就是宇宙灵魂，就是东方哲学思想的"道"。作为个体灵魂的植物、动物和人类，毫无疑问都是宇宙灵魂这个"一"散发出来的"多"，这个"多"如水滴终究会汇入宇宙灵魂这片大海。宇宙灵魂，在雪莱看来就是必然性，就是上帝，就是"太一"，就是太阳，就是大海。万事万物从宇宙灵魂（大海）流溢出来形成每一个个体灵魂（水滴），每一个个体灵魂在尘世（江河）中经历炼狱、生命的旅程，在尘世的江河中净化，后才得以回归到宇宙灵魂（大海）中去。

现在普遍认可的观点是我们所处的宇宙来源于大爆炸（Big Bang），很难想象这么浩渺无边的宇宙竟然是由很小很小的一个个点（这个点是目前我们人类无法理解的）爆炸后演变而成的。这个点在雪莱看来就是宇宙灵魂，宇宙中所有的一切，大到银河系、太阳系乃至我们的地球，小到一鸟一兽、一草一木，都是由最初的这个点（宇宙灵魂）演化而成。宇宙灵魂这个能量球蕴含着巨大的能量，它爆炸后剩余的能量至今仍然在推动宇宙急速扩张。也许宇宙膨胀到一定程度就会收缩，最终回到那个点。目前看来，雪莱的灵魂诗学与宇宙大爆炸理论有着惊人的相似性。科学发展到今天，越来越多的证据表明宇宙中存在大量的暗物质和暗能量，它们也许通过某种引力在我们人类迄今还无法观测和感知下操控着那些发光天体的运动。这个点一方面通过能量转化创造了宇宙万物，另一方面通过人类对美的感受创造了心灵世界。雪莱的灵魂诗学在美学层面上就是诗人对宇宙中无处不在的秩序和能量产生的共鸣，在浪漫主义诗学中就表现为以想象力为核心，以自然为维度，以情感为经度，想象力处于中心，好像一个球形的物体，源源不断地输送能量。

真实世界也许仅仅是我们心灵世界的外部投射。人体就是一个小宇宙，大脑神经元的个数多如星体，都是宇宙大爆炸后的产物。人类大脑与宇宙万物在感知能量这个方面一定有非常多的相似之处。今天探讨灵魂问题时更应该关注人性。

雪莱的灵魂诗学摒弃了笛卡儿的二元对立论，形成了一个以宇宙灵魂为中心的包括真、善、美的闭合系统。人类依照自己的理想，创造这种美，这种能力被康德称为再生的想象力。这种能力具有先验的特质，隐藏在灵魂深处。对于文学创作而言，真就是直抵人类灵魂深处，通过自由率真的情感表达，呈现人生百态。善，从根本上来说，就是爱，见之于文学创作就是表现为人道主义和生态伦理主义。雪莱诗歌的美学意义就是对生命，对关于生命的存在、生命的幸福以及终极关怀的思考和追问。

  本书还探讨了雪莱之死，认为雪莱之死是基于他长期的精神压抑和潜意识而遇到紧急情况时做出的一种冲动式和隐蔽性的自杀行为，而地中海的暴风雨正好是这样一个引子，成全他去赴那"灿烂的死"。雪莱在其短暂的一生中追寻着生命的永恒。早在《心之灵》中雪莱就揭示了自己渴望辉煌壮烈的结局："我的飞翔/是黄昏时分一片枯叶的飞腾，/我要往金星落处的天空，/去求灿烂的死，去找那火的墓陵。"[1] 雪莱认为能够有一把开启永久安息之所的金钥匙，对于他将是一种慰藉。雪莱很隐蔽地把"沉舟"自杀当成了这把金钥匙。雪莱在暴风雨中完成了自身华丽的"变形"，灵魂于海的变易中回归宇宙灵魂，从而完成并诠释了他自己对生命的追寻。

  迄今，人类对灵魂问题的探讨还远没有结束，甚至可以说才刚刚起步，要走的路还太漫长。生活在地球上的人类的生命总体上被黑暗遮盖，人类在漫长的旅程中需要如光的灵魂的沐浴，也许人类几千年来苦苦寻找灵魂是徒劳的，但正如对真理的追求一样，人类从来也没有放弃。雪莱一生都尝试着打破二元论——身体与灵魂，身体是因禁灵魂的物质存在，只有身体死亡了灵魂才能解放。雪莱一直尝试着把灵魂归结为普罗提诺的"太一"，也就是宇宙灵魂。宇宙灵魂统治着

---

[1] 原文参见 Roger Ingpen and Walter E. Peck: *The Complete Works of Percy Bysshe Shelley* (10 vols), Vol. II, London: Ernest Benn Limited, 1965, p. 363。"I flitted, like a dizzy moth, whose flight/ Is as a dead leaf's in the owlet light,/ When it would seek in Hesper's setting sphere/ A radiant death, a fiery sepulcher." 此处翻译参考了《雪莱抒情诗选》，查良铮译，北京：人民文学出版社，1993年，第253页。

宇宙，通过善来构建理想的社会。作为哲学家和思想家的雪莱，以真、善、美的大同世界为终极目标，试图构建一个万物归一的世界，同时也通过他的诗歌言说他的哲学思想。雪莱的诗歌中所有情感的力量、想象的力量和描绘的力量都可归结为一种形而上学的力量，他乐此不疲，沉迷其中。他在追求真、善、美的过程中构建了灵魂诗学。雪莱诗歌中的灵魂主题以及他对灵魂的阐释触及其形而上悲剧的核心，他的作品、他的思想甚至他的生命也因此具有灵魂的全部意义。

参考文献

埃文斯,艾弗,1984.英国文学简史[M].蔡文显,译.北京:人民文学出版社.
艾布拉姆斯,2004.镜与灯——浪漫主义文论及批评传统[M].郦稚牛,张照进,童庆生,译.北京:北京大学出版社.
奥维德,1984.变形记[M].杨周翰,译.北京:人民文学出版社.
巴特勒,1998.牛津精选:浪漫派、叛逆者及反动派——1760—1860年间英国文学及其背景[M].黄梅,陆建德,译.沈阳:辽宁教育出版社.
柏拉图,2002.柏拉图全集[M].王晓朝,译.北京:人民出版社.
拜伦,2001.飘忽的灵魂:拜伦书信选[M].易晓明,译.北京:经济时报出版社.
北京大学外国哲学研究室,1982.西方哲学原著选读[M].上卷.北京:商务印书馆.
贝西埃,等,2002.诗学史:上册[M].史忠义,译.南昌:百花洲文艺出版社.
伯林,2011.浪漫主义的根源[M].吕梁,等译.南京:译林出版社.
勃兰兑斯,1997.十九世纪文学主流:第4分册[M].徐式谷,江枫,张自谋,译.北京:人民文学出版社.
布鲁姆,2000.批评、正典结构与预言[M].吴琼,译.北京:中国社会科学出版社.

常耀信，2011. 英国文学通史：第2卷[M]. 天津：南开大学出版社.

弗斯特，1989. 浪漫主义[M]. 李今，译. 北京：昆仑出版社.

傅理曼，2001. 旧约先知书导论[M]. 梁洁琼，译. 台北：中华福音神学院出版社.

盖雷，2005. 英美文学和艺术中的古典神话[M]. 北塔，译. 上海：上海人民出版社.

歌德，1999. 歌德文集诗歌：第8卷[M]. 冯至，等译. 北京：人民文学出版社.

胡家峦，2001. 历史的星空：文艺复兴时期英国诗歌与西方传统宇宙论[M]. 北京：北京大学出版社.

华兹华斯，2009. 华兹华诗选[M]. 杨德豫，译. 桂林：广西师范大学出版社.

季亚科诺娃，1990. 英国浪漫主义文学[M]. 聂锦坡，海龙河，译. 沈阳：辽宁大学出版社.

杰米施甘，1956. 雪莱评传[J]. 杨周翰，译. 文史哲（6）.

李维屏，张定铨，2012. 英国文学思想史[M]. 上海：上海外语教育出版社.

刘春芳，2011. 英国浪漫主义诗歌情感论[M]. 天津：天津大学出版社.

刘若端，1984. 十九世纪英国诗人论诗[M]. 北京：人民文学出版社.

刘小枫，2001. 拯救与逍遥[M]. 修订本. 上海：上海三联书店.

刘小枫，2007. 沉重的肉身[M]. 北京：华夏出版社.

陆建德，1995. 雪莱的大空之爱[J]. 读书（4）.

罗义华，2008. 雪莱诗歌和道德关系研究[J]. 外国文学研究（1）.

莫洛亚，安德烈，2013. 雪莱传[M]. 谭立德，郑其行，译. 杭州：浙江大学出版社.

普罗提诺，2004. 论自然、凝思和太一：《九章集》选译本[M]. 石敏敏，译. 北京：中国社会科学出版社.

秦丽萍，1999. 雪莱诗歌的乌托邦内涵[J]. 学术交流（4）.

全增嘏，1987. 西方哲学史：上卷[M]. 上海：上海人民出版社.

桑德斯，安德鲁，2000. 牛津简明英国文学史：下[M]. 谷启楠，韩加明，高万隆, 译. 北京: 人民文学出版社.

桑普森, 1987. 简明剑桥英国文学史（十九世纪部分）[M]. 刘玉麟, 译. 上海: 上海外语教育出版社.

莎士比亚, 1992. 莎士比亚十四行诗一百首[M]. 屠岸, 编译. 北京: 中国对外翻译出版公司.

石荔, 1998. 雪莱传[M]. 石家庄: 花山文艺出版社.

泰勒, 爱德华, 2005. 原始文化[M]. 连树声, 译. 桂林: 广西师范大学出版社.

王诺, 2008. 欧美生态批评: 生态学研究概论[M]. 上海: 学林出版社.

王佐良, 1997. 英国诗史[M]. 南京: 译林出版社.

吴诗哲, 1997. 诺思洛普·弗莱文论选集[M]. 北京: 中国社会科学出版社.

西蒙兹, 2014. 雪莱传: 天才不只是瞬间完美[M]. 岳玉庆, 译. 南昌: 江西教育出版社.

徐凌, 2007. 雪莱与科学[J]. 自然辩证法通讯（2）.

雪莱, 1993. 雪莱抒情诗选[M]. 查良铮, 译. 北京: 人民文学出版社.

雪莱, 1994. 雪莱抒情诗全集[M]. 吴迪, 译. 杭州: 浙江文艺出版社.

雪莱, 2000. 雪莱全集（7卷本）[M]. 江枫, 主编. 石家庄: 河北教育出版社.

雪莱, 2008. 雪莱散文[M]. 徐文慧, 杨熙龄, 译. 北京: 人民文学出版社.

亚里士多德, 1999. 灵魂论及其他[M]. 吴寿彭, 译. 北京: 商务印书馆.

约翰逊, 保罗, 1999. 知识分子[M]. 杨正润, 等译. 南京: 江苏人民出版社.

张静, 2012. 雪莱在中国（1905—1937）[D]. 上海: 复旦大学.

张旭春, 2004. 雪莱和拜伦的审美先锋主义思想初探[J]. 外国文学研究, （3）.

张耀之, 1981. 雪莱[M]. 沈阳: 辽宁人民出版社.

赵军涛, 2007. 雪莱与圣经的关系研究[D]. 郑州: 河南大学.

郑敏, 1999. 诗歌与哲学是近邻——结构—解构诗论[M]. 北京: 北京大学出版社.

中国基督教三自爱国运动委员会, 中国基督教协会, 2010. 圣经[M]. 中国基督教协会.

中国社会科学院外国文学研究所，1980. 欧美古典作家论现实主义和浪漫主义 [M]. 北京：中国社会科学出版社.

朱光潜，1987. 西方美学史：上卷[M]. 北京：人民文学出版社.

朱立元，李钧，2002. 二十世纪西方文论选：上卷[M]. 北京：高等教育出版社.

Abbey, Edward, 1990. *Desert Solitaire: A Season in the Wilderness* [M]. New York: Simon & Schuster Inc.

Abrams, M. H., 1971. *Natural Supernaturalism: Tradition and Revolution in Romantic Literature* [M]. New York: W.W. Norton and Company Inc.

——, 1971. *The Mirror and Lamp: Romantic Theory and the Critical Tradition* [M]. Oxford: Oxford University Press.

——, ed., 1993. *The Norton Anthology of English Literature* [M]. 6th Edition. Volume 2. New York: W. W. Norton & Company Inc.

Adams, Carol J., 2010. *The Sexual Politics of Meat: A Feminist Vegetarian Critical Theory* [M]. New York: Continuum International Publishing Group Ltd.

Arnold, Matthew, 1977. "Shelley" in The Last Word, Vol II of *The Complete Works of Matthew Arnold* [M]. Ed. R. H. Super. Ann Arbor: University of Michigan Press.

——, 1977. "Shelley", in *Essay in Criticism* [M]. London: Macmillan and Co., Limited.

Aveling, E., Aveling E. M., 1888. *Shelley's Socialism* [M]. London: Two Lectures.

Bagehot, Walter, 1879. 'Percy Bysshe Shelley' (1856), repr. in *Literary Studies* [M]. Ed. R. H. Hutton. London: Longmans, Green & Co.

Baker, Carlos, 1961. *Shelley's Major Poetry: The Fabric of a Vision* [M]. New York: Russell & Russell.

Barcus, James E., 1995. *Percy Bysshe Shelley: The Critical Heritage* [M]. London: Routledge.

Barnard, Ellsworth, 1937. *Shelley's Religion* [M]. Minnesota: The University of Minnesota Press.

Blank, G. Kim, 1988. *Wordsworth's Influence on Shelley: A Study of Poetic Authority* [M]. New York: St. Martin's Press.

——, ed., 1991. *The New Shelley: Later Twentieth-Century Views* [M]. New York: St. Martin's Press.

Bloom, Harold, 1959. *Shelley's Mythmaking* [M]. New Haven: Yale University Press.

——, 2005. *Poets and Poems* [M]. Philadelphia: Chelsea House Publishers.

Bornstein, George, 1970. *Yeats and Shelley* [M]. Chicago: University of Chicago Press.

Brown, Nathaniel, 1979. *Sexuality and Feminism in Shelley* [M]. Cambridge: Harvard University Press.

Burwick, Frederick, 2009. The Revolt of Islam: Vegetarian Shelley and the Narrative of Mental Pathology [J]. *Wordsworth Circle*, (40)2-3.

Butter, Peter, 1954. *Shelley's Idols of the Cave* [M]. Edinburgh: Edinburgh University Press.

Cameron, Kenneth Neil, 1951. *The Young Shelley: Genesis of a Radical* [M]. London: Gollancz.

——, 1974. *Shelley: The Golden Years* [M]. Cambridge: Harvard University Press.

Carpenter, Edward, George Barnefield, 1925. *The Psychology of the Poet Shelley* [M]. London: George Allen & Unwin Ltd.

Claidge, Laura, 1992. *Romantic Poetry: The Paradox of Desire* [M]. London: Cornell University Press.

Clark, Timothy, ed. 1996. *Evaluating Shelley* [M]. Edinburgh: Edinburgh University Press.

Clutton-Brock, A. 1924. *Shelley: The Man and the Poet* [M]. London: Methuen & Co., Ltd.

Colbert, Benjamin, 2005. *Shelley's Eye: Travel Writing and Aesthetic Vision* [M]. Aldershot, Hants, England; Burlington, VT: Ashgate.

Crabbe, M. James C., 1999. *From Soul to Self* [M]. London and New York: Routledge.

Cronin, Richard, 1981. *Shelley's Poetic Thoughts* [M]. London: The Macmillan Press Ltd.

Crook, Nora, Derek Guiton, 1986. *Shelley's Venomed Melody* [M]. Cambridge: Cambridge University Press.

Dawson, P. M.S.,1980. *The Unacknowledged Legislator: Shelley and Politics* [M]. Oxford: Oxford University Press.

Duff, David, 1994. *Romance and Revolution: Shelley and Politics of a Genre* [M]. New York: Cambridge University Press.

Duffy, Cian, 2005. *Shelley and the Revolutionary Sublime* [M]. Cambridge, New York: Cambridge University Press.

Everest, Kelvin, 1983. *Shelley Revalued: Essays from the Gregynog Conference* [M]. Leicester: Leicester University Press.

Fairchild, Hoxie Neale, 1949. *Religious Trends in English Poetry, Volume III 1780-1830: Romantic Faith* [M]. New York: Columbia University Press.

Ferris, David S., 2000. *Silent Urns: Romanticism, Hellenism, Modernity* [M]. Stanford: Stanford University Press.

Fogarty, Nancy, 1976. *Shelley in the Twentieth Century: A Study of the Development of Shelley Criticism in England and America 1916-1971* [M]. Salzburg: Institut Fur Englische Sprache und Literature.

Franklin, Caroline, 2000. *Byron: A Literary Life* [M]. New York: St. Marin's Press.

Frede, Dorothea, 2009. *Body and Soul in Ancient Philosophy* [M]. Berlin and New York: Hubert & Co. GmbH & Co. KG.

Frosch, Thomas R., 2010. *Shelley and the Romantic Imagination: A Psychological Study* [M]. Cranbury: Associated University Press.

Frye, Northrop, 1968. *A Study of English Romanticism* [M]. Chicago: The University of

Chicago Press.

Gelpi, Barbara, 1992. *Shelley's Goddess: Maternity, Language, Subjectivity* [M]. New York: Oxford University Press.

Grabo, Carl, 1936. *The Magic Plant: The Growth of Shelley's Thought* [M]. Chapel Hill: The University of North Carolina Press.

Haines, Simon, 1997. *Shelley's Poetry: The Divided Self* [M]. London: Macmillan Press Ltd.

Hall, Spencer, 1973. Shelley's "Mont Blanc" [J]. *Studies in Philology*, 70:2.

Hodgson, John A., 1989. *Coleridge, Shelley, and Transcendental Inquiry: Rhetoric, Argument, Metapsychology* [M]. Lincoln and London: University of Nebraska Press.

Hogle, Jerrold E., 1988. *Shelley's Process: Radical Transference and the Development of His Major Works* [M]. New York and Oxford: Oxford University Press.

Holmes, Richard, 1976. *Shelley: The Pursuit* [M]. London: Quartet Books.

Hutchinson, Thomas, 1914. *The Complete Poetical Works of Percy Bysshe Shelley* [M]. London: Oxford University Press.

I. Jack, R. Fowler, M. Smith, 1991. *The Poetical Works of Robert Browning* [M]. Oxford: Clarendon Press.

Ingpen, Roger, Walter E. Peck, 1965. *The Complete Works of Percy Bysshe Shelley* (10 vols) [M]. London: Ernest Benn Limited.

Jones, Frederick L., 1964. *The Letters of Percy Bysshe Shelley* (2 vols) [M]. London: Oxford University Press.

Kabitoglou, E. Douka, 2005. *Plato and the English Romantics* [M]. London and New York: Routledge.

Keach, William, 1984. *Shelley's Style* [M]. New York: Methuen.

Kearney, Richard, 1996. *Poetics of Imagining: Modern to Post-modern* [M]. New York: Fordham University Press.

King-Hele, Desmond, 1984. *Shelley: His Thought and Work* [M]. London: Macmillan.

Kurtz, Benjamin Putnam, 1933. *The Pursuit of Death: A Study of Shelley's Poetry* [M]. New York: Oxford University Press.

Leavis, F. R., 1936. *'Shelley' in Revaluation: Tradition and Development in English Poetry* [M]. London: Chatto & Windus.

Leighton, Angela, 1984. *Shelley and the Sublime: An Interpretation of the Major Poems* [M]. Cambridge: Cambridge University Press.

Martin, Philip W., Robin Jarvis, 1992. *Reviewing Romanticism* [M]. New York: St. Martin's Press.

McKusick, James C., 2000. *Green Writing: Romanticism and Ecology* [M]. New York: St. Martin's Press.

Medwin, Thomas, 1847. *The Life of Percy Bysshe Shelley* [M]. 2 vols. London: Newby.

Morton, Timothy, 1994. *Shelley and the Revolution in Taste: The Body and the Natural World* [M]. Cambridge, New York: Cambridge University Press.

——, 2000. *Cultures of Taste/Theories of Appetite: Eating Romanticism* [M]. Palgrave Macmillan.

——, 2006. *The Cambridge Companion to Shelley* [M]. New York: Cambridge University Press.

Natarajan, Uttara, 2007. *The Romantic Poets: A Guide to Criticism* [M]. Oxford: Blackwell Publishing Ltd.

O'Neill, Michael, 1989. *The Human Mind's Imaginings: Conflict and Achievement in Shelley's Poetry* [M]. Oxford: Oxford University Press.

Oerlemans, Onno, 1995. Shelley's Ideal Body: Vegetarianism and Nature [J]. *Studies in Romanticism*, 34:4.

Pelosi, Francesco, 2010. *Plato on Music, Soul and Body* [M]. Trans. Sophie Henderson. Cambridge: Cambridge University Press.

Power, Julia, 1969. *Shelley in America in the Nineteenth Century: His Relation to American Critical Thought and His Influence* [M]. New York: Gordian.

Pulos, C. E., 1954. *The Deep Truth: A Study of Shelley's Skepticism* [M]. Lincoln, NE: University of Nebraska Press.

Purinton, Marjean D., 1994. *Romantic Ideology Unmasked: The Mentally Constructed Tyrannies in Dramas of Williams Wordsworth, Lord Byron, Percy Shelley, and Joanna Baillie* [M]. London and Toronto: Associated University Presses.

Raymond, Ernest, 1952. *Two Gentlemen of Rome: The Story of Keats and Shelley* [M]. London: Cassell & Company Ltd.

Reed, Edward S., 1997. *From Soul to Mind: The Emergence of Psychology from Erasmus Darwin to William James* [M]. New Haven and London: Yale University Press.

Reiman, Donald H., Neil Fraistat, 2000. *The Complete Poetry* [M]. Vol. 1. Baltiomore and London: The Johns Hopkins University Press.

Reiman, Donald H., Powers Sharon B., 1995. *Shelley's Poetry and Prose (A Norton Critical Edition)* [M]. New York: W. W. Norton & Company.

Reiter, Seymour, 1967. *A Study of Shelley's Poetry* [M]. Albuquerque: University of New Mexico Press.

Richard, Swinburne, 1997. *The Evolution of the Soul* [M]. Oxford: Oxford University Press.

Rivera, Mayra, 2015. *Poetics of the Flesh* [M]. Durham: Duke University Press Books.

Rousseau, Jean-Jacques, 1979. *Reveries of the Solitary Walker* [M]. Trans. Peter France. Harmondsworth: Penguin.

Sartre, Jean-Paul, 1972. *Psychology of Imagination* [M]. London: Methuen.

Schimid, Susanne, 2007. *Shelley's German After Lives 1814-2000* [M]. New York: Palgrave Macmillan.

Sels, Robin E. van Löben, 2003. *A Dream in the World: Poetics of Soul in Two Women, Modern and Medieval* [M]. New York: Brunner-Routledge.

Shakespeare, William, 2009. *Hamlet* [M]. Ed. John Dover Wilson. Cambridge: Cambridge University Press.

——, 2009. *The Sonnets of Shakespeare: Edited from the Quarto of 1609* [M]. Ed. Thomas George Tucker. Cambridge: Cambridge University Press.

Shawcross, John, 1909. *Shelley's Literary and Philosophical Criticism* [M]. London: Henry Frowde.

Shelley, Bryan, 1994. *Shelley and Scripture: The Interpreting Angel* [M]. Oxford: Clarendon Press.

Spencer, Colin, 1996. *The Heretic's Feast: A History of Vegetarianism* [M]. Hanover and London: University Press of New England.

Thomson, Ann, 2008. *Bodies of Thought: Science, Religion and the Soul in the Early Enlightenment* [M]. Oxford: Oxford University Press.

Verma, K. D., 1995. *The Vision of "Love's Rare Universe": A Study of Shelley's Epipsychidion* [M]. Lanham, Md.: University Press of America.

Wasserman, Earl R., 1971. *Shelley: A Critical Reading* [M]. Baltimore: Johns Hopkins Press.

Watson, J. R., 1992. *English Poetry of the Romantic Period Writings 1789-1830* [M]. New York: Longman Publishing.

Weaver, Bennett, 1932. *Toward the Understanding of Shelley* [M]. Ann Arbor: University of Michigan Press.

Webb, Timothy, 1977. *Shelley: A Voice Not Understood* [M]. Manchester: Manchester University Press.

Weisman, Karen A., 1994. *Imageless Truths: Shelley's Poetic Fictions* [M]. Philadelphia: University of Pennsylvania Press.

Welburn, Andrew J., 1986. *Power and Self-Consciousness in the Poetry of Shelley* [M]. Houndmills, Basingstoke, Hampshire: Macmillan.

Wellek, Rene, 1955. *A History of Modern Criticism: 1795-1950* [M]. London: Jonathan Cape.

Wheatley, Kim, 1999. *Shelley and His Readers: Beyond Paranoid Politics* [M]. Columbia, MO: University of Missouri Press.

White, Newman Ivey, 1947. *Shelley* [M]. 2 vols. London: Secker & Warburg.

Wordsworth, William, 1979. *The Prelude (1799, 1805, 1850) edited by Jonathan Wordsworth, M. H. Abrams, Stephen Gill* [M]. New York: Norton.

——, 2000. *Selected Poems* [M]. Ed. Domian Walford Davies. London: Everyman.

Wroe, Ann, 2008. *Being Shelley: The Poet's Search for Himself* [M]. New York: Vintage Books.

Yeats, W. B., 1961. 'The Philosophy of Shelley's Poetry' (1900) [M]. repr. *Essays and Introductions*. New York: Macmillan.

后 记

我第一次接触雪莱是在读初中的时候，当时老师推荐了一篇雪莱的《西风颂》作为我参加学校诗歌朗诵会的素材。懵懵懂懂的我当时根本不知道雪莱这位诗人，只记得他的诗歌朗诵起来韵律优美，铿锵有力，容易上口。后来上了高中，一次去书店无意中发现了一本《雪莱抒情诗集》，当时吸引我的不是书本身，而是书封面上那个脸蛋俊俏的雪莱头像以及好听的"雪莱"这个名字，于是翻开书，居然发现了里面有我初中曾经朗诵过的《西风颂》。后来雪莱的名句"冬天到了，春天还会远吗？"一度成了我身处逆境时常常吟诵出来激励自己的诗句。雪莱就这样走进了我的生活，但令我想不到的是，多年以后雪莱竟然成了我博士论文的选题，并且还在2012年申请到了教育部人文社科项目的课题。

其实，当初选定雪莱作为我的研究题目，面临的风险和存在的困难不少。原因之一是雪莱不到30岁就离世了，他的思想通常被认为不够成熟而且前后充满了矛盾，如何把他的思想理出头绪来，是一个大问题；原因之二是雪莱在中国通常是以一种革命诗人兼斗士的形象出现在公众视野的，而我却去研究似乎是虚无缥缈的灵魂问题，这种极大的反差也让我心里没有底气；原因之三是虽然国外关于雪莱的研究专著和博士论文不少，国内也出现了雪莱诗歌翻译的多种版本，甚至在2000年还出版了《雪莱全集》的中文译本，但迄今严格说起来中国还没有一本研究雪莱的专著,于是对自己能否完成这一任务的能力产生了怀疑。幸运的是,我获得了江苏省政府留学奖学金并有幸赴英国剑桥大学英文系做访问学者,在剑桥大学和牛津大学收集到了雪莱的第一手资料,聆听了斯蒂芬·科里尼(Stefan Collini)等教授的讲课,并亲自登门拜访了研究雪莱的权威专家诺拉·克鲁克(Nora Crook)教授和詹妮弗·华莱士(Jennifer Wallace)博士。诺拉·克鲁克教授是国外最新《雪莱全集》的主编之一,她题字签名赠与我她写的雪莱专著;詹妮弗·华莱士博士邀请我去她所在的剑桥大学最古老的学院彼得豪斯学院共进午餐;还有与剑桥诗人理查德·彭斯(Richard Burns)和拜伦研究专家彼得·科克伦(Peter Cochran)等深入的学术交流使我受益匪浅。

  本书得到了我的博士研究生导师罗益民教授的悉心指导,同时晏奎教授、刘立辉教授、刘玉教授、文旭教授、李力教授、杨金才教授、张剑教授、董洪川教授、张旭春教授、江家骏教授、罗良功教授、曹明伦教授、马海良教授、张龙海教授、周敏教授、罗小云教授、陈才忆教授、向天渊教授、祝朝伟教授、胡显耀教授、熊辉教授、蒲度戎博士、罗朗博士、郭方云博士、马春丽博士、周亭亭博士和王江博士等对本书提出了宝贵的修改意见。我的一位学生对书稿文字进行了认真的校对工作。尤其值得一提的是本书的责任编辑张晶老师为本书的顺利出版付出了大量心血，我要借此机会，向一切帮助我的人表示最诚挚的谢意。

最后，感谢我母亲杨桂珍（2017年9月9日戌时，此书即将付印之际，母亲以近87岁的高龄溘然辞世）和父亲刘友忠，感谢我的家人，是他们的默默陪伴和无私奉献使得这本书得以顺利出版。

此书的撰写历经坎坷，其间的酸甜苦辣自不待言，虽然自己已经尽了最大努力，但囿于学术水平，书中所呈现的观点和事实难免有不当不妥之处，还望读者提出宝贵意见。

刘晓春

2017年12月

牛津大学图书馆收藏的雪莱部分诗集手稿的封面及内页

牛津大学大学学院里摆放的雪莱雕塑

英国伊顿公学名人录上摆放的雪莱雕塑

英国伊顿公学名人墙上的雪莱雕塑

英国伊顿公学刻有雪莱名字的门匾

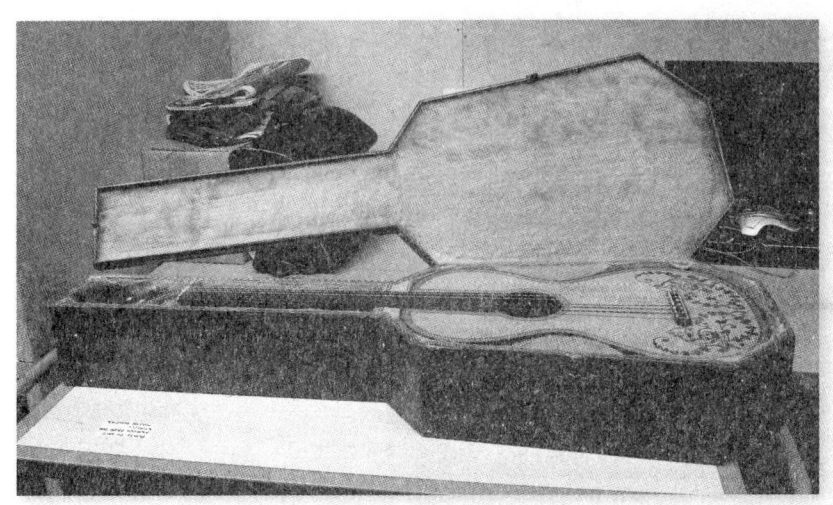

牛津大学图书馆收藏的雪莱遗物吉他

受邀与雪莱研究专家詹妮弗·华莱士博士在剑桥大学最古老的学院彼得豪斯学院共进午餐

在剑桥受邀拜访雪莱研究专家诺拉·克鲁克教授
并在她的书房里与她及其丈夫合影

受邀在剑桥大学校长家里举行的酒会上与剑桥大学校长乐思哲
（Leszek Borysiewicz）交流导师制和学院制